U0130713

查氏家族文獻叢刊

查玉强　陳志明　主編

查良鏞先生文選

查律

（二）

心一堂有限公司

先憂後樂
氣養浩然
獨善兼善
永追高賢

查良鑑

查良鑑手跡

目　録

緬懷前賢卷

早年作品卷

書信卷

附 文

緬懷前賢卷

我認識的鐵老 *

鐵城先生是建國的元勳，卓越的政治家。我最初對他的敬意是聽見他在東北說服張漢卿少帥投誠擁護北伐的故事。想像中覺得他是一位聰敏過人，有謀略，膽識機先，而且能以勇敢任事的革命家。後來在一項文獻中，知道吳先生還是一位練達的軍事家，民國十四年曾擔任過廣東警衛軍司令。久想識荊，苦於不得機緣。直到我在上海任特區法院推事，才在幾次公共場合與吳先生晤談，增多認識。他的談吐有時從容遣辭，說理明白，雜以諧詞。有時雄辯

---

* 此文發表於 1953 年，見《吳鐵城先生逝世三十週年紀念集》。按：吳鐵城 (1888-1953)，民國時期的政治家。祖籍廣東香山，出生於九江。早年在九江美國教會學校讀書，1909 年隨林森參加革命活動，同年加入同盟會。1911 年，參與策動九江獨立，任江西軍政府總參議。翌年赴南京開會，即留在孫中山身邊。1932 年，聘任上海市長兼淞滬警備司令。1937 年，調任廣東省政府主席。抗戰爆發後，任國民黨中央秘書長。1948 年出任行政院副院長兼外交部長。1949 年，經香港轉往臺灣，1953 年，病逝於臺北。

細析，氣勢洶湧；而判斷事物，一語破的。疑難的問題，得他指點真有撥雲見日的感覺。但在酬酢的聚會中，對我們這些後輩，卻是脫略形跡，給大家有一種和藹可親的氣氛。

民國二十六年，「七七抗戰」開始，舉國上下為中華民族前途奮鬥，無論哪一階層的民眾，都集結在各階層的領導者下面，作各色各種的戰鬥。一切作為均是人為，要變不可能為可能，要使不可克服的變為能克服的。「這是中華民族道統的發揚，也就是所謂人文主義創造出來的一種團結堅毅的力量。人生在發揮他們的潛能，在開闢很久無法展拓的荊棘道途。在許多英雄戰鬥事蹟中，無論或大或小的成就，都能看出人的聰明才智，以及用心用力的周延與偏頗。我們中國人要認識這股力量，要能妥善運用這股力量。同時要積極培植這股力量」。上述這些見解是吳先生在抗戰時期擔承中國國民黨中央委員會秘書長職任時，在某一次少數人的座談會中所吐露出來他的心聲。我當時亦在座，曾經細細體味他的論點。直到今天覺得我們的努力還是不夠。

抗戰勝利後，我奉派回上海擔任地方法院院長，重見了許多早年的朋友。閒聊中大家談起上海市的建設。於是有人深切瞭解吳先生擔任上海市長任內的成績。舉出當時的市政計劃以及一切準備推展的建設。吳先生的眼光與膽識，真是處處高人一籌。若干作為，當時他的同僚幹部不大了然的，十年以後，情況回溯，大家深深感到自己的見識，實有愧於當日的領導者——吳鐵城先生。我認為吳先生不祇是政治家與軍事家，而且在行政的作為時，也是國家少有的長才。

此刻懷念吳先生，我感遺憾的是親近機會太少，未能多所受益。

叔謨吾師逝世悼詞 *

南開吾母校，吾師執教鞭。從受國際法，學並政治篇。
諄諄誨不倦，領悟始豁然。華北六大學，代表選生賢。
吾師倍嘉勉，猛著祖鞭先。學成遊彼美，深造又幾年。
魚書時啟迪，歸國益奮旃。教授與司法，由滬而之川。
吾師許有造，屬望殷於前。吾師教而政，風順一帆船。
折衝樽俎裏，勳名金石鐫。聯合國法院，法官得榮遷。
辦案惟明允，舉世稱不偏。花甲纔添葉，壽應如老籛。
胡不遺一老，萬里隔人天。生寓蓬萊島，如在莒懸懸。
春風寒几杖，侍教再無緣。景仰却靡已，泰山北斗邊。
言行彌足式，形往自神全。薪傳承火燼，期以慰重泉。

---

* 本文見《徐叔謨先生追思錄》，1956 年。按：徐謨（1893—1956），字叔謨，江蘇蘇州人。畢業於天津北洋大學法科，曾受聘於南開大學，任文科主任，兼《益世報》主編。後轉入政界，曾任外交部政務次長，是首位出任國際法院法官的中國人。1956 年 6 月在荷蘭海牙逝世。

國際公法權威崔書琴先生 *

是四十六年七月十七日的中午，忽然電話中傳來老友書琴兄逝世的噩耗，真如晴天霹靂，驚諤萬分！在我當時沉默的回想中，使我發獃了半晌，大有夢耶真耶的感覺！

書琴兄正當壯年，前途如錦，竟被二豎所纏。他臥病期間安靜診療，專心調理，朋友們正盼望天相吉人早日脫離險境。不久之前他還以為自己病勢減輕，不忘公務勉強外出辦公；我聞後深以為慮，勸他仍再忍耐繼續將息。誰料到病體突然變化，於遷住臺大醫院後，不及一日就喪失了他寶貴和有為的生命。以他的學識，他的

* 本文見《中國一周》第 430 期，1958 年 7 月 21 日。按：崔書琴 (1906–1957)，河北故城人。民國時期的政治人物。1927 年，加入中國國民黨。1930 年，畢業於南開大學，旋赴美，入哈佛大學研究院，1934 年，獲政治學博士。歸國後執教於西南聯大。1949 年，去臺灣，任臺灣立法委員。1957 年，病逝於臺北。

毅力，國家社會正多倚重。何竟天不假年，任其撒手西歸；真是不勝震悼。

書琴兄是生長在燕趙故鄉，受到家庭及自然環境的影響，養成慷慨重義，沉毅爽直的風格。我和他是天津南開大學先後同學，不過他進入母校求學的那年，我業已畢業離校，所以沒有和他同窗切磋。可是在他遠渡重洋去美留學入哈佛大學專研國際公法時候，我亦正在美國密歇根大學法學研究院攻習比較法學。由於志趣相近，彼此也就逐漸認識。以後我在中央大學等校執教以至轉在各法院任事，雖然以職業及服務地點不同，未能常相聚晤，可是彼此工作情形則皆深悉。書琴兄天賦純厚，研究學問夙夜不懈。對於任何問題的探討，必求詳盡深入。以後他在國內北京大學、西南聯合大學執教，成為國際公法權威，深為一般人所欽佩，實非偶然。

關於治學方法，書琴兄早有成就。他在學術上的貢獻相當卓著，而於國際法上的問題尤有精闢的見解並且發表論文多篇，馳譽國內外。第二次世界大戰期間軸心國家種種暴行，令人對國際法的效能幾已發生懷疑。戰後蘇聯又一再藐視國際協約，世人對於國際法的尊嚴更失去了信心。但是國際法的真理在人間依然存在，國際法的地位更為人所重視。書琴兄為加強國人對於國際正義的體認，提高國人對於國際公法的信念，於來臺後費盡心力蒐集最新資料，把他八年前的巨著《大學叢書國際法》一書加以修訂。使戰後國內出版界頓放異采。裨益學者實匪淺鮮。

書琴兄是一個熱忱愛國者。無論在他求學的時候或在服務國家的時候，處處流露他的「先國家後個人」的精神。有一次我倆在閒談中，他強調國人務須上下一心和衷共濟，尤其是對國家的忠誠，他認為國家的安危在有是非而不在強弱。信賞必罰，方可人盡其才；然後政府亦才能有力量。他對於現實問題無不詳加分析，每有專題研究，他必將其結果窮力編為報告，提供當局及決策機關採擇參考。因為他學養有素，對於歐美新的學理制度瞭解精透，所以他對於主義的闡釋每多新穎發明。立說問世，人皆景仰。書琴兄始終認為政黨自身健全必可順利領導政治。所以他對於黨務的推進不遺餘力。自三十八年來臺以後，一直為黨服務。他同時又是民選立法委員因而對於立法權與黨政關係悉心研究，時有卓見。他所提意見不特不涉空泛而且常有獨到之處。這是熟友或同事共同承認亦是大家對他衷心敬佩的緣因。他對於為人出處亦極謹慎，他認為不應做的事無論如何絕不隨便去做。態度光明，絕不貪圖小利而毀大義。誠所謂人必有所不為而後方始有為，足為今日社會的楷模。惜今後音容已渺，再也不能見到故人的建樹，聽故人的讜論，能不黯然。

國家興盛首重教育。書琴兄對於教育，亦特具熱誠。返國後在各大學擔任教授，循循善誘，不辭辛勞。他一生樸實無華，待人處事忠恕持平。二十年來桃李遍天下。所教青年除灌輸介紹新思潮和專門學識外，並常以品德相督勵。他對於教育意義有深切瞭解。作育青年純為國家培植人才，從未存留私用之念。多年來他於職務機會或社交場合曾識西南聯合大學畢業同學多人。受教者對於崔教授的學問道德莫不一致稱頌。去年他赴華盛頓參加國際法學會五十週年紀念大會，表現殊多。旅中隨時函告行止，至為佩慰。會後他訪問各地留學生，為他們講說國內政治動態及社會經濟進步情形，聽者均甚感動。有許多青年留美讀書，甚且就任職業，他們在外多年與此間父母家人隔離重洋，彼此牽繫；雖曰書信常通，究不免依依思念。書琴兄不避煩累攜帶錄音機各地旅行。所到輒為留學生錄音，以之傳遞真情。歸後逐家播放，父母如見親人。此種人情味之濃厚，非惟可以增加遊子孝思，安慰家屬，亦可增強留學青年奮鬥之心，貢獻極大。於此亦可見書琴兄思慮之週到及其愛護青年之心情。

光陰荏苒，書琴兄棄世，不意瞬已周年。國際法學巨星殞落，青年失其領導。況在一年中，國際風雲變幻萬千；會議協商，在在需要專家。今既黨失彥士，國失楨幹，此項難計之損失，真不知後死者應如何努力，方可予以補償！

一位令人難忘的導師

——懷念徐謨博士 *

民國十一年,我踏進中國第一流學府南開大學的校門。最幸運的是,享譽國際的年輕學人徐謨先生也正在那年回國執教於南大。我所修的政治學、比較憲法、國際公法就是他擔任教授的。

徐先生字叔謨,江蘇吳縣人,是民國初年外交官考試最優等第一名。我對他仰慕已久,現在能做他的學生,心情之興奮是可想而知的。記得第一天上他的課,鐘聲甫畢,先生即按時步入課堂。他身材短小,皮膚白皙,方方的額角,挺直的鼻樑,顯得一派高雅氣質。加以他那一襲整潔畢挺的米色西服,飄飄然卻於溫文瀟灑中透著一份威嚴。令人敬畏,卻也令人感到可親。因為他臉上一直帶著自然

* 本文見《傳記文學》第二卷第1期,1963年1月。

親切的笑容，他以閃爍著睿智的眼神望著每一位同學。當你的目光與他的接觸時，你彷彿覺得他早已認識你，也彷佛正歡迎和你談談，而你就會渴切地希望馬上能聆聽他的教誨。他當時年未滿三十歲，而他的學問修養已使他有如此雍容的長者風範。不由得使我對他越發的肅然起敬，而深深慶幸自己在大學能得到這樣一位導師。

我因選謨師的課程較多，所以更多接近請益的機會。因而也更敬仰他高尚的人格。他待人寬厚，律己謹嚴；立身處事，一絲不苟。可是他並不是道貌岸然。他詼諧時談笑風生，談得投機，更是眉飛色舞。他的英文造詣與口才是中外馳名的。至今在我心中留下深刻印象的，是他對我中英文演說的指導。當時華北六大學每年都要舉行一次校際辯論會。我膺選代表學校出席辯論。在事前，謨師要我到他面前，仔細聽我預習。一遍又一遍不厭其煩地指點我的語調、聲浪與手勢。他告訴我說：「演說的開端極重要。一開始就要能吸引住聽眾的注意力和興趣。所謂出語驚人。中間則務能縱橫自如地自由發揮，不可死背稿子。結尾亦極關重要，一鬆懈則前功盡棄。」我默記這一番訣竅，努力為南大爭取光榮。十二年，我代表學校與清華比賽，奪得錦標。翌年再戰北大，又是南開獲勝，這不能不歸功於謨師的教導有方。

南大四年的生活是值得懷念的，因為我們師生感情極為融洽，而謨師對我尤其別具青眼。常記於晚間約二三志趣投合的同學，到謨師寓所裡向他請教，師母也常常出來陪我們談笑。我們告辭時謨師興猶未盡，就起身一直送我們出來。在靜靜的校園中和我們一起散步。弦月一勾，夜空澄碧；微風吹拂著園中花木，也吹拂著謨師翩翩的衣袖。謨師家著便服，偶亦穿長衫，顯得格外的灑脫。他以溫和而輕鬆的語調和我們侃侃而談。談法律、談哲學、談世事、談人情。謨師口齒爽利，語音嘹亮。其抑揚頓挫，亦予我們的心靈以無限的啟迪。他告訴我們，他不願意進外交界服務，願祇獻身法律與教育。他說辦外交固可展其所學折衝樽俎，但難免要勾心鬥角而耍政治。祇有當教師可以使你體會到人類相互間的信賴與情誼之可貴。當法官可以使你感到法律本身的尊嚴與力量。一個真正富強康樂的民主國家，法律的力量與人類的愛是必然得以充分發展的。謨師的明哲之言，使我畢生服膺不忘。我一直從事於司法與法律教育工作。每於公餘課後，一個人在夜風中散步歸去，就不禁想起謨師的音容風範。

記得有一個冬天的晚上，我約了文學院女同學曹雲先女士一同去謨師寓所拜訪。我看見謨師容光煥發，喜形眉宇。我問他是否有什麼特別使他高興的事。他笑著望望我，望望雲先說：「你們兩人一起來和我談天，就是特別使我高興的事。」說完謨師與師母相視而笑，雲先羞赧地低下了頭，我卻內心感謨師的風趣與濃厚的人情味。出來時他又陪我們穿過草坪。北國的嚴冬之夜，寒風凜冽，此時天空且已飄起雪花來。可是謨師的興緻很高，他一定要冒著雪和我們散步。雲先和我走在他的兩邊。他款切地對我們講了許多為人處世的小節，以及美滿人生的主要因素，我就懂得他對我們的前途是如何的關懷。他回去後，我又送雲先回宿舍。我們互道晚安時，深感兩心比前更為接近了。在寒風中，我快步跑回宿舍，我心頭懷著無限溫暖，這溫暖是雲先給予的，然而也是謨師給予的。

第二天正好是聖誕夜。我特地跑到書店裡選了兩張我認為最美麗的聖誕卡，一張送給謨師，一張送給雲先。我兩人既都深獲謨師的期許，這神聖的節日使我們越發體味到師生間寶貴的情誼。我於心中默禱上帝佑護我們攜手努力前程，以期無負於謨師的屬望之殷。後來我與雲先結婚。二十年來迭經變亂，同甘共苦，家庭間融融洩洩，給我精神上事業上以無限鼓勵。不幸雲先中年謝世，深感人事的奄忽無常。其後我續弦與祖葆結婚，謨師知道了引以為慰。因為岳家正也與他有通家之好。凡此都是說明謨師對我的關愛。

謨師在南大授課時最得學生的擁戴，更得校長張伯苓博士的信賴。張校長是馳譽國際的教育家。當時延聘的教授如蔣廷黻先生、李濟先生、凌濟東先生、應尚德先生、姜立夫先生等，堪稱一時之選。謨師於授課外並利用公餘時間兼任天津《益世報》總主筆。所著社論都於國際問題有關，極受社會各階層人士所歡迎，影響至大。我當時擔任校刊編輯委員，每次請謨師撰稿，無不慨然俞允。篇幅得以增光，衷心感激。我因獲名師期許，對自己抱負亦更增信念，所以於民國十五年畢業後，即再入上海東吳大學專攻法律。同時先後擔任浦東中學及省立上海中學教席。那年謨師亦離校就任上海公共租界臨時法院法官。同處一地，我又得有機會再向他常常請益。並時常去聽他開庭審案。他穿上莊嚴的法衣，端坐法庭，真是威儀棣棣。在學校裡，我見他誨人不倦；如今更得見他悉心聽訟時溫而厲的嚴正態度。

民國十七年國民革命軍奠都南京，國民政府成立。謨師時任江蘇丹徒地方法院院長，頗多興革。我亦時曾相與縱談治亂安危之本，以及法治建國之道。謨師誘掖後進，出於至誠。當時政府百廢待舉，求才若渴，遂延攬謨師參加外交工作。謨師亦因國家需要，改變初衷，步入外交部，擔任參事之職。當局為實現中山先生遺囑，積極進行廢除不平等條約工作。首先與各國磋訂收回關稅自主，取銷領事裁判權各條約。當交涉之衝者為外交部長王儒堂先生；翊贊擘劃，負草擬之責者則為謨師。二十年謨師升任外交部常務次長，旋轉任政次。其時我已由美返國，任職司法行政部，同時復在中央大學任教。南京富厚崗謨師的公館，又變成天津八里台謨師的宿舍，親聆訓誨的機會又多起來。

抗戰初期，謨師即隨政府遷往重慶。我那時已任上海特區法院推事數年。國軍西撤後上海租界因為有各國條約的關係，仍能屹然獨存。所有政府的國際宣傳，政府與各國貿易聯繫，甚至有關各種情報的收集，幣值的穩定等事項，莫不以上海租界為活動中心。上海租界內中國法院在四面陷區的包圍局面下，孤軍奮鬥，情形之艱苦可知。因為當時法院與國際關係極其密切，所以法院的安全與情況，外交當局亦同深關切。謨師不時以函札相鼓勵並指示方針，使院長郭雲觀博士及一般司法界同仁有充分的機智與勇氣，奮鬥到底。太平洋戰事發生後，我間關趕赴重慶，奉派司法行政部參事，更得以就近請益。三十四年抗戰勝利，我奉命主持上海地方法院。其時各國領事裁判權均早已取銷，華洋案件紛至沓來，我尚能應付裕如者，皆有賴於謨師平時對我的指引與鼓勵。

來臺後，我於四十年奉命赴美辦理毛案。謨師此時已任國際法院法官。在國外對我的讚許與慰勉，不遺餘力，使我更具毅力信心，來辦理這困難案件，而無負於國家託付於我的重任。

我於辦理毛案獲完滿結果後，於四十四年回國，特地取道海牙去拜望謨師。相見悲歡，宛如夢寐。深感百年之中，良會有幾？當時更感於舊遊雲散、不可復得。是夕共話津、滬、寧、渝往事，又復百端集臆，萬感填膺。謨師領導參觀國際法院。那宏偉壯麗的建築，令人敬仰欣羨。國際法院法官共有十五人，均為各國法界耆宿。年紀最高有達九十六歲的，而謨師初進國際法院時年僅五十餘，是當時最年青的一位。迨我往參觀時，謨師雖已非最年少者，但亦衹不過是倒數第三位而已。謨師導我至法庭時不由得又是一番訓勉的話。從法院的陳列文卷中，我翻閱到謨師多年來的法律意見，證明謨師對於案件研究極為仔細。謨師處理案件常參閱文卷書籍百數十種，仍然像昔年教書的情形，每有心得就記在卡片上以供參考，可見他臨事的嚴謹與公正。難怪他受各國法學界的稱頌與欽佩。

海牙風景幽美。阡陌運河，密如蛛網。街道、田野均充分表現了荷蘭人愛清潔、整齊的良好習俗。謨師性好寧靜，能在這樣好的地方工作，以發揮他的抱負，精神上應該是相當愉快的，惜乎他因辦事認真，心力交瘁，我當時見他面，他精神雖很興奮，但以細事煩擾因而面容已顯得蒼白憔悴了。四十五年他卒至罹病不起，仁者不壽，焉得不令人痛惜呢！

我自畢業後服務國家三十餘年，與謨師始終保持密切聯繫。師生情誼，久而彌篤。而歲月不居，謨師作古忽忽已逾五載。值茲歲暮，緬懷疇昔，感念師恩，誠不知涕淚之何從矣。

輓許世英先生 *

皖山毓秀，淮水鍾靈，
匡濟緬耆賢，運乾元稱大老；
潞國祈年，衛武抑誡，
勳華垂奕禩，名昭冊紀前徽。

* 本文見《許世英先生紀念集輓聯》，1963 年。按：許世英 (1873–1964)，字靜仁，號俊人，安徽東至人。清季秀才，光緒二十三年以拔貢選送京師參加考試，以七品京官分發刑部主事。民國成立，任大理院院長、司法總長。1925 年，任國務總理。1936 年，出任駐日本大使。1947 年起，歷任國民政府委員、蒙藏事務委員長、總統府高級顧問。1950 年，去臺灣，1964 年，病逝於臺北。

追思林佛性先生 *

佛性先生逝世已十週年了！時間上的距離，沖淡不了大家對他的懷念和追思。特別是我，多少年來，仍一直在司法崗位上服務，自然隨時隨地都會想念到佛性先生對司法的貢獻。

我和佛性先生認識很早，但是早期沒有常常向他請益的機會，衹是對他在立法和教育工作上所表現的卓越才華和成就，由衷的欽佩。還記得我在陪都擔任重慶實驗地院院長的時期，佛性先生因為關心中央在不平等條約廢除後政府為改革法制而設立的司法機關，不斷注意該法院的興革事宜，時相垂詢。他對於司法的喜愛支持，在那時的談

---

* 本文見《憲政論壇》第十四卷2期，1968年7月，《林佛性先生逝世十週年紀念專輯》。按：林彬(1893–1958)，譜名宏肇，字佛性，浙江樂清人。民國法學家、政治人物。1920年，畢業於北京大學法學系，留校任教。1927年，出任國民政府法制局編審。1928年，立法院成立，出任立法委員兼法制委員會委員長。1945年，當選國民黨中央監察委員。1948年，出任司法院大法官。赴臺灣後，出任「司法行政部」部長、總統府國策顧問，兼任臺灣大學教授。1958年7月，病逝於臺北。

話和交換意見中已可知其梗概。政府遷來臺灣以後，我和先生同在臺灣大學任教，見面機會較多。民國三十九年三月政府任命他出長司法行政部，他親自移駕邀我擔任政務次長的職務，以襄助他推展工作。他邀約的懇切，以及對司法行政工作的改進，所懷抱的理想和熱誠，使我深受感動。因此經正式提名後，在他到職後第十天，我也就第三度的再重回司法行政部服務。從此開始，朝夕相處，對佛性先生有了更多的認識和更深的欽仰。

和佛性先生共事，是最值得回憶的。和他在一起工作過的人，一定有一種共同的體驗，那就是：他對公事要求很高，自然對同仁的工作要求也就嚴格。所以跟他做事，實際上是很忙碌也很辛苦的。但卻使人有忙而不感其苦，勞而不知其累的感覺。因為由於他事事以身作則，律人嚴，律己比律人更嚴。在公務上大家很辛勞忙碌，但是看到他比別人更辛勞更忙碌的公忠體國的精神，大家就自然的情緒振奮，不計較勞累了。記得我到職以後，在他精簡的用人政策下，我這個政務次長，也常常被他當參事用。他在司法界是行伍出身，又是數一數二的立法專家，所以對於法制的研議和修訂，不但特別重視，而且都有獨到的見地。現在在司法行政工作上實施的很多規章和制度，以及有關各項的改革方案，很多都是當年他親自拿了公事，來到我的辦公室，在會客的小圓桌上研酌再三而後定案的。他找我做這些工作的時候，總是利用上午或下午下班後的一段時間，因為在這段時間裡，辦公室最為安靜，既無公務接洽，又無賓客造訪，可以靜靜的思考和研商。記得我們常對坐小圓桌旁，佛性先生總是先就其自己的觀點娓娓而談，然後分析他人的意見，研酌得失，決定修補或取捨而後定案。有時他一談就是半小時，不但毫無倦容，而且愈講愈有精神，那種為公務而忘我的情景，任何人在座，都會深受感動的。

佛性先生在民國三十九年接長司法部務的時候，正是總統復行視事，大局由動盪不安中扭轉過來，政府各部門都勵精圖治，以重整聲譽。動亂後的司法行政工作，必須在復興基地奠定法治的基礎；一方面在國家非常時期，必須兼顧人力和物力的艱困。所以雖是百廢待興，但在主觀客觀條件困難的情況下，真是開展不易。先生憑藉其果斷的毅力和信心，為司法改進而艱苦奮鬥，克服困難，力求實效。他當時在部是以儉約出名的。司法行政部的公帑，沒有一分是浪費的。那時政府財力艱困，請款不易，佛性先生在經費上處處節省，他不在意同仁批評他「小氣」，省下一筆錢來，建築一個司法官訓練所，貫徹他培養司法人才的初衷。今天一期一期的司法官專業訓練，能夠順利的完成，應該想到佛性先生當初奠立基礎的一番苦心。

對司法行政工作的改革，在他到部後，就積極的開展。從通盤調整機構及員額，健全司法人事制度，一方面注意儲備司法人才，舉辦各類司法人員之短期訓練，注重品德和精神修養。確立合法、適當、迅速，為司法官辦案準則。實行各項便民措施，如重建申告設備，倡行言詞告訴，改進羈押及交保手續，設置訴訟輔導等制度，都在他躬親督飭下，逐漸的建立起來。在監所革新上，確立了行刑的新觀念，要求監獄步向學校化、工廠化、醫院化的境地，特別是他排除困難，將臺灣在日據時代所遺留下來的監所混禁的辦法，徹底加以改進，確立了監獄與看守所劃分的原則，分期予以實現，使監所符合法律規定，各具其不同之地位。在當年物力人力兩不具備的條件下，推動這樣的改革工作，是煞費苦心的。當年他倡導的改革事項，很多在今日司法行政工作上，仍是應行繼續努力的目標，當我們今天正積極努力並殷切期望司法業務的革新時，想到佛性先生當年的苦心和遠見，自益增欽敬之情。

佛性先生是一位教育家、法學家，也是一位司法實務家，這是眾所共知的。但是也許很多人還不知道他的司法官資格取得，是特准免予考試的。原來他在國立北京大學畢業的時候，由於成績特優，所以免去了司法官的初試，就分發學習，後來又以學習成績卓越，又免去司法官的複試，就派任為司法官。在司法實務工作上，他擔任過多種的職務，所以實務經驗宏富，以後連任四屆的立法委員。可以說親身參加過現行《六法全書》中大部份重要法律的起草工作。他殫精竭慮在立法工作上的貢獻，和他當年在立法院共同工作的同僚都存留著極為深刻的印象。抗戰勝利又當選制憲國民大會代表，行憲後又經總統提名出任司法院大法官，直到他接任司法行政部部長為止。這一連串的經歷和成就，對一個學習法律的讀書人來說，也確確實實以其所學，貢獻於國家，盡到了書生報國的責任了。

在佛性先生生平的事跡中體認，處處可以看出他是一面接受新思想，一面固守舊道德的人。他一生在擔任公職中所表現的奉公守法的精神，冰清玉潔的情操，堅貞的毅力，儉樸的生活，都是他道德修養的實踐。他對我國傳統的「忠」、「孝」精神的踐行，更是出於至誠，形於自然。聽說抗戰時期他隨政府遷居重慶時，不幸老母親在淪陷區的原籍病逝，先生得訊後，不避危險和艱辛，以往返歷時四閱月的長途跋涉，潛返原籍奔喪。不是賦性至孝的人，何來此等勇氣和毅力。至於說到先生對國家之忠誠，除了公務上所表現的業績外，我特別要重提一件舊事，就是在他擔任司法行政部長任內，曾喊出一句「司法配合國策」的口號。這句話，當時著實招致一點批評，也為他自己帶來不少的困擾。因為有人認為這句口號會影響司法獨立審判的精神。我們今日無須在此研究這句用語文字上的意義，但是我卻想說明我個人是確切的瞭解，佛性先生叫出這句話的真意。那正是他對國家一片忠誠心聲的流露。因為我時常聽他對同仁說：「司法是國家五種治權之一，司法人員在國家立場上亦同於其他公務員，對於國策的瞭解和執行不能坐視，憲法規定獨立審判不受干涉，是要法官公正執行，不是要離群孤立。所以他主張司法人員應在審判獨立之原則下，以法律為依據，力求配合國策。司法人員能在國策範圍內依法裁判，是無違背審判獨立精神。這樣的審判獨立，才有其價值和意義。」聽了他對這句口號的一段釋明，也許就可以不生誤解了。執此一例，可見佛性先生一生做事，都是國家至上的。這個原則的把握，對於為國家執行公務的人員來說，是十分重要的。

先生著述等身，桃李滿天下。這是他治學勤恒和誨人不倦的最好說明。在他逝世已屆十週年的今天，追思其音容，回想他的過去，由於和他生前交往上的親疏，悼念之情容有不同。但是他那至高至大的精神，遺留給人的影響和感受，應該是相同的。

美國一位司法改革家萬德畢的中心思想 *

民國四十三年，也就是西曆一九五四年，我正因公留駐美國。在此期間，與美國法學界人士，時相往還，得識了當時正任紐澤西州最高法院院長的萬德畢先生(Arthur T. Vanderbilt)。初見面時，他就表示深知我曾主持重慶實驗法院，參加過中國司法革新的實際工作。多次的交往和晤談，我體認到萬德畢先生正是一位致力於美國司法工作革新的改革家。他不僅對美國訴訟程序上之研究和貢獻，幾無人可與倫比；同時他對革新美國司法所具的熱忱和行動，也著實令人欽佩。他當時所主持的最高法院既被譽為各州中最有效率和最現代化的法院。他對美國司法工作上的卓越的革新意見，無不具有相當的影響力。所以每當想到我國司法工作的革新時，我也

* 本文見《法令月刊》第二十二卷第 12 期，1971 年 12 月。

總會想到這位美國的司法革新家。

萬德畢先生一貫主張研究法律一定要同時研究法律與其他社會科學間的關係。但是這一點卻常為學法之士所忽略。他並不責備這是學習法律的人應負全部的責任，他認為這中間還有相互間的配合問題。他舉出經濟的發展，和法律的關係是相當密切的；可惜過去學法的人對經濟學都不肯去用心研究。這個錯誤的造成，不全在學法的人員方面。主要的還在經濟學者，研究經濟發展時，沒有重視法律的關係，沒有把經濟發展過程中法律方面應該要擔負些什麼責任，提醒法學家的注意，促起其重視，來同研究，配合發展。

萬德畢先生認為這才是一個最正當而有效的途徑。他的這一很明朗的主張，在我國今日正致力於國家建設和經濟發展的時候，如何使經濟發展與法治的推行，並駕齊驅，是我們經濟和法學界人士最不可忽視的。

萬德畢先生曾擔任過紐約大學教授和法學院院長多年。他主張若干工作，應該從教育的基本上做起。他認為一個負擔法律教育工作的人，不僅自己要主動的對其他社會科學有適當的研究，並且有義務將這些知識介紹給學習法律的學生們。同時更應該去瞭解學生們對法律以外學科所認識的程度，以便對學生作適當的指導。他斷然指出，一個學法律的人，決不能忽視法律以外的其他社會學科。一個法律學的學生，除了法律本科外，還有義務去瞭解其他的各種社會科學，否則他決不能成為一個優秀的法律人才，也不可能做一個稱職的公職員。因此他在慨嘆過去法律教育上缺失之餘，也曾不斷的從事對法律教育的改進。

萬德畢先生不僅是革新司法的理論家，也是一個實際的行動者。他一再表示，改革司法，專靠書本的研究和理論的探討是不夠的；必須以實際的經驗，實際的行動；而在實際的行動中，無論是司法工作者、律師、法學教授、乃至於學習法律的學生，都要人人出力，負擔一部分的責任。他主張司法工作者與律師以及負責立法的人，要隨時集會研究法律的修正，討論制度的改進，俾使革新工作，可收事半功倍之效。萬德畢先生曾具體的指出，法律的改革，有各種方式。但總不外是：(一)某些法學家個人的努力(如 Edward I 或 Mansfield)。(二)若干志同道合之士所組成的一個小社團為某一目標謀求革新而所作的努力(如英國國會對 Stuarts 王朝之反對組織)。(三)由廣大的團體群力來推動改革(如 Benthamite reformers)。他認為不論是採取以上那一種方式來進行，主要的均要依靠著年復一年的不斷努力，才會收到踏實的效果。

我在前面已提到萬德畢先生是美國訴訟程序法的精深

研究者。他曾寫過兩本有關這方面的重要著作。一本是《近代訴訟程序與司法》，一本是《司法的最低要求》。這兩本專門著作曾在美國法學界發生很大的作用；特別是喚醒了大家對司法改革的認識，並啟示了若干革新的具體途徑。他討論美國訴訟程序改革上應該重視的若干問題，都是看來平實，而實則非常切要的。例如他認為一個訴訟案件，必先合理解決以下的問題：（一）原告應該在那一個法院起訴？（二）誰可以提起訴訟？（三）原告怎樣使被告及所訴事項進入法院而獲得公平審判？（四）當事人對法院的要求是什麼？（五）訴訟應有些什麼事前準備？（六）敗訴之一造不服判決應如何處理？（七）如何使判決生效等等問題。這些問題都是我們在訴訟程序上最重要的所謂管轄問題，當事人適格問題，訴權行使問題，訴訟標的問題，上訴問題，執行問題等。如果這些問題都有合理的解決，對司法工作的改革，自有無比的貢獻。

萬德畢先生談司法改革工作，也重視「人」的因素。他說法律是由人來執行，對於人的選擇，必須要求其適當。他主張司法革新在人事方面必須要重視：（一）司法機關人才的來源。（二）法官任期的長短。（三）法官待遇的適當。（四）如何確立法官行為上、生活上的標準。美國司法人員是訂有職業道德有關的守則的。萬德畢先生以為，一個矢志司法工作的人，必須在學生時代，就應該讀熟這些守則，以準備做一個好的執法者。我國革新司法，也重視司法人才的培養，司法人才對法治工作的重要性，可見在中外都是受到相當重視的。

萬德畢先生對訴訟的意義，有一段十分精深的解釋。他說在訴訟上無論是事實上或者法律上的辯論，並不是雙方當事人在競賽 Sporting event 勝利的獲得，而是為了要伸張正義，求取真理。所以法院不是為法官或者律師而設置的，乃是為著當事人伸張正義求取真理而設置的。訴訟的終極目標是在要求得到一個「公平的審判」。這也正是司法工作不斷求取革新的一個崇高的理想。

我對萬德畢先生的過去，知道得並不太多。五年前他去世時，我亦不在美國。但是我知道他除了擔任紐澤西州最高法院院長，和紐約大學法學院的院長以外，亦曾執行律師業務。擔任過美國法曹協會的會長，司法改革會會長，領導群倫，貢獻很多。他還擔任過美國最高法院新刑事訴訟程序法規起草委員會的主席。無可疑義的，他對美國司法革新的卓越見解，是以他的智慧、經驗、品德以及淵博和深湛的學識所融會而成的結晶，宜乎他能成為一個美國當代的司法改革家。

盡瘁司法的謝冠生先生 *

今年元月十一日，是第二十七屆司法節，正是冠生先生逝世後的二十天，《中央日報》刊出了一篇他在病中為紀念第二十七屆司法節所寫的文章，題目是「紀念司法節的意義」。文中從紀念司法節談到司法的任務，和司法同仁應負的責任，同時更喚起大家尊重法律的精神，勉勵人人以守法為義務，以守法為道德，以共同確立法治基礎，臻國家於富強康樂的境地。凡在司法崗位上服務過的人，看了這篇文章以後，必然有讀其文如見其人的感受，這位白髮皚皚，溫柔敦和而畢生獻身司法的長者，是永遠會活

* 本文見《華學月報》第 8 期，1972 年 8 月 1 日。按：謝冠生 (1897—1971)，別名壽昌，浙江嵊縣人。法學家、政治家。巴黎大學法學博士。曾任中央大學教授、法學院院長。1937 年，任司法行政部部長。1948 年，任行政院政務委員、中央公務員懲戒委員會委員長。1949 年，去臺灣，曾任「司法院」院長。1971 年，病逝於臺灣。

在大家的心坎裡。

我初識冠生先生，是在民國二十一年，我回國未久，至中央大學法律系擔任教職。那時冠生先生已交卸法律系系主任的職位，但仍在法律系開課執教。當時他年齡不過四十上下，風度翩翩，卻謙和持重，自然的顯現著一種令人欽佩和心儀的風範。在中大任教期間，雖然很少有接近他的機會，但是大約過了一年多後，他負責主編中華民國法學會所發行的《法學雜誌》，我不時撰文投稿，所以接近機會較多，並且開始有書信往還。記得一篇稿子寄去後不久，總會收到他一封親切的回信，而且都有充實的內容，使人有所啟迪。就在這些信件中，我開始領受到冠生先生所一貫待人坦誠與謙和的態度，也對他淵博的學識有了深切的認識。

民國廿六年抗戰軍興，政府西遷，那時冠生先生正奉命任司法行政部部長職務未久，我因早已從事司法官工作，自然成為冠生先生的部屬。我當時正充任上海第一特區地方法院推事。由於上海業經陷敵，僅留下設在公共祖界的第一特區法院與設在法租界的第二特區法院。因為地位特殊，敵人無法干涉，仍能接受重慶司法行政部的領導。在上海孤軍奮鬥，支持我國法權於不墜。但是處境均卻十分的艱險，當時第一特區的院長郭雲觀博士，他是一位典型學者，具有書生報國的決心，領導全院同仁，在敵偽的威脅、暗殺、綁架等陰謀下，不斷奮鬪。著實表現了我國司法人員傳統的剛強不阿，無懼無畏的正氣。對於這種精神的發揚光大，冠生先生給予的鼓勵和幫助也最大，除了公文函電往還獎勉以外，他並不斷親自寫信給院長予以慰勉和鼓勵。由於我那時還兼任書記官長的職務，所以曾親手經辦許多有關的檔。對冠生先生關懷部屬真誠的心意，留下了深刻的印象。

以後太平洋戰爭爆發，租界陷落，第一特區法院即被敵軍佔據，全體同仁均深明大義，不受敵人的威脅利誘，紛紛往內地撤退，來不及撤退的也都設法藏匿起來。我是徒步從上海撤退到金華，到達金華後，我即向重慶司法行政部報告上海撤退的情形，並請求設站接納來歸的忠貞人士。冠生先生對陷區內撤退之司法同仁，真是關懷備至。隨即命令當時自由地區各衝要地方的法院負責妥善接待，並飭在金華設立善後接待委員會，派金華地方法院院長陸寶鐸負責主持。不幸數個月後金華亦被攻陷。陸院長自己卻未及撤走，和十餘位司法同仁(其中包括上海特區法院庭長吳廷琪及推事書記官等)為敵軍所執，忠貞不屈，慘遭殺害。這是我抗日戰爭中司法上的一件令人感動的史實，這些堅貞可敬的司法烈士，以後也都由冠生先生一一報請國民政府明令褒揚，這正是他一貫的對部屬負責的表示。

我到達金華不久，適冠生先生巡視各省司法業務到達金華，他就要我隨他的專車同返重慶。一路上有著更多領受教益的機會。到達重慶後，他就立刻派我為四川高等法院第一分院的檢察官，沒有多久，接著就調我到司法行政部充任參事。民國三十三年，重慶實驗地方法院成立，他又調我擔任重慶實驗地方法院院長。冠生先生對我個人這樣的愛護，令我永銘不忘，但在事實上，追隨冠生先生盡心盡力為司法服務的人員，在不同的崗位，卻都有和我有同樣的感受。

實驗法院的成立，這是冠生先生在司法行政部要達成改革司法及簡化訴訟程序的理想而推動的一項政策。他希冀能經由實驗法院實驗後，將各種改革計劃的施行績效及其結果，加以檢討並研擬出一個全面性方案，所以他對實驗法院的工作，也特別關注，常常親自指示有關革新工作的推動，實驗法院從成立到結束，雖不過兩年，但是卻曾受到國內外的重視。記得在民國三十三年，美國國務院曾派遣法律專家海爾密克來華考察司法工作，當時曾參觀重慶實驗地方法院，對各種措施，深感興趣，特別是對於簡化訴訟程序方面，他於返美後，曾透過美國國務卿格魯及總檢察長畢特爾氏函謝我國政府之款待外，並盛讚司法行政工作簡化訴訟程序上的努力，將來對國家必有重大的貢獻。海爾密克氏的心得，也就是冠生先生所努力的理想，在以後的司法工作上，可以說，完全都獲得了印證。

冠生先生獻身黨國數十年，以學者從政，將其畢生大部份的精神，都盡瘁於司法行政工作，他律己謹嚴，待人寬厚。他治事主張理想和事實兼籌並顧，所以在平和中涵容著剛毅的意志，是一位王道的革命家。他認為司法工作於革命工作中最重要的一部份。所以他在抗戰勝利後第一次全國司法行政檢討會議中，勸勉司法人員首先要有革命的精神。他說國父曾昭示革命就是打不平，司法工作正是把不平的事實糾正為公平合理，因之這是最重要的救國救民的革命工作。他並說真正的革命者應該疾惡如仇，鐵面無私，司法官所需要的也就是這種精神。我們可以知道冠生先生把司法工作作為完成國父國民革命工作的一項重要任務，所以他對國父遺教以及我國傳統的王道思想，在他所主管的司法工作中盡力的加以闡揚和實踐。民國五十四年為紀念國父百年誕辰，由中國文化學院法律研究所刊行冠生先生和我共同主編的一部《國父法律思想論文集》，可見集合國內法學名家闡揚國父法律思想，其編輯增益端賴先生熱心指導。

冠生先生畢生對國家的貢獻，將來一定都會載諸史乘，我所追憶的不過是一些瑣事，不能盡其萬一。但是我知道冠生先生於民國三十七年交卸司法行政部長職務前，曾將自民國廿六年至三十六年十一月間他所擔任司法行政部部長職務的期間，對有關司法業務推動與改進，曾平實的彙編了一本《戰時司法紀要》，內容都是司法工作上事實的紀敘。但是實際都是他心血的結晶。政府遷臺以後，在臺僅存二冊，已成孤本。但是由於這是一本在民國司法史上具有深厚價值的典籍，需要參考之處甚多，所以我在五十九年五月間，特別寫了一封信給冠生先生希望能夠加以重印；冠生先生接受了我的建議，由司法院於六十年六月重印完成。不意這本書竟成了司法同仁追思冠生先生的一冊重要文獻！

緬懷老友 *

我敬重的好友謝仁釗兄忽於本年三月十四日深夜，因急性心臟病與世長辭。噩耗傳來，恍如晴天霹靂，痛不可言！

近三十年來，世界局勢混亂，我國屢遭變故。處此危難時期，仁釗兄信心堅定，始終站在正義的立場，擁護國策。他身為中央民意代表，公務之餘除寫文章在報章及雜誌上刊載之外，更常應邀在學校或軍隊中演講，大聲疾呼，喚醒世人對於我國在國際間所佔的重要地位，加以注意。

* 本文見《謝委員仁釗紀念集》，1978 年。按：謝仁釗（1905–1978），安徽祁門縣人，上海滬江大學畢業，先後在國民革命軍政治部、十八軍軍部、國民黨安徽省黨部供職。1935 年任駐美大使館秘書，回國後歷任九十四軍政治部主任、國民外交協會秘書長、國民黨上海市黨部書記長。1949 年去臺灣，任「立法委員」，兼立法院外交委員會主委等職。1978 年病逝於臺北。

年來美國姑息份子無視中美傳統友誼而高唱條約可以隨意廢棄，不惜與我斷交。報紙宣騰，以今春為尤甚。仁釗兄特於十二日晚餐後來舍間長談。研討「條約」在國際法上的效力與我方應持的態度。當時深慮美國自雅爾達協定簽字起即罔顧信義，不惜出賣盟友；倘若一旦重演故技，對於世界安寧必有影響。兩人盤膝暢談，至夜深始行握別。次日下午仁釗兄曾與新近返國的友人在圓山飯店交換國事意見，立將其感想於當晚九時許在電話中轉告。孰料這就是最後一次聽到這位老友的謦欬；從此竟成永訣，曷勝哀悼！他那忠愛國家，誠能信實的神情，永留人間。數月以還，每憶音容，不禁悲從中來。

仁釗兄一生熱心政治，特別致力於國際問題的研究，勤懇不休，時發宏論。他對於國際形勢的變遷，搜集很多資料。他平時不辭辛勞，提出問題與中外人士反覆辯論；雖個人見解在友朋間未必盡同，但大家對他精誠愛國的衷曲和學術基礎的雄厚，則同聲讚佩。

美國自一九七二年尼克森以總統之尊，親到北平去朝拜，已引起世人的議評。仁釗兄認為美國統治階級已顯出缺乏領導自由世界的能力。他們既不知如何應付紅色政權的蔓延，又無主持正義的道德勇氣。國際間每次發生問題，他們祇知摸索搖擺，證明了顢頇無能，無形中招致他人的輕視，於是滲透播弄與挑撥離間，接踵而來。仁釗兄屢以為憂，所以數次訪美，遍晤朝野人士擇其智者分別予以解說，務使彼等知其利害。這樣做已引起很多人同情，因而仁釗兄也結交了不少好友。這種犧牲精神和愛國的實行，均足為國人法。最近美國議壇討論幾件有關中美邦交及共同防禦的問題，對於我國前途關係很多，而今日却少了一位政論家為之分析研判，真是國家社會的一大損失！

緬懷伯師
——南開與我 *

我自幼即聽人們說：「時勢造英雄，英雄造時勢。」稍長，又有人和我說，南開之與張伯苓先生，就是時勢造英雄；南開之能成為中國首屈一指的私立學校，亦正是英雄造時勢的例證。清朝末年，政治腐蝕，軍事頹廢；歐西帝國主義國家，蠶食侵略，我國備受欺凌。迨一八九四年中日兩國海戰，中國竟大敗於日本，兩國簽訂馬關條約。中國在賠償鉅款之外，還承認高麗獨立，割讓臺灣澎湖。國人大譁，認為是中國的奇恥大辱！

其時，張伯苓先生正是北洋水師學堂的學生。氣憤填膺，認為中國失敗完全因為教育程度太低；一般官民愚昧無知，國勢既已危急，欲使中國不致滅亡，非由改革教育

* 本文見陳明章發行的《學府紀聞——國立南開大學》，1981 年 10 月，臺灣南京出版有限公司出版。

入手不可。於是決心脫離海軍，而從事教育救國事業。伯苓先生不久即應學界耆宿嚴修（範孫）先生之聘，在其私塾之內教授西學。另有天津富紳王錫瑛先生亦請伯苓先生在家設塾教其子弟。前者通稱爲「嚴館」，後者則稱為「王館」。至一九〇四年二月，嚴先生與伯苓先生等同去日本考察教育。返國後合併兩館，創設敬業中學。除將原有之學生合併外，又招考新生；至一九〇六年有高等師範班畢業生十人。一九〇八年中學班第一班畢業生有二十三人；梅貽琦、張彭春、武登明、卞肇新、金邦正、喻傳鑑等皆其中皎皎者。

嚴王兩館，教授新學，符合當時社會自強救國思想。所以投考的學生逐年增加。一九〇六年便利用天津邑紳鄭菊生先生所捐之空地十畝建設新校舍。該地位於天津城西南角之南開窪，是一塊荒野空地。一九〇八年校舍建築工程完成，遷入開學上課，校名改為「南開」。校長一席由伯苓先生充任，學校行政部分由華午晴、王虎忱、尹劭頌、孟琴襄、伉乃如、鄭道儒諸先生分擔負責。這幾位幹部精誠團結，共為校務進步而努力。數十年如一日，精神極堪敬佩。

遠在民國五年，我即已幸運的謁見了伯苓校長。記得那是一次南開中學的聯歡晚會，由師生公演話劇「一元錢」，其時家兄良釗已由南開中學畢業，繼續在英文專修班肄業。而我尚在天津西門內一所小學裏讀書。因早知南開的話劇在張校長的積極倡導下，已名聞遐邇。於是把握機會與家兄攜手前往。該劇最初演出時並無正式劇本，先由師生演員共同商議一個輪廓，決定出整個劇情，然後再由演員自行編話對白。導演為華午晴先生和伯苓校長的令弟張彭春先生。舉凡臺詞佈景莫不悉心研究，合情合理，形成高等藝術。一般社會交相稱讚，而滬上話劇家亦多引為楷模。還記得張校長與其他教職員那晚坐在前排靜靜欣賞。家兄帶我一起趨謁。祇見校長身體魁梧，面顯慈祥；他用手輕輕拍我的肩膀：笑着問話，十分親切。他的手心中，彷彿蘊藏着無限溫情，使我受寵若驚。從此，我便下定決心，等小學畢業後一定要投考南開中學。先父頗以為是。後來果然如願以償，真是最大的幸運。

南開的聲譽，中外咸知。每年報名投考者不斷增多。我在一九一八年民國七年暑假期內幸得考取。那年一年級共有九組。我的年齡較輕，體格較低，因而分在一年級七組。同年級一組有張厲生君，他家居河北樂亭，世代務農，因而進學校，讀書稍遲。他前一年報考，未得錄取，編入補習班，專攻英文數學，一年以後成績及格，方得升入一年級。回憶那一年共有九組，前三組學生都是由補習班提升。上體操課，他們都站在前排，自然的起了領頭作用。

我入南開中學的一年，學生總數已達千人。此數在今日已無足奇，但當時則是全國最大亦是最負盛譽的中學。開學典禮時全校師生集合操場上由張校長主持盛典。訓示學生要努力向學，遵守校規。並勉勵學生愛羣愛國。訓話時那誠懇謙抑的態度，令人有無限親切之感。散會後全體師生攝影留念。照像人用轉動的照像機拍攝，這還是有生以來第一次看見，因而留下極深的印象。那張值得紀念的長幅照片，題有標準小楷，非常雅觀，我非常珍惜。有時拿出來欣賞一番，藉以維持永保幸福的憶念，並用以自勉。及抗戰時輾轉遷移而遺失，至今思之，猶感可惜！

南開中學的讀書風氣非常濃厚。張校長不但要使學生努力學業而且要求智、德、體、羣四育同時發展。記得南開學校所標榜的教育方針有五：

一．重視體育。伯苓校長認為強國必先強身，強種亦必先強身。當時國民體魄衰弱，精神萎靡，工作效率低落，因此南開便首先重視體育。南開學生的田徑賽、球隊參加華北、全國及遠東運動會都有良好的表現；每次皆有很多選手奪得錦標。

筆者在中學二年級時曾參加田徑乙組。跳高幸得第一名，獲金牌一枚；賽跑第二名獲銀牌一枚；四百碼接力得第二名，獲銀牌一枚。學生常由體育教員倡導踢小球，以為短時間內鍛鍊身體之簡易運動。現在臺之新聞界泰斗魏景蒙先生就是我幼年在校踢球的良伴。這種運動參加完全是環境使然；學校的倡導完全出之勸導，引起興趣，純乎自然。

遠東運動會每二年舉行一次。參加者皆太平洋地區國家。南開成績素著，代表我國出席比賽者泰半為南開學生。猶憶民國初年有名郭毓彬者善於長跑，每次均為遠東冠軍。某年日本竟設詭計，先由日本運動員三四人於長徑賽開始時，交相快跑；郭君不知是計，用力緊緊追，殆精疲力竭，日本正式選手方始全力以赴，卒得冠軍。南開學生對於日本人印象極壞，實源於此。

（二）提倡科學。伯苓校長認為我國科學不發達，所以物質文明遠不如人。因此南開便積極提倡科學教育，並啟示學生，科學與國家建設關係密切。無科學即無國防，更談不到建設。早在一九〇四年張校長與嚴範孫先生等赴日本考察教育返國，即已購回許多物理化學新型儀器，以供學生實驗之用。民國初年，美國哈佛大學校長伊利奧博士參觀南開時備加讚許，認為中學能有如此之科學設備非常難得。畢業生後來在科學界多有顯著貢獻。其著者如錢思亮、吳大猷、申又棖、江澤涵、蔣東斗等皆科學界之卓越人才。

（三）團體組織。張校長深知國人如一盤散沙，團結力薄弱，精神渙散，不能合作。他提倡學生課外活動。藉以培養羣育。演說時常解說「團隊精神」。南開中學學生先有自治勵學會，敬業樂羣會，及青年會等組織，藉可彼此觀摩，砥礪品學。筆者加入自治勵學會，為會員。每週至少有兩次課後開會，由師長領導講話或着棋及打乒乓球遊戲。會所內各種家具及陳設品皆標以方塊小卡，其上註明英文名詞，藉使各會員於不知不覺中學習英文英語。此種方法效果很好，既能引起興趣，又可迅速進步。該會出版「勵學」期刊一種，內容豐富，每期約四百餘頁。此類刊物皆由學生擔任編輯，師長予以輔導。在當時國內各中學尚不多見。青年會為基督教信徒所主辦。每週定期傳播福音。每至暑假則舉辦夏令營，由中外牧師領導。筆者曾參加一九二〇年在北平西山舉行之夏令營。每日查經並靜聽教會人士證道，講解福音。如有疑問可以隨時提出問題共同討論，個人受益匪淺。

筆者對自治勵學會比較熱心。初則被會友選舉爲組長，一九二〇年秋季被舉為會長。會員可依個人之性格興趣分別參加文學組、攝影組、戲劇組或武術組。筆者與會友表演話劇，由華午晴先生耐心指導，其學識經驗皆成為學生之實質教育。那時學校尚無女生，所有女角均由男生扮演。一切神態維妙維肖，為人稱道。

（四）道德訓練。張校長認教育為改造個人的工具。教育範圍絕不可限於書本；教育場所絕不可限於講室。所以南開着重人格教育、道德教育。每星期三下午有修身班，全體學生均須出席。結隊進出，非常整齊。張校長必親自主持，講解修身處世之道。有時邀請社會知名之士，蒞校演講。啓發學生求學不忘愛國。如外交家王正廷，宗教領袖余日章，哲學巨星胡適之、梁啓超，革命健將孫哲生等均曾發表適時之演說，留給深刻之印象。我記得在學校進門左側設有大鏡一座，鐫有鏡箴，以為警惕勉勵之用。箴詞為：「面必淨，髮必理，衣必整，鈕必結。頭容正，肩容平，背容直。氣象：勿傲，勿暴，勿怠。顏色：宜和，宜靜，宜莊。」南開學生終年遵守這些箴詞，相互勉勵，自然而然的養成重視品格的愛國分子。我出校門後無論服務於司法界或教育界，都以此自勵，終身受用不盡。

（五）培養救國力量。張校長從事教育的動機，是因為國家受外侮之辱，激發雪恥圖強之愛國心。因此，平常訓話都講解國際形勢與世界大事，並灌輸民族意識及增強國家觀念。

張校長之所以訂定此項教育方針，實為其「育才救國」

的懷抱所致。從歷年修身班的訓話中可以瞭解伯師以為中華民族之落伍，實緣於國民深中八股文之餘毒。民性守舊，不求進步。教育既不普及，人民遂多愚味。近代科學知識，顯然缺乏；而國人卻又重文輕武，鄙視勞動，且受鴉片之流毒，使人民體魄衰弱，民族志氣消沉。因科學不興，災荒迭起；生產力弱、生計艱難。又以政治腐敗，民生經濟瀕於破產。同時張校長認為自私是中華民族的大病根，由於自私心太重，公德心太弱，所見所謀，短小淺視，以致一般人民祇顧個人利害，不肯犧牲小我而對民族國家團結效忠。針對國人這些通病，伯苓校長訂出具體的教育方針，希望從南開做起，啟發學生；甚至啓發全國人民。他這種憂時憂國的心情，令人肅然起敬！

由於南開方針的準確，深獲社會各界信賴。凡外國學者或政治專家之來中國考察實況者，莫不到天津南開學校參觀，而認為中國教育進步之實例，作為回國報告中之資料。遇有外國人來校，張校長必請其為簡短之演說。在中學輒由教員崔筱萍先生為之翻譯。崔先生係金陵大學畢業，英文造詣頗深，平日學生願在其班中上課；彼常在自治勵學會輔助指導，學生皆敬愛之。

一九一八年，南開校董嚴範孫、范源濂先生與張伯苓校長偕同在美國考察私立大學之組織與發展。三位先生返國後即策劃開辦大學，積極進行。公推伯苓先生任大學校長，聘請美克拉克大學高材生淩冰博士為大學主任。招收學生四十餘人。設文理商三科，由史譯宣、邱宗岳、李道南分別主持，並延攬留美之優秀人才充任教授。

張校長對於教職員的聘請，必經嚴謹選擇。每科教師都有一定的準繩，各展其長。例如大學文學院的淩冰、徐謨、蔣廷黻、李濟、蕭公權、張彭春、陳定謨等先生。理學院的邱宗岳、饒毓泰、姜立夫、李繼侗等先生。經濟學院的何廉、李道南、方顯廷、姚崧齡、李卓敏、周賢頌等先生都是一時之選。南開中學史地科的老師多出自北京高等師範學校或南京高等師範學校的優秀畢業生。英文、數學的老師多出自聖約翰大學、金陵大學、交通大學的優秀畢業生。政治、經濟等課老師多出自北京大學及東南大學的優秀畢業生。張校長之延聘師資首重品德，次論學之所長；做到適才適所，視南開各課之所需，設法禮聘最傑出最著名的老師。

筆者於民國十一年踏進南開大學的校門。當時的幾位老師都是飽學之士。蔣廷黻先生是美國哥倫比亞大學博士，專攻西洋歷史。對於世界近代的演變，講述清晰，如數家珍。課本都是英文原本，另又指定原版書若干本作為參考。這些書在圖書館中儲藏。學生們每日利用自修時間，圖書館借出，在館內細讀，隨時寫筆記，以求解。下次上課時，老師必出專題，依次詢問討論。每種參考書皆有三或四本，學生輪流借閱不准攜出，所以用功的學生必爭先讀閱。此種勤學求知的精神皆賴老師的指導有方。筆者年幼，無經驗。常想世界第一次大戰是人類史的一大變化。帝俄振興以後，在歐洲已有劇烈激盪，而大戰後發生革命，非惟政治經濟制度有了極大變更，其他一切亦均有異動。其緣因何在，經過如何似有研究了解的價值。於是我於課餘參考書籍多種，編寫俄國現代史一册；後來由商務印書館出版並編列進萬有文庫。其時書坊中關於蘇俄思想及主義之著作雖多，關於簡介俄國近代演變之書籍獨缺。筆者之能對此種史料研究發生興趣則與蔣師在課室之講述，實有影響。蔣先生旋赴清華大學繼續教授西洋歷史課程。抗戰時期改任公職，在行政院擔任政務處長及駐蘇聯大使。勝利後又任聯合國代表及駐美國大使等職，對於國家貢獻良多。筆者曾蒙其召任行政院參事，但以我志在改進司法，不願遠離崗位，無緣附驥。然其提攜殷情則長念不忘。

筆者在南大肄業時，任政治學、比較憲法及國際公法之教授為徐謨先生。徐教授為江蘇吳縣人，乃民國初年外交官考試最優等第一名。其母校為北洋大學，畢業時亦名列前茅。他當時年齡未滿三十歲，學問修養以及雍容的長者風範，使學生欽佩尊敬。譓師的英文造詣與口才，是中外馳名。我承他不棄，所有中英文演說都由他親自指導。當時華北六著名大學每年舉行校際辯論會一次。筆者膺選代表學校出席辯論。在事前，譓師召我到面前，仔細聽我預習，一遍又一遍不厭其煩地指點我的語調、聲浪、與手勢。譓師曉示每次演說的開端極關重要。必於開始時引起聽衆的注意和興趣。中間則應縱横自如的自由發揮，不可離題議論。結尾時必須提綱挈領，把主要題旨向聽衆說明，使聽衆獲得全篇演說的真意。千萬不可鬆懈，以免前功盡棄。我默記這番訣竅，努力為南大爭取光榮。民國十二年我代表學校與清華在天津比賽，奪得錦標。翌年再戰北京大學，又是南大獲勝。這多賴老師的熱誠指導，而這課外的指導工作，既費時又費神，譓師居然如此認真；其對於正式課業之負責，更可知矣。

譓師在南開大學授課時最得學生的擁戴，更得伯苓校長的信賴。有一次，南大在八里台校園內掘井，由一個英商掘井公司承攬。南大付款二千，該商費時數月，竟不能供應清水，學校責其賠償，則置諸不理。英商本享有領事裁判權，不歸我國法院管轄。而英國領事僅一商務官，對於法律毫無研究，向例左袒，中國原告難得勝訴。譓師精習法律，且熟諳條約，乃代表學校依照中英條約規定，主張此項案件應在中國之道尹衙門起訴。英人經商雖然狡猾，但對條約上有規定者，仍願遵守。於是南開大學為原告，訴請道尹判令英商賠償損失。此案報章競載，哄動一時；學生多往旁聽，我亦按時前往。經雙方舉證熱烈辯論之後，南大勝訴。英商折服而後賠償。足證謨師的學養，學生們實際上等於上了訴訟程序一課。我後來研習法律亦許就在這場訟案先樹立了一點基礎。

我的至好申又棖、江澤涵是理科學生，在中學時即與我同一宿舍同一寢室。兩人智慧超羣，非惟理化課程，考試成績均係甲等，即英文一課亦係甲等；造成向上模型，引得同學個個奮勉。這真是校風的具體表現。我宿舍的鄰室亦是優等人才，但偏好新思潮，喜歡理論。我三年級時，冬季某夜自圖書館回室，已十時又半。忽然聽見宿舍喧嘩，出外一看，始悉鄰室好友汪心濤君失踪。汪君文科才子，能詩擅畫。既感軍閥禍國又遇情場失意。同寢室學友於夜十時發現其枕下有遺書一通，謂將於當日搭乘招商局開往上海之輪船在大沽口投海。同學驚駭之下，羣議挽救之道。友情所在，義不容辭。於是派赴招商局者有之，派赴交通當局設法營救者有之。派往校長公館求援者有之。我則奉同學商派赴校長家中求援。南大校舍距天津市區甚遠。路旁左鄰小河，右面野地荒塚。深夜黑暗，更顯得萬分凄涼！

我一人騎腳踏車前往，疾風猛吹，有時感覺毛骨悚然。是晚校長就眠甚早，到校長公館拍門逾半小時，方始開啟。校長及夫人衣冠整齊，如候上賓，在會客室接待。我先陳明同學公決，請校長與交通當局及招商局聯繫，立即拍電輪船船長，請其注意看護汪君免生意外。反覆陳述，促請同情。校長於詳細考慮後，謂此時已無發電必要。蓋輪船如上午八時由天津碼頭啓碇，汪君如決心自殺，則必已投海。如因故轉意，則已不致再生意外。我以此語回宿舍報告同學，皆感失望。至第二日中午果有電報發自渤海船上，略謂汪君確有其人；現已安寧無恙等語。足證伯苓校長之考慮，完全正確。同學咸表敬佩。校長對同學們間友情之表現，亦頗誇獎慰勉。此雖生活小節，然亦有人認為正是平日教育友愛之一成效，故多年後校中仍有以此事傳述者。

南開師資、設備完善，因而凡考入南開的青年都能努力向學，而且各科亦都均衡發展。歷年畢業學生，無論中學部大學部，都有所表現。其散在政府各部門及社會經濟教育各界的，也都不辜負南開的期望。至於出國深造的，更有許多是名聞世界的學人。因之社會各界信賴南開，都希望自己的兒女投考南開。以是每次招生，報名者動輒數千人而錄取的名額有限，每有遺珠之憾！南開素以平等的態度，維持優良的校風。同學之中有總統之子女，部會首長之子女，亦有富賈巨紳之子女，凡在學校多穿陰丹士林藍色布長衫，儉樸整潔。此非學校所規定之制服，而係校風使然，人人養成勤儉習慣，實有助於畢業後在社會服務之態度。南開既名震中外，在校學生亦多來自四方。齊魯江浙之青年佔全校名額一半以上。湖南湖北以及皖贛粵桂川滇每年來就學者為數亦多。東北三省及高麗南洋各地亦都結隊投考，甚至有連考三年而始錄取者。學生衣服上掛一小型銀質校徽，學生懸掛引以為榮；日常行止不敢逾矩，即路人見之亦另眼看待，不禁由衷的示以優遇。在校同學因為彼此廣泛之接觸，對於各地之地勢、風俗人情，交換知識，增加瞭解。日久情生，互相尊重友愛。因而南開校內同學皆無鄉域界限。數十年來，畢業生在社會服務，無論在何機關何公司，從無省界歧視之感。伯苓校長之偉大胸襟，處處均在潛移默化之中，播種於青年胸懷，此乃教育家之真實收穫。

筆者於一九二六年畢業於南大，旋在上海及美國繼續進修法律。一九三一年在美密西根大學法律學研究所博士班結業後，忽接伯苓校長賜電，召返母校任教。伯師虛懷若谷，謙而彌光。我聞命之下，感激莫名。惟我則以在母校中學大學讀書業已多年，亟宜在江南各省服務，另闢新徑，庶可增廣見聞；故即婉謝未就。有違恩情，殊覺咎歉。

嗣後筆者執教於安徽大學及中央大學，繼復蒙司法當局畀以上海特區法院推事。從此歷經抗戰時期，堅守崗位；屢冒生命危險，為國奮鬥。此種精神，不能不歸功於南開伯師教誨之結果。此後數十年間與伯師常在京滬等地晤面，每次皆以溫語慰勉，從未以當年違命相責，私衷益覺感慚。

伯苓校長終身以教育事業為職志。雖在北洋政府時代因武人專權，內戰頻仍，南開迭遭困難與挫折，但伯師仍堅苦奮鬥，從不氣餒。伯師非惟有一股純潔之愛國心，而且高瞻遠矚，對世界形勢，都能先知先覺，有過人的看法。筆者在大學一年級時，即聽見伯師在修身班上，講述日本帝國主義覬覦東北，情形嚴重，深以為憂。他訓示學生加強研究日本歷史和政治。學生選修日語課程，任教者即是由鄰近同文書院聘來的老師。迨民國十六年，伯師組織東北考察團，團員有蔣廷黻，蕭蘧，何廉，張彭春等十餘人，前往東北三省實地考察。回校後即組織東北研究會，由蕭蘧教授主持。該會對東北人口、資源、商業、工業、農業、交通、移民等問題都有詳盡的報告，曾在太平洋學會內發表過東北經濟資源與發展論文。這種有學術價值的資料，在國內殊屬少見。非惟南大的地位因而提高，即東北區域的重要性亦隨而引起國人的廣遍注意。

一九三一年「九一八」以後，日本侵略我國的策略，日益緊急，華北局勢，逐漸惡化。伯苓校長深為憂慮，遂決定作遷校的準備，親赴各省勘察遷校地址。那時我正在上海特區法院任職，伯師每次過滬，校友會必熱烈歡迎，聽其訓話。伯師告以選定重慶近郊沙坪壩為校址，已派幹員前往購地興建校舍。一九三六年秋，校舍落成，命名為南渝中學，後改為重慶南開中學。迨一九三七年七月七日蘆溝橋事變發生，日本惡毒面具遂即揭破；南開大學首遭轟炸。平津要區均遭占據。南開教職員及眷屬陸續遷往重慶，得在南渝中學居住。其他國私立大學事先殊少計劃，以致臨時遷移，困難萬分。世人對於伯師先見之明，無不欽仰稱讚。至於南開大學則於一九三七年先遷湖南長沙，後遷雲南昆明，與北京大學及清華大學合組成西南聯合大學。伯苓校長與蔣夢麟、梅貽琦同任常務委員，三校和衷共濟，烽火弦歌，得能不輟。八年之中，造就不少文武人才，為抗戰復興而努力。中流砥柱，人皆景仰。此種成就與伯師之大公無私忠實領導精神，實有顯著之關係。

一九四九年，首都失守，筆者偕眷來臺。臺灣大學校長傅斯年先生，因在渝相熟，堅邀擔任臺大教授。課餘，數次談起彼於抗戰時期在參政會中與伯苓先生共同開會之情形。傅先生對於伯師任主席時，處理要案之果斷以及同仁合作之狀況，屢表讚揚。可見伯師之領導能力，無時不為人敬佩。民國六十四年四月五日為伯苓校長百歲冥壽，在臺校友於是日上午九時，假中山堂光復廳紀念聚會。事前未敢驚動各界，僅敦請教育部長蔣彥士先生蒞會致詞。至時，嚴副總統家淦先生及行政院院長蔣經國先生先後光臨。嚴公因另有先約，行禮後即行辭去。蔣院長則參加儀節，並發表感想。蔣先生略謂今晨我到總統官邸拜見時，總統說今天是張伯苓校長百歲紀念，你應前往行禮。經國先生回答已準備前往，總統甚為喜悅。經國先生略述其對伯苓先生崇仰敬意。繼謂總統於三十八年離重慶時曾於兵荒馬亂之際，率經國先生等數人專誠往訪伯苓校長於其寓所。其時伯師業已中風，行動不便。臨別伯師謂政府遷臺，繼續為復興努力實感佩慰。惜本人體衰不能旅行，祇得祝禱成功。彼雖身不克赴臺，然其精神永隨而祈求上帝保佑。到會校友聽後無不為之動容。孰料清晨尚以伯師為念之領袖，當日下午竟與世長辭，南開校友翌晨驚悉噩耗，尤感哀痛也！

追懷謝冠生先生 *

謝冠生先生不幸於六十年逝世。匆匆已屆十週年。他的音容道範清晰的長留在人間。

謝先生自幼聰穎過人。青年時期就讀於上海震旦大學，成績超群。旋即赴法國巴黎大學深造；獲法學博士學位；歸國後曾任外交部秘書及中央大學法律系教授，一度兼任系主任。謝先生學問淵博，講授方法認真，深入淺出，發人深省，學生莫不崇敬。我於二十一年秋亦在中大法律系任課，在教員休息室中經人介紹相識，其飽學深思，態度謙和，所留印象深刻。次年我調任上海特區地方法院推事。遠在滬濱，見面機會減少。嗣後謝先生擔任司法院秘書長，同時兼任中華民國法學會刊行之《法學雜誌》總編輯。我

* 本文見《法令月刊》第三十二卷第 12 期，1981 年 12 月。

多次投稿，信札往還，至為親切。因此常常得到他的指教。我從他那裏得到的收穫，實非數語可以表達。到現在我還常拿他的話來檢討自己和策勵來茲。

二十六年七月蘆溝橋事變發生之後，日軍全力侵略；我國人民齊心抗戰，震動全球。上海一域抵禦三個月。此種英勇精神為世人所敬佩。不久政府播遷重慶，繼續奮鬥。其時謝先生已經奉派為司法行政部部長。各地法院及監獄看守所因受戰爭影響，舉凡人事安排，撤退途徑，以及經費支用等問題，均賴謝先生領導並設法支應，艱難萬分，若非鎮定苦幹，焉能支持局面。

政府撤退後方，東部惟一完整地區，衹有上海租界。租界行政權為英美法等國掌握，而我國中央機關之能正式繼續工作者，惟賴我國與各國條約保障下所設之特區法院。此法院仍完全屬於中央政府；所施行的仍是中華民國法律。特區內中外居民皆賴其保障。我國之金融機關，國際文化宣傳機構，以及物資接應亦都以此地為中心，關係抗戰結果，至深且鉅。因此日寇和漢奸們都圖謀甚急。屢次設法逼我們在上海特區法院服務的司法人員立即撤離，手段極其鄙劣！我們三次接到極斯斐爾路七十六號敵偽特務機關具名的恫嚇信件。我們信心堅強，專意愛國。文職公務人員遭此種多年連續威脅者，實不多見。兩年之中，法院同仁被他暗殺身亡的即有兩人。現任中央研究院錢院長的尊翁鴻業先生就是在那時為國捐軀者之一。大家看了本年十一月二十三日電視「大時代」故事中的敘述，便知道敵偽鷹犬的瘋狂了。.

謝先生對於上海同仁所遭遇的迫害，異常掛念，不斷以部長身份致電郭雲觀院長慰問全體同仁並予嘉勉。同仁得此鼓勵，益形振奮。雖不久偽組織又有擲放手溜彈及綁票等卑鄙手段，同仁毫不畏懼，仍照常辦公，絕無退縮。此種威武不屈的精神表現，當地首長以身作則，固為主要緣因，而謝先生之關懷真誠鼓勵不懈，亦大有力量。

三十年冬，太平洋戰爭爆發，日軍侵佔上海租界，上海特區法院工作同仁被迫撤離，輾轉到重慶歸隊。這時謝部長對我們在上海的堅貞奮鬥和歷經險阻而回部的，熱誠撫慰，無微不至。我並因此而得到升遷。其忠貞重節的風範，好像就在眼前。

謝先生的謙和與寬容，可以從一些小事看出來。記得有一次，層峰臨時召見謝先生。司法行政部駐小灣郊野之區，和陪都中樞機關有一大段路程；謝先生的座車竟為某隨員私自派用，到處找不到蹤影。謝先生便在臺階上走來走去踱方步。約莫半小時，車子才回來。隨員當時嚇得不得了，謝先生祇說「以後要注意」五個字，就算是責罰了。

謝先生遇事都是從從容容，待人寬和深厚，司法界人士所共知。謝先生是浙江嵊縣人。嵊縣位於四明山區，風俗淳樸，物產豐饒，文風亦盛；北出不遠便是杭州。大概就是這種地理上鍾靈之氣，才孕育出他這種深厚的涵養。謝先生和我們相處，並不祇是研討政治或司法工作等極嚴肅的事項，平時亦常談些養生之道，有時他亦閒話家常。現在想起來，這些話真是涵義深遠的人生體驗；深淺程度的聽者，都能得到好處。

謝先生自幼失恃，事母極孝。他對太夫人的起居，都是親自檢點，從不假手他人。謝先生的言行，樣樣可以作為公務員和青少年的座右銘。他印贈《圍爐夜話》——一部養性名著，更可知道他重視修身之道。他受知於蔣公，便終身不渝的為國家盡力；造次必如是，顛沛必如是，直到臨終尚念念不忘司法工作的拓展。猶憶抗戰時期，舉國上下熱血沸騰，大家都一心一意參加殺敵報國的戰鬥行列。那種同仇敵愾，毀家紓難的風氣，真是泣鬼神而動天地。不過當時物力維艱，一切編制、經費都十分緊絀，而司法工作尤其困難。謝先生認為國家對於司法人才需要殷切，國家經費雖然拮據，仍應未雨綢繆，早為培植，因而建議在大學法律系增設司法組，擴大招收優秀青年從事司法工作。我當時任法部參事，曾奉命多次與教育部洽商，制定了施行辦法。歷年錄取學生，經嚴格訓練，都成為有用之材。抗戰勝利後，各地法院恢復原狀，在在需人。此輩新人分發各地擔任推事或檢察官，貢獻極多，一時人皆讚佩謝先生高瞻遠矚，老成謀國。

蔣公領導抗戰，破敵無算；國家聲譽地位因而提高。各國隨即宣告廢除不平等條約並取銷領事裁判權。我政府為配合此一新局面，乃在陪都設重慶實驗地方法院，以為革新司法制度之實驗。本人幸蒙派任該院推事兼院長，有關制度、興革、文書改進以及簡化訴訟程序諸問題，隨時直接向謝部長請示研究，更多機會聽其音聲，獲益匪鮮。三十二年秋間，我曾建議訂立司法節，以紀念司法審判權之完整回復，並藉以倡導法律教育，號召國人養成守法精神。謝先生欣然核准。規定一月十一日為司法節，令行全國。於是有關法律的許多活動，就都以這一天為中心，次第展開。謝先生多次提起司法節的教育意義，這當然與他在大學執教，喜愛教育有關。

我國司法制度在抗戰伊始，尚未完整建立。戰前全國共有地方法院三百零二所，高等法院及分院共九十一所。大陸地域遼濶，人口眾多；法院的設置情形自感不符實際需要。謝先生在人財兩缺的情況下，督導全體同仁精心擘劃，竭力建設。到抗戰勝利時已有地方法院七百八十七所，高等法院及分院一百十九所。縣長兼理司法的不正常情形經予完全廢除。至縣司法處等過渡性司法機構，一律改為地方法院，以符合法院組織法的規定，完成了國家司法制度統一。謝先生又鑒於檢察制度對國家發姦摘伏安定社會的重要，先後提出七項改革方案，並且一一實施。如統一法院行政以消泯院檢磨擦；調整檢察官職權，俾有充分時間檢舉姦邪；法院預算內專列調查費，以供檢察官查察犯罪之用，以及加強地方團隊對於審檢之協助等。這些措施，在當時都發揮了很大的作用。民國三十四年頒行的調度司法警察條例及檢警聯繫辦法，到今日仍在有效適用。這些措施都是謝先生的遠見和精心設計的結果。我國疆域廣懋萬里，戰時交通尤多不便；謝先生為使人民免於勞苦奔波，浪費金錢和時間，在抗戰時期即曾試辦戰地巡迴審判法院。身為司法行政首長，謝先生更注意人權保障。三十三年七月政府頒有保障人民身體自由辦法。三十六年憲法頒布，人民身體自由之保障更見妥善。司法行政部對於上開法令，迭令所屬認真嚴執行。

到了抗戰末期，敵寇凶焰雖熾，但實際上已是強弩之末。大家都知道最後勝利已經在望。謝先生對司法復員工作的籌劃，更是積極。聯合國為懲辦戰犯，曾設有審理戰犯委員會遠東分會，主任委員為王寵惠博士，我亦應聘濫竽其間。所有關於搜集證據，編述事蹟皆由謝先生負責督導，工作異常艱難。謝先生日夜不懈處理這些事的情形，所留印象仍很清晰。勝利之後關於司法復員工作，要做的事實在很多。像各級司法機關的辦公廳舍，監所設施，人員配置及經費支應等，都很費周章。先生每舉國父等偉人的實例，勉勵大家。同仁信心十足，幹勁十足，現在回想起來，真是回味無窮，反而忘掉當時的痛苦。覺得是一生中最有價值的一段時光。

政府遷臺不久，謝先生就繼任司法院院長。對於訴訟程序、判例編纂、法律解釋等多賴其領導、改進。凡有拜教的人，謝先生總是以學者的風範以垂詢。謝先生一生，對國家忠誠，對工作認真，對尊長盡孝，對子弟學生則慈愛勉勵，實以為後來的人留下了美好榜樣。最可貴的是，他做這些事時，因為是發乎本性，所以很自然。像惠風細雨一樣，受者懷恩，施者無念。謝先生一生值得公諸於世的事，實在太多；我衹就一時記憶所得之犖犖大者略舉一二，供大家引發對他的回憶與崇敬。我們希望謝先生的為人處世態度及愛好司法的精神得以發揚，俾可促進國家法治的更進步。法治昌明，國家社會必更安寧，以統一大業也必能早日完成。

東美亭記 *

一代哲人方東美先生，安徽桐城人。為國際知名之大哲學家，學貫中西，以宣揚廣大和諧之生命哲學為主旨，以中國哲學「生生之德」為依歸。其中英文著作達五百餘萬言，均屬傳世之作，享譽宇內。至其愛國熱情，尤足感人；任教中、美各大學半世紀間，不僅以宣揚中國文化為己任，復從根本處駁斥各種歪理邪說。苦心孤詣，宏揚民族復興之道，至慷慨激昂處常聲淚俱下！民國六十六年，先生已八十高齡，病篤時惟反覆強調中華民族之偉大以及中國前途之光明。遺囑海葬金門，以示毋忘統一之大業！

* 本文見《東海雙週刊》第 72 期，1982 年 11—12 月。按：方東美(1899—1977)，名珣，以字行，安徽桐城人。現代著名哲學家，傑出的愛國詩人。1920 年，畢業於金陵大學，1921 年，赴美留學，獲威斯康星大學碩士學位。回國後執教於中央大學。1948 年，任臺灣大學哲學系主任。1973 年，從臺大退休，1977 年，病逝於臺北的郵政醫院。

金門各界仰其賢，興建「東美亭」以申崇敬。

先生足跡遍全球，對國內諸大學環境，獨鍾愛東海。嘗謂東海為「世外桃源」，尤為治學與求學之最佳勝地。而東海創校以來之人文傳統，尤為先生所推許。本校哲學系全體師生景仰先生之峻範高風，復集資建斯亭於東海湖畔，以資紀念。「東美亭」亭額三字，承蒙總統先生親為題署，尤增無限光寵！盼我同仁同學均能效法先生之治學精神與愛國情操，益勵報國之赤誠，更堅統一之信念，則斯亭之建，可不朽矣！

董事長　查良鑑
校長　　梅可望
敬撰

一九八二年十一月二日

念二哥 *

「弟弟」、「弟弟」，這慈祥友愛的呼喚聲，已不再聽到。十個月來，我每想寫一篇文章追念二哥，可是提筆數十次，回憶舊事激情洶湧，總是寫不成句；如今已近週年，不能再擱，抽筆雜寫短短追憶，以表胸懷。

二哥生於清朝末年，自幼聰穎過人，在家塾讀書，過目不忘；為老師的得意門生。當時清廷政治腐敗，帝國主義國家不斷侵略，國家日漸衰弱。列強競取中國的領土為租借地，劃分勢力範圍，漸成瓜分的險象。至於民間方始逐漸醒悟，發起各種運動以期雪恥圖強。當時家住天津的張伯苓先生，正在嚴範孫先生家中書房任教。他認為中華民族顯已落伍。其原因實由於國民深中八股文的餘毒。教

* 本文見《傳記文學》第四十三卷第 6 期(總號 259)，1983 年 12 月。按：二哥，即作者之胞兄查良釗。

育既不普及，人民遂多愚昧！所以和嚴先生商定「育才救國」方針，創設「天津敬業中學」。對於青年灌輸民族意識及增強國家觀念；同時介紹西洋歷史地理並提倡科學與研究。不數年又擴建為南開中學，以中學為體、西學為用來提倡新學。先父厚基公飽學憂時，即命二哥入南開就學，旨在培植他成為教育建國人才。

南開教學方針以德、智、體、群四育並重，實開風氣之先。在課室內培養德育、智育，在課室外輔導體育。民國初年，張校長即已提倡學生課外活動。校內社團之組織，普遍而積極。為砥勵品學增長知識，則有「自治勵學會」。為瞭解人生，信仰真理，則有「青年會」。為研究藝術發揚文化，則有「敬業樂群會」。學生在課餘之暇，舉辦各種活動，師長耐心輔導，藉以推行群育。二哥在南開為突出之高材生。年少翩翩，氣宇秀朗。肄業期間每學期考試放榜，非第一名即第二名，從未出前三名。其餘佔前茅的為童啟顏 (冠賢) 及劉琪 (東美) 二人。那時我在天津民立第一小學讀書，每見我父獎飾二哥，輒甚仰慕。這對於我後來自知努力奮進有極大影響。

二哥在校的作業超群，筆記簿冊寫得非常整齊，一絲不苟。老師的硃筆評語和記分，都顯示他讀書用心，力求上進的成績。他參加自治勵學會熱心研究，磨鍊領導能力。

二哥和一位同班同學陳綱負責編輯《勵志學報》，每學期出版一冊，內容豐富，為全國中學所僅有。

遠在民國五年，有一次南開中學舉行聯歡晚會，由師生公演話劇「一元錢」。其時我已升入天津西門內城隍廟高級小學讀書。二哥帶我一同去觀賞。該劇最初演出時並無正式劇本。先由師生演員共同商議一個輪廓，決定出整個劇情，然後再由演員自行編話對白。舉凡臺詞佈景，悉心研究，表演時合情合理。一般社會交相稱讚，而滬上話劇家亦多引為楷模。二哥為執事者之一，我雖年幼，看見他熱心參加，竭力協助，不知不覺中，學到做人做事的道理。非惟培養我欣賞藝術的興趣，也自然而然的瞭解互相合作的意義。

南開的聲譽中外咸知。每年報名者，不斷增多。全國各省皆有青年不遠千里而來，投考入學。東北三省以及川、滇、熱河、甘肅都有來者。甚至南洋華僑或高麗青年亦多跋涉山川前來求學。我因為受先父的鼓勵，二哥的示範，亦於民國七年暑期投考。查氏歷代書香，家庭教育非常嚴格。堂兄弟輩，年齡相近者四人，都受二哥的影響，投考南開，幸均錄取。那年一年級共有九組，我們四人年齡較輕，體格較小，因而錄取後均分至一年級第七組。同姓同齡，在同年級、同教室上課，惹人注意。

備受羡讚。記得同年級第一組有張厲生兄。他家居河北省樂亭縣，世代務農，家頗富有，因而進學校讀書稍遲。他前一年報考未得錄取，編入補習班，專攻數學、英文。一年之後成績及格，乃得升入一年級第一組，和我在同一年級上課，南開教育之負責精神可見一斑。其時二哥已在美國留學，聽見我們兄弟四人都經錄取，異常高興，馬上寫信祝賀，並指示讀書的訣竅。那時中美通郵均係海運，需要近一個月的時間，和今日四、五天即可航空寄達的速度相比，真是天壤之別了。

二哥自美來信，除將讀書及生活情形報告先父外，有時亦買些美國罐頭食品寄給先父以慰懸繫。他的孝心於他在校優良成績已可表現，固不僅些許之食品而已。他常來信勉勵我要有愛國思想，並且勸告注意體育健康和群育合作，準備長大為國效力。他說青年在學校時就應實習勇敢、禮貌、互助、仁愛、誠實，務使成為習慣。因此我也加入了自治勵學會為會員，在三年級時並膺選為會長，領導同學為論文競賽、演說比賽，或遠足郊遊。在二年級時亦曾參加過全校運動會田徑賽乙組。結果跳高幸得第一名，獲金牌一枚。賽跑第二名，獲銀牌一枚，四百碼接力賽得第二名，獲銀牌一枚，二哥遠道聞訊，馬上購贈當時最新式的「瓦特曼」(Waterman) 自來水鋼筆一支作為獎品。我對運動的參加固是學校環境使然，實有賴二哥平時的鼓勵，引起了我的興趣所致。

我在小學讀書時，二哥常帶我到南開中學看運動會或各類球賽。若逢春假晚會或元宵節燄火表演，二哥亦必和我偕往參觀。南開進門左側，懸掛大鏡一座，鐫有鏡箴：「面必淨，髮必理，衣必整，鈕必結。頭容正，肩容平，背容直。氣象：勿傲、勿暴、勿怠。顏色：宜和、宜靜、宜莊。」我們走過時，二哥與我同站幾分鐘，等看完迴思片刻，才繼續走路。二哥以為這箴言是少年氣質品格的起碼要件，屢囑注意。迨我自己考入南開後，每日數次經過這塊大鏡，隨時銘記心中，用以自勵。

第一次世界大戰，我國為參戰國。戰後各國在巴黎召開和平會議，我國當然亦派代表出席。該會本以美國總統威爾遜所提「和平條約十四要點」為根據，我國對此原抱很大希望，不料和會開幕後，英、美、法、意、日五強竟組織最高會議，處斷一切，我代表團提出有關廢除不平等條約及取消「中日二十一條密約」等議案，竟遭擱置。該會決定需俟「國際聯盟」組成後，其行政會議能行使職權時，此項問題方可核議。於是中國政府的要求完全落空，消息傳來，舉國震憤，群起反對。迨一九二一年美國總統哈定方始另起爐竈，邀集各關係國在華盛頓開會，我國亦被邀參加。其時二哥在紐約哥倫比亞大學師範研究院肄業，認為此次機會我國絕不可失，遂聯合留學生童冠賢、蔣廷黻、高仁山、何廉等數十人組織後援會，公推二哥為執行委員會主席，蔣廷黻為議事委員會主席，立即與國內民眾團體和海外華僑相互呼應，形成一次大規模國民外交後援活動。他們一方面表示民間意識，支援我代表團，一方面監督代表團，使其鼓起勇氣，不可讓步。當時留學生英勇愛國不辭辛勞，非惟我代表團表示感佩，同時亦引起世人對於國人刮目相看，瞭解中國尚有潛在力量，不敢再存藐視之心。中外報紙競相刊載，譽為中國青年救國熱忱之具體表現。所有該會電信檔，二哥於歸國時均摘要帶回保存。近半世紀來國家先遭日本侵略，復經紅衛兵「文化大革命」之破壞，想此文獻已不復存在矣！不過留學生之團結犧牲與二哥之奮鬥精神，殊值吾人追念。

先父於民國十一年因病棄世，二哥留學異邦，正值學位考試，因遙隔萬里，交通不便，未及奔喪，終身引為遺恨。當年夏季，二哥應北京高等師範學校之聘，返國就任教授，不久改任教務長。該校旋改名為國立師範大學。二哥經綸滿腹，才氣縱横；校長范源濂先生特別倚重。其時北洋政府權集軍閥，理財無方。學校經費無著，教職員薪水積欠累月，竟視若無睹。北京各大學教授在無可奈何之中，組織聯合會，推二哥為主席，研究推行教育界福利事項，得以勉強維持最低生活。二哥為大眾服務，一向大公無私，待人總是以寬厚的胸襟，謙和的態度，處處留心，事事為人，所以他就成為教育界公認的群眾領袖。他雖然不善辭令，但他措詞誠懇，別人自會情願聽他的言論，尊重他的主張。他教導學生向來以身作則，他深信中國衰弱已久，若想躋入強國之林，必需提倡科學教育。當時教育界有「中華教育改進社」之組織，係著名教育家張伯苓、陶知行、郭秉文等先生所領導。二哥亦為主要幹部之一員，對於中國教育界應興應革之點，普遍討論，不斷建議，貢獻實多。二哥另與摯友高仁山及一趙姓教授合辦《教育評論》，從理論方面討論中西學說，從國家需要方面，商議推行方法。該評論週刊發行甚廣，對於此後之教育方針具有深遠影響。二哥在美讀書時，受教於名哲學家杜威及教育學者桑代克。二氏均曾到過中國講學，對於中國文化認識清楚，對中國人感情甚佳。杜威主張中國應從速革新，並須用民主的生活方式積極建設一個新中國。二哥的教育思想一向偏重民主自由，對於人的生命充滿了真、善、美的信心，多少受了杜威博士的影響。二哥所著的文章都以心中良善及忠厚的思想為基礎。他早年的教學態度，對於一般學生可說是介乎師友之間。我聽見他的學生，尤其在西南聯大的校友常說，他上課時不失師道的尊嚴，課後則與學生生活打成一片，隨時從生活中加以指引，使學生感動得像益友一般。有時學生犯過，他以和藹的態度，曉以大義，促使改正。從不疾言厲色，予以責罵。記得他喜歡提《伊索寓言》中的一個故事：有一次風和太陽比賽本領，雙方比較誰能使路上行走的老人脫去他的外衣，風拚命狂吹那老人，那老人卻把外衣緊緊裹在身體上；等到太陽比賽時，忽然放出和暖的光輝，那老人覺得身體暖熱起來，自動的脫去了外衣。結果是風失敗了，這證明溫和比嚴厲更有力量。二哥對人，一向抱著溫和友好的態度。所以同事和學生都崇敬他、服從他。他曾任河南省教育廳長，亦曾任河南大學校長。他熱心教育青年，不遺餘力。有一年，他任陝西省教育廳廳長，正趕上陝西省苦旱，災情嚴重。餓莩遍野，慘不忍睹。二哥不畏辛勞親往辦理賑濟。不幸竟被土匪劫擄，個人無力贖票，省府也不便開此贖救之惡例。二哥在高峰冰天雪地之中窟居八十一天。土匪無奈他何，最後祇得釋放。猶憶出險之日，北方報紙競相刊載，詳記艱苦歷險經過，讀之令人感動。社會對其犧牲精神，尤為稱讚。民國二十年，長江忽患空前大水災，人民死傷枕藉，房屋塌毀無算。朱慶瀾將軍原為陳炯明叛變時大力支持國父平亂之人，此時出而領導救災，特邀請二哥由北平前往上海，共襄重任，二哥慨然允諾。一本濟世熱誠與華洋義賑會合作，共同救濟，獲益者何止萬千！民國二十年「九一八事變」，日本侵略東北，舉國憤慨！東北義勇軍馬占山將軍等英勇抵禦，其軍餉武器之接濟，多賴朱將軍設法向民間募捐，大力支援。而二哥實為最重要協助人員之一。那時我在上海特區法院任法官，經常看見他們在一品香旅社所設之總辦事處緊張工作，夜以繼日，衷心欽佩。二哥對朱將軍之忠誠愛國愛民尤為敬仰。來臺灣後，每逢其冥壽誕辰，必集戚友二三十人在忠孝東路善導寺為之誦經追思，數十年如一日。二哥對於忠誠人士之由衷崇敬，固可表現無遺，而其本人之尊友、敬友、念友之至誠精神，亦足為後世效法。

三十年來我國社會人士重視體育，政府熱心倡導，已有顯著進步。少年棒球隊多次出國比賽，皆得冠軍。該隊每次凱旋歸國，都有民眾熱烈沿途排隊歡迎。我和二哥必攜手站在群眾之間等候迎接。二哥時任職考試院，我則任職行政院。常在陽光曝曬下等三四十分鐘，幸不感覺疲倦。有一次我倆站在南京東路和中山北路交口，群眾歡呼，我們跟著一同喊叫，不知不覺中竟跟著群眾走到總統府大門前，看那些少年英雄向國旗致敬，禮畢方始回家。那些少年健兒為國爭光，完成使命，實足欽佩。我於翌日民眾團體歡迎茶會中向他們分別握手，表示賀忱，並請他們在預購的棒球上親筆簽名，留為紀念，不意去年遷居時，工友不知其歷史價值，竟予拋棄，殊屬可惜！

1949 年 12 月，二哥正代表我國在印度參加聯合國文教組織開會。二嫂及姪輩均留在昆明，二哥遠在異邦，不能返滇接眷。其後應印度新德里大學之聘，任教育學院教授。二哥一顆善心始終自安自足，對於他人則是一個良師益友。他常注意別人的優點，說別人的好話。他從不挑剔別人的缺失或錯誤，更不隨意批評他人。他與朋友之間永遠是相親愛、相扶助。至友陳雪屏先生同在西南聯大任教，義氣相投，自昆明結交，往來密切，親逾手足。抗戰時期二哥兼任西南聯合大學訓導長共達八年，任期之久為各大學所僅有。有時年輕人偶因激憤，漫發不軌言論，他必查詢緣由，加以勸導，循循善誘。他心裏充滿了愛的陽光，絕沒有絲毫怨憎的意念。二哥在考試院任考試委員十八年，對於為國掄才，盡了相當力量。他向來同情弱者，樂於助人。銓敘當局倡議建立公教人員保險制度，他極其贊成，襄助建制。如遇機會則向有關人員詳細解說。迨見順利成功，心中無限快樂。記得新制立法頒行之日，我兄弟二人同往烏來風景區郊遊一次，慶祝政府施行仁政又邁進了一步。我倆乘坐臺車飛跑，既快且險，途中經過高山族彩衣舞蹈，竚立欣賞。興盡歸來，偕訪臥病老友，問候起居。

政府遷臺後各方面勵精圖治，進步迅速。學者梅貽琦先生在教育界久享盛譽，當局為提倡科學，請其由美返臺，恢復重建清華大學。梅氏歸臺後暫居臺北中華路，為尋覓校址煞費苦心。二哥應邀襄助，梅氏各處奔波，或高雄、或嘉義、或高山、或盆地，相當辛勞。二哥偕往勘察，隨時提供意見，最後選定新竹。學校興建校舍外，並建築原子爐。此原子爐在亞洲尚屬第一座，日本曾選送科學專家來校研究。學校建築期間梅校長常偕二哥前往視察，所提意見多予採納。二哥原係清華早年畢業生，愛校心誠，辦理教育尤具熱心。清華校友會會長一度即由二哥擔任，屢次發動海內外募款助校，並鼓勵海外校友返國服務。此種精神，實間接有利於日後科技之發展。

二哥熱心教育，愛護青年，忠誠國事，老而彌堅。其人格立品之感召，實非筆墨足以形容。凡與二哥接近之朋友，必能同意我之所述。

緬懷仲甫先生 *

光陰像流水一般的消逝，仲甫先生逝世，轉瞬已屆週年。仲甫先生離開人世，非惟科學界失去了一位導師，國家亦損失了一位熱愛青年的大教育家。

我得識先生已三十餘年，時聆教益。猶憶初次會面是三十八年在臺灣大學校本部，那時我在臺大法律系為專任教授。仲甫先生早年在北平師範大學任教，家兄良釗時任師大教務長；彼此交誼很厚。我經人介紹，雖係初次晤面，因有此關係亦就一見如故，而且非常親切。祇惜仲甫先生

* 本文見《戴運軌先生紀念集》，1984 年 1 月 9 日。按：戴運軌(1897—1982)，字仲甫，浙江奉化人。1927 年，畢業於日本京都帝國大學物理系。回國後先後擔任北平師範大學、中央大學、金陵大學物理系教授。1946 年，奉命到臺灣接收臺北帝國大學，並將其改名為臺灣大學。出任教務長兼代理校長。後參與籌建新竹清華大學、臺灣中央大學。1973 年，自中央大學退休後，受聘於私立中國文化大學，任研究教授。1982 年 4 月，在臺北病逝。

為浙江奉化縣人。說話土音很重，我不能十分瞭解。

法學院距離校本部很遠，而且所授課程不同，以後很難有見面機會，因而彼此極少往還。四十五年秋，清華大學在臺復校，梅貽琦先生擔任校長。家兄當時擔任考試院考試委員。梅校長為尋覓校址，籌劃興建，常請家兄參與協助。當時梅先生深謀遠慮，創設原子科學研究所。伸甫先生為國內物理學名師，被聘兼任教授；舉凡設計興建常請出臂助，合作無間。研究所建築為名工程師張昌華負責，家兄亦與之素識，常往參觀。我因好奇心盛，數次同往新竹。於是又有與伸甫先生晤談機會，私衷喜悅。那時日本現代科學尚未發達。清華原子科學研究所成立之初，就有日本學人在所內研究，伸甫先生甚為得意。承其特別提及告我。至今我還留有深刻印象。

五十一年中央大學亦在臺復校，先設地球物理研究所。伸甫先生應聘擔任所長，開我國地球物理研究之先河。五十七年中大奉派恢復大學，伸甫先生出任院長。該校校址原在苗栗，交通不便，聘請教授相當困難。數年後伸甫先生費盡心力，另覓中壢廣濶新址。不意竟有人反對，百端阻撓，設計破壞；甚且加以詆毀，令人難堪。但伸甫先生眼光遠大，絕不示弱屈服，最後終獲成功。可證其愛校之誠，擇善固執精神，實堪欽佩。伸甫先生知我於六十一年即在中大任教，所以在第二座大樓建築竣工時特邀我前往參觀。在樓前且用長幅紅布白字寫明歡迎蒞校橫條，以示重視。我深感受寵若驚，而伸甫先生之尊重法學人士於此可見一斑。中大遠處山坡，四周田園滿佈，遠眺一望無及，恬靜幽雅，為一極好讀書之地區。伸甫先生告以方家喻之如龍，氣脈充沛，將來必可產生出色人物為國家建設有所貢獻。彼笑談中含有無限希望；其愛國儲才意念，更使人永久不忘。

近十餘年來，我與伸甫先生晤談機會比較增多；因為我們兩人都經張曉峯先生聘任為中國文化大學華岡教授，均曾兼任系主任；兩人均被選任評議委員會委員。有關學校大政方針得機參與末議。伸甫先生學養既深，經驗又富，對於校務如有所見必一本至誠，坦率直陳。可謂知無不言，言無不盡。他重視工作效率，認為行政工作必須有系統，必須合情理。我們在陽明山仰德大道上常同車往返於華岡臺北之間。無論校事國事，如有所感無話不談。彼此交換意見引為知己。深感伸甫先生為青年服務，為教育宣勞，及其潔身律己之精神，實可千古常昭，永垂不朽。值此謝世週年，略述所懷，用資追念。

「八十南開」精神永在：永懷張伯苓先生的偉大愛國情操 *

今天是張校長伯苓先生百歲冥誕。他雖身歸道山已二十四年，但那春風化雨、作育英才的豐功偉業，卻永遠活在人們的心田裏，令人無限懷念！

伯苓先生畢生盡瘁教育，栽培後進。他把愛國家、愛民族的滿腔熱忱，都發揮在教育事業上。這從他立志於教育事業的動機可以看出。因滿清腐敗，備受列強欺凌，尤其一八九五年（光緒二十一年）後，伯苓先生眼看馬關條約中載有割讓遼東半島及臺灣、澎湖，允許日軍佔守威海衛等條款；俄、法、德等國則干涉還遼，復向清廷索酬。

---

* 本文見《大成》第 132 期，1984 年 11 月。按：張伯苓(1876—1951)，名壽春，以字行，天津人。私立南開系列學校創辦人，為中國現代職業教育家，曾被周恩來稱為「中現代教育的一位創造者」。其早年畢業於北洋水師學堂，後獲上海聖約翰大學、美哥倫比亞大學名譽博士，曾受教於桑代克、杜威等人。1948 年，任國民政府考試院院長，1949 年，婉拒蔣介石赴臺要求而留在大陸。1951 年，病逝於天津。

德佔膠州灣；俄佔旅順、大連；法佔廣州灣；英租九龍、威海衛，皆圖瓜分中國。及一八九八年清廷派艦自日人手中收回威海衛再移交英國。兩天之內，該港竟三易國旗，張校長親臨其境，痛心疾首，深感要雪國恥，必須從事新教育著手；培植下一代，來救國救民。由於伯苓先生有此遠大抱負，才有光耀寰宇的事功。

回憶遠在民國五年，我即已幸運地瞻仰了伯苓先生。記得那是一次南開中學的聯歡晚會，由師生公演話劇「一元錢」。時家兄良釗已由南開中學畢業，繼續在英文專修班肄業。而我尚在天津西門一所小學裏唸書。因早知南開的話劇在張校長的積極提倡下，已名聞遐邇，能有此機會自然不肯放過。乃由家兄陪往南開中學觀賞。正巧張校長亦在親自指導，家兄便同我一起趨謁。當時張校長與其他教職員都在前排靜靜欣賞。當家兄介紹時，衹見他慈祥的臉龐，堆滿了笑容，與我親切接談，並不時輕拍我的肩膀。他的手心中，彷彿蘊藏無限的溫情，使我受寵若驚。從此，我便下定決心，等小學畢業後，一定要投考南開中學，希望在這一個教育的搖籃裏，多多充實自己。

民國七年，果然我很僥倖地考入了南開中學，得償夙願；內心的喜悅，自不待言。

當時南開中學的學生已逾千人，是全國最大亦最負盛譽的中學。開學典禮時，全校師生集合操場上，由張校長主持盛典，訓示學生要努力向學，遵守校規。說話時誠懇謙抑，目光環視每個師生，令人有無限親切之感。會畢並曾攝影留念，那張值得紀念的照片，我非常珍惜，及抗戰時輾轉遷移而遺失，至今思之猶感可惜！

南開中學的讀書風氣非常濃厚。張校長不但要使學生努力學業，而且要求智、德、體、群四育同時並進。記得南開學校標榜的教育方針是：

(一)重視體育，張校長認為強國必先強身，強種必先強身。當時民國體魄衰弱，精神萎靡，工作效率低落。因此南開便首先重視體育。南開學生的田徑賽、球隊等參加華北、全國、及遠東運動會，都有良好的表現，每次皆有很多選手奪得錦標。

(二)提倡科學，張校長認為我國科學不發達，所以物質文明遠不如人。因此，南開便積極提倡科學，並啟示學生，科學與國家建設關係密切；無科學即無國防，更談不到建設。早在一九〇四年張校長與嚴範孫先生等赴日本考察教育返國，即已購回許多物理化學儀器，以供學生實驗之用。民國初年，美國哈佛大學校長伊利奧博士 (Dr. Elliot) 參觀南開時備加讚許，認為中學有此科學設備，非常難得。畢業生後來在科學界有顯著貢獻，自與張校長熱心倡導有直接關係。

(三)團體組織，為培養群育的好方法。張校長深知國人如一盤散沙，團結力薄弱，精神渙散，不能合作。因此重視學生課外活動。中學方面很早即有自治勵學會、敬業樂群會和青年會等組織，學生藉此可以彼此觀摩，砥礪品學。大學方面有關學術研究組織則有東北研究會、天津研究會、科學研究會、數學研究會、以及政治、經濟研究會等。其他如體育組織有田徑、籃球、排球、棒球、網球等由章輯五先生指導。其中籃球尤為著名。民國十七、八年間有南開五虎將特由名體育家董守義先生負責訓練，征戰全國，所向無敵。此外如演講、出版、話劇、音樂等等，都有卓越的成績。

(四)道德訓練，張校長認教育是改造個人的工具。教育範圍，絕不可限於書本；所以他注意人格教育、道德教育。每星期三，張校長都親自講解修身、處世之道，啟發學生求學不忘愛國。我還記得在學校門側一座大鏡鐫有鏡箴，以為學生警惕之用。箴詞為：「面必淨，髮必理，衣必整，鈕必結；頭容正，肩容平，背容直；氣象：勿傲、勿暴、勿怠；顏色：宜和、宜靜、宜莊。」我以為這個箴詞，不但學生應該遵守，一般國民都可作為借鑑。我出門後無論服務於司法界或教育界，都以此自勵，終身受用不盡。

（五）培養救國力量，張校長從事教育的動機，是因國家受外侮之辱，激發雪恥圖強之愛國心。因此，平常訓話，都講解國際形勢與世界大事，並灌輸民族意識及增強國家觀念。

張校長之所以訂定此項教育方針，實有其「育才救國」的懷抱所致。從歷年修身班張校長的訓話中可以瞭解，他以為中華民族之落伍，實緣於國民深中八股文之餘毒。民性保守，不求進步。教育既不普及，人民遂多愚昧無知，缺乏近代科學知識而同時充滿迷信觀念。國人都重文輕武，鄙棄勞動，並受鴉片之流毒，使人民體魄衰弱，民族志氣消沉。因科學不興，災荒迭現；生產力弱，生計艱難。復以政治腐敗，民生經濟瀕於破產。同時張校長認為自私是中華民族的大病根，由於自私心太重、公德心太弱，所見所謀，短小淺視，以致一般人民祇顧個人利害，不肯犧牲小我而對民族國家團結效忠。張校長針對國人這些通病，才訂出具體的教育方針，希望從南開做起，啟發學生，甚至啟發全國人民。他這種憂時憂國的心情，怎不令人肅然起敬！

由於南開辦學方針的準確，深獲社會各界之信賴。張校長所聘請的教職員，均經嚴謹的選擇。每科教師都有一定的準繩，各展所長。例如大學文學院的凌冰、徐謨、蔣廷黻、李濟、蕭公權、張彭春等先生：理學院的邱宗嶽、饒毓泰、姜立夫、李繼侗等先生；經濟學院的何廉、李道南、方顯廷、姚崧齡、李卓敏等先生，都是一時之選。南開中學史地科的老師多出自北京及南京高等師範的優秀畢業生。英文、數學的老師，多出自聖約翰大學、金陵大學、交通大學的優秀畢業生。政治、經濟等文科老師多出自北京大學及東南大學的優秀畢業生。同時也延攬留學外國及國內其他大學畢業的傑出人才，為南開的老師。總之，張校長之延聘師資，首重品德，再論學有所長，做到適才適所，視南開各科之所需，設法聘請最傑出最著名的老師。畢生服務於南開的師長如喻傳鑑（教務主任）、華午晴（會計主任）、孟琴襄（事務主任）、伉乃如（校長室秘書）等四位先生，赤膽忠心，不計報酬，不顧辛勞，愛學校勝於愛自己的家，是南開的中堅份子，尤屬難能可貴。他們都共同培育南開，愛護南開。南開之有此卓越的成就，除賴張校長苦心策劃，朝思夕慮外，在校服務的教職員，也都群策群力，使校務蒸蒸日上。由於南開畢業的學生，無論中學部大學部，都有所表現，其散在政府各部門及社會各界的，也都不辜負南開的期望。至於出國深造的更有許多是名聞世界的學人。因之社會各界信賴南開，都希望自己的子女投考南開。所謂：「得入南開，便可放心」，以是每次招生，報名者動輒四、五千人，而錄取的名額有限，每有遺珠之憾。

南開師資優良，設備完善，因而凡考入南開的學生都能努力向學，而且各科亦都均衡發展。就我個人而言，南開對我的影響最大，除了勤苦求知外，我也參加各種體育及其他團體活動。記憶較深的，如民國八年參加全校運動會獲得幼年組跳高第一名，及百公尺賽跑第二名，同時團體接力賽跑亦得第二名，這使我對運動發生了很大的鼓勵，出校門後，仍能繼續不斷地作各項健身運動，縱然公務繁忙，亦不間斷。我現在體力充沛，精神健旺，自然得力於南開的培育所致。

張校長的教育，是要使學生成為國家有用的人才。除了充實學校科學儀器外，還提倡手腦並用。南開在民國八年以前，便創設木器工廠，供學生作業的場所。他認為學生不能整日在課堂裡唸死書，應該養成勞動的習慣，掃除「肩不能挑，手不能提」的文弱風氣。當我在南開讀書時，即有在木器工廠做工的機會。起初雖然稍感不大習慣，但幾次訓練後，便興趣盎然。慢慢養成勞動的習慣，對我以後出國留學及回國服務，都有極大的裨益。直到現在，我仍然興趣不減。例如有些家常小事，便可自行動手，實有助於鍛鍊身體，活動筋骨，真是益處無窮。

在進南開之前，我對演講還沒感覺興趣，但自在南開讀書後，時常聽張校長講中國必須走民主途徑，民主就需要人民能發表意見，所以他極鼓勵學生參加演講競賽等活動。我在大學肄業時徐謨老師對我特別愛護，常常指導我如何演講。此外，蔣廷黻老師等不但學貫中西，並且也是傑出的演講家，口若懸河，辯才無礙。我在那種環境薰陶下，也漸漸學到了一些演講的技巧，這對我以後服務社會或出席國際會議時，都有很大幫助。

最值得欽佩的，張校長不但有一股熱忱的愛國心，而且高瞻遠矚，對世界形勢，都能先知先覺，有過人的看法。例如民國十一年他已看出日本帝國主義覬覦東北，深為焦慮。有一次他在修身班上叫我們學生用心研究日本歷史和政治，特別請同文書院老師來校加授日文。迨十六年，便組織東北考察團，團員有蔣廷黻、蕭叔玉、何廉、張彭春等十餘人，前往東三省考察月餘，回校後即組織東北研究會，由蕭叔玉教授主持。以後對東北人口、資源、商業、工業、農業、交通、移民等問題，都有詳盡的報告，曾在太平洋學會內發表過東北經濟資源與發展論文，不但具有學術價值，而且啟發國人重視東北問題。

又如一九三五年華北局勢惡化，張校長深為憂慮，決定作遷校的準備，親赴各省勘查遷校地址。數度經過上海，那時我正在上海特區法院服務，至今還記得校長歷次在校友會席上的談話，大家初未料到侵略局勢已嚴重到如此地步。結果，張校長選定重慶近郊沙坪壩為校址，派華午晴、喻傳鑑兩位先生前往購地建校。及一九三六年秋校舍落成，命名為南渝中學，後改重慶南開中學。一九三七年「七七事變」發生，南開大學首遭轟炸，時張校長因公在南京，聞訊後憤慨地說：「敵人祇能摧毀我南開的物質，毀滅不了我南開的精神。」今總統蔣公得悉後，懇切地安慰他說：「南開首先為國而犧牲，此後有中國就有南開。」張校長獲此殊榮，益加奮勉。以後南開教職員及眷屬紛遷重慶，得在南渝中學暫住，足證他有先見之明。而南開大學亦於一九三七年先遷長沙，後遷昆明，與北大、清華合組西南聯大。張校長與蔣夢麟、梅貽琦兩校長同任常委。三校和衷共濟，烽火弦歌，依然不輟。這都賴張校長目光遠大，精神堅定的結果。

張校長不但對教育有很大的貢獻，對於愛國運動，亦有獨特的看法。他不主張學生動輒罷課、鬧風潮。例如「五四運動」，學生參加遊行，向政府請願，反對日本「二十一條」之提出，所謂「二十一條」是民國三年歐戰發生，英、法、德、奧分為協約、同盟兩方面，日本藉口英日同盟，加入戰爭，迫德租借之膠州灣交付日本，德國不允，日遂於八月廿七日派兵奪取，並於四年一月，由駐華日使利用袁世凱帝制自為之野心，提出所謂「二十一條」。繼又迎合北洋派武力政策，成立政治借款，更締結所謂「中日軍事協定」，向中國領土進兵，企圖併吞中國，引起中華民國國人的怒吼。全國青年學生群起反對。當時我也是學生會的一員，隨同遊行，高喊口號，並響應抵制日貨運動，致使員警與學生發生衝突，造成數度流血事件。張校長聞悉後，內心非常難過，召集南開學生訓話。他主張學生應該愛國，但在自己尚未成年、學業猶未告一段落之前，應先充實自己學識，鍛鍊體魄，使自己成為一個有用的國民，為國家社會貢獻一切，不應衝動、鬧風潮、罷課而荒廢學業。說話時親切慈祥，如父母之勸戒子弟，令人感動難忘！

至於南開學生團體活動，張校長則儘力提倡與協助。就我個人記憶所及，民國九年，我被選為自治勵學會的會長，因領導會務略有表現，並繼續連任一次，曾蒙張校長獎勉，指示我們如會務上有何困難，可請教務主任喻傳鑑先生指導協助。喻先生為北京大學畢業的高材生，終身從事教育，事實上他畢生都為南開而努力，前面已經提到過。他在校擔任經濟學課的老師，管教甚嚴，但對學生之指導或解決困難，卻非常熱誠。南開學生都畏其嚴而愛其誠。

伯苓先生終身以教育事業為職志，雖在北洋政府時代，因武人專權，內戰頻仍，南開屢遭困難與挫折，但伯苓先生仍堅苦奮鬥，從不氣餒。在民國十五六年間，政府曾迭次延請他擔任教育總長及天津市市長要職，都不為所動，一再婉拒，而對南開校務之發展，學生之造就，則無時不在努力之中。及民國二十七年，張校長因感於國難當頭，乃出任第一屆國民參政會副議長，協助政府推動抗戰建國計劃，團結人心，獻替良多。及民國二十九年，中央復畀以第二屆國民參政會主席，物望益隆。至民國三十一年，又被任為第三屆國民參政會主席團主席，掬誠為國效力。

綜觀先生一生，生於憂患，長於憂患，死於憂患，而終身盡瘁教育，以挽救中國之危亡，提倡生活教育，訓練學生手腦並用，啟發國人救貧、救弱，團結奮鬥，革除惡習，培養學生救國救民，以「公」「能」為依歸。使學生化私、化散為公犧牲，去愚、去弱，團結合作，服務社會。南開學生在先生偉大感召下，都能奮發努力，不負期許。

先生平時待人接物，持躬謙抑，恂恂儒者。篤實踐履，勇於任事，不尚浮華，澹泊名利，實為「經師」、「人師」的典型。孔子以「文、行、忠、信」教導弟子，與先生之重視學生「德、智、體、群」四育並進之目標，亦相吻合。而孔子的「有教無類」與「作育英才」，更是先生平日辦學的原則。孔子平生教學精神是「默而識之，學而不厭，誨人不倦。」這又與先生的教學精神完全相同。先生曾先後赴日本、美國等先進國家的著名學府考察研究教育，回國後以其心得，在南開實施，正是「學不厭，教不倦」的寫照。孔子所說：「毋意、毋必、毋固、毋我」的公正態度及「溫、良、恭、儉、讓」的良好風範，也正是伯苓先生平日持躬謙抑、篤實踐履、守正不阿的作風。他在南開每週集會，總是親自剴切訓導學生，為人處世，應誠實不欺，守分守法，其循循善誘的功夫，足為人師表的楷模。而其身教、言教、以身作則的事蹟，更是四十餘年如一日，全校師生無不衷心感佩。良鑑自南開中學而大學，忝為立雪程門，身沐其恩，感念尤深。茲逢伯苓老師百歲冥誕，謹就所知，略述所懷，聊申感戴之忱。

傑出的梅氏教育家 *

梅氏是我國極受人們崇敬的家族，歷代都有傑出人才；對於國家社會貢獻良多。近百年來，梅氏子孫移居新大陸者為數極多。他們艱苦卓絕，勤儉奮鬥；稍有積蓄，即匯款回祖國，在廣東台山附近各地，廣建房屋。至年邁退休後必定返回故里，以享天倫之樂。此種忠國愛鄉的精神，真令人欽佩。筆者對梅姓人士素有好感。最明顯的理由，就是個人自幼在河北天津居住長大。地處華北，氣候

---

* 此文發表於 1985 年 7 月 9 日。按：梅貽琦 (1889—1962)，字月涵，天津人。第一批庚款留美學生，1915 年，回國後任教於清華大學。1931 年至 1948 年，任清華大學校長。1949 年，赴巴黎參加聯合國教科文組織科學會義，會後赴美。1955 年，到臺灣，籌建清華原子科研所。1958 年，任「教育部」部長兼清華大學校長。1962 年 5 月，病逝於臺大醫院。梅貽寶 (1900—1997)，天津人，梅貽琦之弟。1928 年，在美國獲博士學位。回國後受聘於燕京大學，任教授、文學院院長。太平洋戰爭爆發後，擔任燕京大學 複校籌備處主任，後任校長。1949 年，僑居美國近五十年，1997 年，在美國逝世。梅可望 (1918—2016) 字孝思，湖南臨湘人。曾獲美國密歇根州立大學博士，歷任中央警官學校、臺灣東海大學校長。上世紀八十年末首返大陸後，熱衷於大陸社會公益事業。2016 年 4 月，病逝於臺中。梅翰生 (1926—2020) 湖南的臨湘人。梅可望之妹。就讀於南京國立中央大學師範學院，不久轉入廣州中山大學。畢業後投身於教育事業，曾任臺北市私立衛理女子高級中學校長。

酷寒。常在家園中看見美麗的梅花。每逢天氣愈是嚴冷，梅花也開得愈盛，表現更為堅忍奮發。這簡直是梅姓人士的象徵，足以自豪；無怪乎世人對梅姓人士特別敬愛。筆者茲就所知，略將熟識的梅姓教育家，簡介幾位如次：

梅貽琦先生

梅貽琦先生原籍廣東。清末時其祖父遷至天津，所以有了機會進入南開中學，接受新式教育。南開中學為張伯苓先生所創辦。發揚中國文化思想，介紹西方科學新知，更倡導體育訓練，乃我國新教育之楷模。貽琦先生在校成績優良，為學生中之佼佼者。畢業後遊學美國，專修物理、化學。迨深造學成返國，即服務於教育界。春風化雨，作育人才。貽琦先生曾任清華大學校長有年。一向主張中國應該建設成為現代國家。他強調今日青年都應成為國家建設人才。無論學術、技能、思想、行動、生活與體格、精神各方面，都應切實培植。當時強鄰日本，覬覦中原，陰謀侵略，日甚一日。因而貽琦先生特別注意科技人才的需要。他廣羅國內外科學專家執教，因而清華畢業生皆能學有專長，安心為國家工業礦業以及金融建設，謀求建樹，成績卓著。貽琦先生在這方面的貢獻，獲得國內外一致稱頌。

抗日戰爭爆發後，貽琦先生率領清華大學學生，長途跋涉，遷至雲南昆明。不久即與北大、南開三校合併為西南聯合大學。艱苦奮鬥，成績斐然，先生之功勞極大。

國民政府遷臺後，梅先生赴美經管中華教育基金，他運用此項基金，培植無數之我國科學人才；可謂桃李滿天下。後來他奉政府召回臺灣，重建清華大學。首先設置原子爐，倡導科學教育。當時此原子爐為東亞之冠，日本學人亦曾前來研習。貽琦先生曾任教育部部長，在其任內，默默耕耘，貢獻頗多。他特別重視科學教育與改進教育方針；其敬業與愛國精神足為後世效法，此實為梅氏之極大光榮。

梅貽寶先生

梅貽寶先生是中國現代教育史上受人敬重的學者。梅先生身處國難多變時代，曾任著名的燕京大學校長。一生堅守忠義氣節，愈在苦難中愈能奮發報國。志氣凜然，充分發揮梅氏傳統的堅忍精神。

貽寶先生博學碩德，中西著述豐富；不僅垂範後學，且對世界學術思想，亦產生巨大影響。最近二十餘年來，更傾其全力於中國文化之宏揚。曾著有關孔子思想及儒家影響文章，刊載於《大英百科全書》，世界名流學者，爭先閱覽，認為是傳揚中華文化最佳著述。數年前，他應邀在東海大學講學，不辭辛勞，誠意啟發。嘉惠學子，用意尤深，值得敬仰。

梅可望先生

梅可望先生，湖南省臨湘縣人。美國華盛頓州立大學學士、碩士；美國密西根州立大學政治學博士。歷任大學教授及中央警官學校教育長、校長、行政院青年輔導會秘書長等職。現任私立東海大學校長。可望先生對於培育英才，既富興趣又具經驗。他對於擴建講室校舍及添改各種教學設備，領導奮進；不遺餘力。誠我國實踐愛國以身作則教育家。他對於青年創業就業，尤肯熱誠輔導。近年來國際情勢紊亂，是非無分，國家處境益艱，時時需要國民外交。梅校長於教學之外，熱心參加國際活動。對於亞洲太平洋地區國家之文化交流合作，都有莫大貢獻。

梅翰生女士

梅氏女界也多飽學之士，在各地從事教育或社會服務工作。其中比較與熟識者則為梅翰生女士。梅女士是可望兄的令妹。自幼即對教育工作深具興趣。其父為基督教牧師，熱誠佈道，社會人士素所敬仰。梅女士自幼受其薰陶，養成勤儉忠實為社會服務的心願。抗戰勝利之年，在重慶考入中央大學教育系肄業。第二年隨著學校復員南京。不久轉入廣州中山大學。畢業後即獻身教育工作。以教學認真、負責聞名。現在臺北市任基督教衛理女中校長。校園廣闊，清潔整齊。學生則溫文有禮，課績優良，梅女士辦學，特別注意我國教育發展趨勢，對學生心理輔導工作之推行極為重視。因而該校輔導工作，極有成就，一向為教育界所稱讚。

梅校長為人謙虛、樂觀。做事講求實效。師生和藹相處，年年耕耘，為國家造就了眾多中興人才，梅女士可說是梅氏一位典型的教育工作者。

從善如流的彥棻先生 *

民國四十九年六月，彥棻先生接長司法行政部，我則留任政務次長；直至我調任最高法院院長；共事有年，相處融洽，並受尊重，是我從事公職數十年中一段愉快的歷程。

彥棻先生體型短小，雙目炯炯，和藹親切。我早年在南開中學讀書時，有位同年級不同組的同學張厲生兄於五四運動後赴法國參加勤工儉學。抗戰期間張兄隨政府遷居重慶，擔任黨國要職。其時本人亦在陪都服務。記得張兄曾提起彥棻先生，他亦是留法勤工儉學學生。兩位都是

* 本文見《鄭彥棻先生紀念集》，1991 年 2 月。按：鄭彥棻 (1902–1990)，廣東南海人，早年留學法國。畢業後，受聘於日內瓦國際聯盟秘書處。1935 年，回國，任國立中山大學教授兼法學院院長。1939 年，進入政界。1949 年，赴臺灣，曾任「司法行政部長」「國策顧問」。1990 年，病逝臺北。

三民主義信徒,求學時即常在華僑及留學生社團宣揚主義,講述愛國富強之道。我那時雖未識荊,但已知他具有演講的天賦,深得聽眾共鳴;不惟喚醒國魂,同時他也成為社會的領導份子。彥棻先生最津津樂道的事,是他在廣東高等師範曾親聆國父講述三民主義,引為生平榮幸。他真正瞭解三民主義真諦,令人不勝羡慕。

彥棻先生在主持司法行政之前,歷仕黨政要職。無論在何崗位均做得有聲有色,為政府中楨幹之才。當其接長司法部之初,由於司法業務極具專業性,與他過去從事的工作頗不相同;因而處理公務格外勤慎。遇有問題必將承辦人員或其單位主管召至辦公室當面詢明,務求徹底明瞭,然後處理。以「勤勞」與「耐心」克服陌生工作的困難,不久就進入情況,瞭解全盤司法業務的特性,進而推動此項有關全民權利與民心向背的業務。

鼓勵士氣是彥棻先生的特長。當時政府經費支絀,司法人員待遇菲薄;他用精神鼓勵來彌補物質的困乏。每於視察各地司法業務時,親至同仁家中拜訪其尊長,並致送禮品,攝影留念,既表敬老之意,亦藉以瞭解其家庭生活狀況。抗戰期間,我國在蔣公領導之下堅決奮鬥,全體軍民團結合作,以血肉之軀與日寇的鋼鐵相拚鬥;列強對於我國之英勇戰績,莫不讚佩。三十一年,美英兩國首先與我國政府協議廢除不平等條約,取消領事裁判權。翌年一月十一日，簽訂新約。於是國恥昭雪，萬民歡騰。其時戰事未停，政府為適應新環境，執掌完整之法權，首在陪都重慶設立實驗地方院，旨在改革制度，修正法律。本人幸蒙畀以主持重任。就職未久即建議創立司法節，藉以宣揚法治。幸蒙中央採納，通令各省高等法院負責普遍推行，收效頗宏。大陸失守後，臺省繼續推動，從未間斷。彥棻先生利用此司法節慶祝大會之機會，選擇資深績優人員加以表揚。這的確發揮了激勵同仁的作用。

每年司法節都陳列司法行政及審判檢察辦案成績之統計表格，輔以各種說明；又舉行監獄及看守所作業成品展覽，使社會人士得知司法界的成果。彥棻先生又倡辦司法人員書畫創作展覽，寓有引導司法人員公暇自修與正常休閒生活之作用，足使社會各界對於司法有新的評價。

彥棻先生非常重視鄉誼。他興建廣東同鄉會所，為旅臺鄉人謀求福利。有人說：他見到講廣東話的人，即使從未謀面，亦會一見如故。遇到中山大學法學院學生，更是倍覺親切。這原是可貴的天性。可是轉輾傳聞，失其真意。使人誤認他對同鄉及學生有所偏私，其實彥棻先生用人是有原則的；他喜愛人才，即使曾經冒犯過他的人，祇要有才具，遲早會受到他的器重。

彥棻先生口才鋒銳，所言字字珠璣，鏗鏘有力，平常治事勤敏果斷而不剛愎自用。凡見過他批閱的公文，聽過他演講與答覆立法院質詢的人，莫不稱道。民國五十三年春，司法行政部決定實施少年事件處理法，彥棻先生條諭刑事司，定於是年四月先在臺北、臺中、高雄三地實施。該司幫辦認為，同在臺灣省內，部分地區適用少年事件處理法，對於犯罪不良少年施以較寬之處遇，其他地區之少年犯則適用刑法，而兩種法律對於少年犯的處理既然顯有不同，自失平允；且實施新法必須具備觀護人、觀護所等客觀條件，當時祇有臺北、臺中、高雄三地設有觀護所，無法全面實施新法，因而簽請俟各地設置觀護所後再行辦理。彥棻先生初則不以為然，否定了此項建議。嗣經會商並加考慮，認為該司建議有理由，遂決定暫緩實施新制。數年後，少年事件處理法修正，各地法院設置觀護人及觀護所，各項條件具備，才全國實施新法。彥棻先生從善如流，果斷而不剛愎自用，此為一例。

民國五十六年十二月，我從最高法院轉任司法行政部，繼彥棻先生主持司法行政工作，由舊日共事而為前後任，亦是俗語所謂的緣份。與彥棻先生相識垂三十年，對其學養才華以及服務精神欽佩良多，謹記之如上。

祭孫邦華大使文 *

維中華民國八十年九月二十六日，東海大學董事長查良鑑率領全校教職員生，敬以鮮花素果，致祭於孫故大使邦華先生之靈前，而奠以文曰：

繄維先生，天賦聰穎。文學辭章，申江菁英。
負笈復旦，學兼中西。庭訓在抱，愛國愛民。
而立之年，獻身外交。折衝長才，奮勉勞心。
勝利復員，持節南美。廣結盟誼，國際揚名。

* 本文見《東海大學校刊》第 254 期，1991 年 10 月 10 日。按：孫邦華 (1900—1991)，浙江吳興人。1924 年，上海復旦大學畢業，1925 年，考入外交部，歷任駐外使館主事、代辦、公使。1963 年，調陞駐秘魯「大使」，1970 年，轉任多米尼加「大使」。1975 年，退休回臺灣。1991 年 9 月病逝於臺北。

膺選國代，翊贊憲政。匡維法統，議壇同欽。

榮退在野，關心教育。捐資興學，甘棠澤蔭。

吾校東海，多蒙青睞。慨建泳池，歡動雷鳴。

大雅君子，齒德俱尊。後學仰望，松鶴遐齡。

北崇雲峰，東臨滄溟。悵望音容，來告神靈。

在杭立武先生逝世週年紀念研討會致詞 *

諸位先生、女士:

今天我們在此紀念杭立武先生逝世週年，心中都感到非常難過，更是感慨萬千。我個人認為杭立武先生是個智、仁、勇的標準人物，也是個榜樣。如今，像杭先生如此熱心、如此求知、勇敢、仁愛的人，實在是很罕見。這是中華文化的精神之一，這種文化在此時更應大力提倡。他就是一個具體的表現、一個模範。他的求學、辦教育、仁愛、服務民政、乃至於勇敢地將中國古物運至臺灣，都一一表

* 本文見《亞洲與世界月刊》第十六卷第 1 期(總第 91 期)，1992 年 3 月。按：杭立武(1904—1991)，安徽滁縣人，祖籍浙江杭州。1923 年，畢業於金陵大學，1929 年，獲英國倫敦大學博士學位。歸國後任中央大學教授兼政治系主任。抗戰期間任國民參政會參議員、美國聯合援華會會長。1944 年，任教育部常務次長。1949 年，任教育部部長，爾後赴臺灣，1991 年 2 月，在臺北逝世。

現出這種的精神，令人十分佩服。

尤其，在智、仁、勇各方面皆有許多表現。在仁方面，他對人均非常和藹，能夠協調大家共同為一個大目標努力。他的善良，慈愛發源自清高的家庭之外，他亦是個非常虔誠的基督教徒。我個人與杭先生雖認識很久，但因職業不同，很少在一起。到了臺灣之後，見面的機會較多，我們均曾任東海大學董事長，並在民國六十八年由杭先生熱心發動一百餘名同志支持，成立「中國人權協會」，並共同服務於「中華戰略學會」。這些都是了不起的事情。我覺得杭先生最令人佩服的，就是有信心。他的信心主要是對國家的愛。杭先生的眼光看得很遠，有信心在英文用的不外是 confidence、faith，前者指對個人有信心，後者是對國家、思想有信心。杭先生對自由、民主有信心，所以無論他做什麼，精神上永遠都是快樂的。今天我們在此紀念杭先生，更須有這種信心，要相信爭取自由、爭取民主必定可以成功，更要為國家、為世界和平而努力。

早年作品卷

學生最切要的組織 *

我們都是二十世紀的人。我們常聽到旁人講民治主義，常看見近來報章論民治主義，有時我們也歡喜口口聲聲的談民治主義。民治主義，牠究是什麼東西；是空談嗎？是幻想嗎？不是。我們不應當說牠是空談，是幻想。民治主義是大家承認為以民為本，導國於治的原則，不過牠不是容易變為事實的；牠需要相當的條件，牠的條件就是；我們應該有充分的預備。

但是我們預備什麼？且怎樣預備呢？我以為我們學生時代最應注意的就是團體組織，而尤其是學生會。我們如果能夠盡力於此類的組織，我想民治精神自然能可以全部實現。學生會是學生自治的機關。對於各方面都有密切的

---

* 本文見《南大週刊》第 21 期，1925 年 11 月 17 日。

關係，而且站有重要的地位。現在我簡單說幾件最明顯的所在：

一．我們中國人素來缺乏團體的訓練，讀書人更願隱逸以鳴高遠避羣眾的範圍。不是拘泥著「先王之道」，不思解脫；便枯守「事事由他，於我何干」的信條，對於一切都不聞問，祇要自己安適，其餘的問題，好像全無關係。像這種人我們固然不能說他們完全不對；不過我們總覺得這祇是專制時代的安分臣民。換句話說，專制國家所需要者就是那不動的，無組織的，而且有被治習慣的公民。但是我們中國現在是共和政體，雖然未能做到真實的地步，然却是向那方向進行。那麼試問共和國家所需要的，是被治的公民，還是那有充實自治能力的公民？今日的學生就是將來的公民；將來所需要的公民，亦我們如果想有能夠共同自治的公民，必先有能夠共同自治的學生。所以從這方看來，學生會是極重要的。

二．我們既然希望有能自治的公民和能自治的學生，我們又信在學生時代學生會是養成異日能自治國民的團體。那麼再追上一步，我們要問何以見得學生會即可以有偌大的功能？諸君，我們不是都信實驗方法嗎？你看那專制國家為養成被治的好百姓，於是每天教導，「天地君臣，惟皇獨尊」使他們祇知服從，不識其他。造成了馴順的習慣，自然而然就祇會聽命了。共和國則不然。共和國需要能自治的國民。而能自治的國民，也須先養成自治的習慣。習慣養成還有旁的問題嗎？學生會正是練習自治養成自治習慣的組織，亦正是一種實驗室。試驗成功自然做真正的共和國民。所以從這方面看來，我們更看出學生會的重要。

以上所說的並不限制定某一學校或某一部分。換句話說，我並不是指着那些帶彩色的城市的或全國的學生團體，更不是指那上壓下鬆的學生組織。我們對於過去的和目前的，都不敢贊成。因為他們不是未曾辦到自治，便是環境不許他們辦。所以成績見不到。雖然不曾見到，我們亦不能說是牠的不好。辦到自治的地步而且辦得很好不是很容易的事。諸位如果都信共和國應有自治的國民；學校時期之學生會即為養成能自治國民機關的一個；那麼我希望大家一齊來想法子。使這種團體得以發達。今年時間太短，如果不行，不妨候至來年……反正我們可以，亦應當，設法改良已有的，并創造未來的學生最高團體。

學生會的工作，自然不限定專任治理，其他如學生生活之適宜……亦是極緊要的部分。不過現在若單從自治方面講，我們却有幾件事，應該特別注意。第一就是：我們大家既認定學生會有很大的功能——使學生養成自治習慣——那麼我們大家都應當拿他當件大事看。大家想法子籌劃那最完善的組織。這種組織的方法，最好適於各地各校的學生。第二，大家對此種組織，應本少年精神一齊負責，共同做到最好的地步。第三，學校應負一部分鼓勵和指導的責任。教育家不是常常提倡自動主義嗎？學生能夠自治便是向德育發展的自動方法。放任態度，不是提倡自治變本加厲，更談不到獎勵自治。教育者應當把這種學生組織，認為是一種教育。更應當分清這是一種教育學生能自治的組織。近年國內的學生會，多感到一種無一定目標的缺憾。更感到學校對之不關痛癢，或變本加厲的壓制，以致自治的實效從未如願以償。假若以後學校認此為教育之一法，竭力鼓勵和指導，自然發達可以快些。

總之，此種組織的最高目的——學生自治——如有阻力，則極難達到。我們大家應當合起力來，不要怕費時間，一點一點的把一切障礙推開，一點一點的想出完美的方法，貢獻給同學，全國的同學。然後我們才能有充實自治能力的國民。集那些能自治的國民，才可以組成名符其實的共和國家。

對於帝國主義我們應取的方針 *

諸君，一個大大的民族，一個有幾千年文化史的國家，弄得獨立不像獨立，滅亡不像滅亡，什麼大都城、大商埠、大口岸，全都駐紮了外國的兵隊，什麼重要的鐵路、重要的礦產全都變為外國人的勢力範圍，甚而至於關稅、鹽稅、電信，也都做了外國人的抵押品——這個不生不死的國家，這個不生不死的民族，到今天居然大夢方醒，知道因為受了幾十年帝國主義的壓迫，方才弄到這樣半生半死的地步。所以我們現在到處聽見「反帝國主義」「反帝國主義」的聲浪。

說到帝國主義，我們都知道自從十九世紀以來，歐美的工商業一天比一天的發達；他們的商人要找市場原料，他們的政府就幫助着自己的商人，不惜用武力擴張他們的殖民地，

* 本文見《南大週刊》第 14 期，1925 年 11 月 23 日。

擴張他們的勢力範圍——這就是帝國主義的來源。這種帝國主義慢慢的侵入到我們東亞來，慢慢的侵入到我們不爭氣不能抵抗的中國來，到如今——你看——哪一塊土地沒有受帝國主義的侵略？那一個國民沒有覺得帝國主義的痛苦。

因為帝國主義國家如此欺壓中國，所以我們國裏近幾年來發生了一種「反帝國主義」運動，這種運動的意思，固然很好，但是我覺得光去大聲疾呼「反對帝國主義」，而沒有一種具體切實的計劃，這種運動，也不過是白費精力，決沒有效果的，因為強者欺壓弱者，在帝國主義眼中，認為無上的真理。想要叫他們聽見我們反對的呼聲，就可以收回他們的武器，這真是做夢！我認為我們空言「反帝國主義」，不過表示我們的懦弱、卑屈、可憐、不能自振、不能自立的惰性。所以我們對帝國主義不應當徒尚空言，我們應當從根本上切實的先謀鞏固我們國內的根基，確定種種具體的計劃方針，然後才可以達到反帝國主義的目的。

在現在帝國主義下我們應付的方針，所應當積極提出來討論的，據兄弟看來，應當分為兩種：第一，是謀對內部政治經濟行動的獨立；第二，是謀對外自衛實力的擴充。

現在先說第一個——就是中國如何謀政治經濟行動的獨立，帝國主義在中國侵略的情形，及其所給與我們的危險，我剛才已經說過，但是假若我們考查問一問，同是一樣的國家，為什麼我們就受別國的欺壓？為什麼我們老是在帝國主義鐵蹄下受蹂躪？那我們就可以想到，我們內部本身，一定有缺陷，可以讓他們乘機而入。所以我們如果想要對抗帝國主義，我們就應當先從整頓內部政治經濟下手，那就是先謀政治經濟行動的獨立，關於這一層，兄弟以為最要緊的有兩條途徑，應當分頭去做。

第一條途徑，是建設強固統一的中央政府——帝國主義所以能在中國這樣兇横跋扈——所以能夠佔奪種種權利，哪一樣不是因為我們沒有統一的政府。因為政府不能統一，國際會議上，我們代表說話不發生效力；因為政府不能統一，北京的公使團就可以任意脅迫挾制。現在國人都看到統一是發展我們前途最重要的關鍵。所以「統一」「統一」的呼聲一天比一天高，但是成效究竟在什麼地方？據我看統一並不是不可能的事，祇要大家肯犧牲為這般軍閥政客私利私見的心，把國家為前提把帝國主義的壓迫作為一種教訓，和衷共濟的去做。假若有利害衝突的地方，我們都不妨提到下一屆大國民會議去聽全國國民解決——這樣還怕中國不能統一麼？等到統一成功之後，對付帝國主義就先有了把握，將來一切種種問題自然可以慢慢的解決。

第二條途徑，就是急急運動，收回關稅權。這也就是保留中國一線生機。因為關稅權受條約的限制，就等於在外國人手裏，外國的貨物就可以任意運到中國暢銷；關稅權在外人手裏，中國工商業就永遠沒有發達的希望！(外國的資本，所以能戰勝中國的資本；外國的銀行，所以能戰勝中國的銀行，都是因為他們把持關稅的原故)，我們應當要認定關稅是中國生死的關頭(如果我們想要替中國保留一線生機)，如果我們想要使我們的工商業有點發展的希望，我們就應當集合政府與國民的精力，急急從事收回的運動。我們要知道這種運動，若是在統一的政府下面，將來所收的效果一定更大，所以收回關稅權運動還是和統一運動互相依存而行的。這兩條途徑是謀中國政治經濟獨立同時並行缺一不可的步驟。這也是應付帝國主義當然應該經過的步驟。抵抗帝國主義，謀中國內部政治經濟的獨立，談何容易！沒有一番血汗工夫，如何能夠成功。所以最要緊的，還是我們大家同心協力去實行。

現在我們再談第二個應對方針。那就是謀對外自衛實力的擴充。在這個方針底下，我也簡單的標出兩個途徑：第一，是造就選派能幹的外交人才；第二，是改編建設強有力的海陸軍隊。

先就造就外交人才方面說，我們要知道，一個國家在國際地位上的榮譽，固然要靠國內政治的穩固强健；然而外交家有沒有經驗，有無魄力，也有很大的關係。如同法國在一千八百七十年兵臨城下的時候，大外交家（Thiers）運用他的外交能力，結果能使法國不改她原來的面目。又像那意國十九世紀的中興，大半都是大外交家（Cavour）同瑪老尼（Mazzini）的功勞。所以我們應當認定有經驗有魄力的外交人才，是一個中興國家所不可缺少的。為目前計，我們應當羅致曾在外交界負有相當名譽的人物，派充各國外交官。為將來計，應當在本國各大學設立外交專科，或是選送外國各大學，專為培植外交人才。

現在我們再就建設强有力的海陸軍隊討論——我們看，中國的軍閥天天就知道內爭，而軍閥之所以能內爭，一方面固然是因為帝國主義的供給，而那一方面却是因為軍隊編製的不好；以致中央無力管轄。我們信軍隊如果不實行改編，不但不能禦外侮，就連內亂都沒有平靖的一天。近來中國一般文人派都迷信世界可以和平，軍國主義指日可以消滅；因為受中國目前的痛苦，就主張根本取締軍人。那是因噎廢食的辦法，我們認為根本錯誤。兵額是一定要裁減的，軍閥是一定要廢止的，可是充分的國防不能沒有的。世界在最近百年之內決沒有和平的希望。外國假若派了兵艦到膠州灣，到秦皇島；派了陸軍到廣州，到東三省，難道我們聽他們處分宰割嗎？所以在帝國主義之下，我們要想圖生存，我們不能沒有相當的海陸軍備。我們籌備武力，並不是為侵略旁人，我們祇希望能夠自衛。中國現任的海陸軍能夠自衛嗎？當然不能。那麼我們就不能不擴充海陸軍備，以達到能以自衛程度為止。這是我們擴充實力第二條必要的途徑。

現在已經把處在帝國主義下，我們應付的兩個方針，大概說過。總括起來說，就是：第一，謀中國政治經濟的獨立，要想中國政治經濟獨立，我們一方面應當從事建設統一的中央政府，一方面運動收回關稅權。第二，是謀對外自衛實力的擴充，要想擴充對外自衛的實力。我們一方面應當選有經驗有能幹的外交官，和培植外交人才，一方面我們應當改編建設海陸軍隊。假若我們不怕難，不怕苦，努力的照這兩個大方針向前去做，我們成功的那一天就是我們脫離帝國主義的那一天。到那時候雖然不免還有迷信帝國主義的政府，但是一定可以覺悟。我們已經自振的國家，已經聯合的民族，決不能再做他們的犧牲，這就是「應付帝國主義」真正的途徑。

幸與不幸 *

在最近兩三星期裏，我們如果走到閱報室，我們的眼簾便接觸到那些「東北」，「西北」，及「聯軍」等等的字樣。今日一個電報，明天一個代表。他們表面上總表示和平。然而真相就令人難測了。甲說是為保境安民，乙說是安民保境；其實，他們不保境不安民還許好些，因為在他們這種保境安民的舉動施引之後，不但境界難保，就連人民也都大大的不安了！

好好的百姓，去當兵。打仗，陣亡；這是不幸。家中剩了孤兒寡婦，無以自給，更是不幸。為的是國家，為的是人類。沒有一個人敢承認戰爭目的中含有這種意思。得勢的軍閥，昨天還是窮漢，今天居然家有百萬。不問他們

* 本文見《南大周刊》 第 22 期，1925 年 11 月 23 日。

的能力是怎樣超强，非常人所能辦，至少他們可以稱為有幸了！募兵；置械；戰爭；最後勝利。於是團長而旅長，旅長而師長，一步一步的升了職位，這是何等的幸事。但是，莫忘了地下的白骨！

青年！你對這種動盪的時局有什麼感想？恨他嗎？怕他嗎？還是不怕他不恨他呢？有人看著中國這種局勢，總是生出懼畏之心。他們看見中國十年來的情形，從沒有一次太平；每天在戰爭的聲浪中，每天在虛無飄渺裏。他們怕有這種現象，怕過不安寧的日子。所以他們常常這樣說：「唉！我們真是不幸！為什麼生在衰弱的中國！更為什麼生在現今終日紛亂的中國？恨不能生在唐堯虞舜的時代，度那普天同樂的日子。即如或遲幾十年，生在中國太平，享有國際地位的時代，也強萬倍。唉！不幸！不幸而生在現今的中國。」諸君，這並不是一兩個人的觀念。我們細細觀察，持這種態度的人，正不知有多少呢！

我個人以為這種態度是不對的，是消極的，是我們少年人不應當有的。年老的人持這種態度，我們不能責備他們，因為他們對於世界上一切事都沒有多大的希望，或關係。我們少年則不然，因為我們絕沒有什麼理由容我們那樣想。少年永是青春。一切的事業都依仗我們青年人去分工合做。大些說，我們對於國家世界應負一分責任；小些說，我們對於家庭應盡相當的本分。看見了紛亂的時局，我們正應該本著我們向上的志願，蓬勃的生力，互相奮勉來解決一切，改進一切。我們哪有懼怕和退縮的功夫。

現今的帝國主義侵略，正可促醒我們的慵懶鬆懈；現今的軍閥互爭，正是警告我們為什麼不負責任。諸君，過去的同胞祇能安逸度生，既看不見近世的美景，更享不到改進的機遇。未來的國人，祇能查看歷史，哪能親臨其境？祇有我們，祇有現在的我們，可以親覩其事，親臨其境；祇有我們，祇有現在的我們，可以享有改善這種情勢的機會。這是多麼可幸！如果我們不做，一則對不起那些不能享受這種機會的已故的國人。二則將使未來的國人恥笑我們的懦弱與卑怯。我們祇能說，我們生在此時是大幸。我們應當利用這種時勢，努力進展應做的事業，立志改進現在的中國。少年同志，我們不應該苟安貪逸，我們更不應該忘了，「生於憂患，死於安樂！」

危哉國土 *

日本之在亞西亞洲，一彈丸蘚介之島國。維新以來，去倭俗之舊迂，師歐美之良法，上下一德，文武同心。官民無膈膜之嫌，將卒有互協之樂。凡歐洲大原大本之所在，似已得其要領。不圖狼心培成，每有間隙，必思突崛。甲午戰爭，我國備受損失；既已割土償金，猶須聽其威嚇。至斯日本遂儼然為亞洲之雄華，而中國赫赫盛名乃稍稍淩替矣。

日本對華之外交政策，因有歐美列強之牽制，國際協議之繩鎖，遂不得不嚴守「尊重中國主權，保全中國領土」之主義。在此主義範圍內，則立謀鞏固其勢力範圍於南滿，發展其經濟事業於沿江沿海諸省。但前者不免與他國之機

* 本文見《南大週刊》第 30 期，1926 年 4 月 26 日。

會均等主義相齟齬，後者又不免與他國之勢力範圍相抵觸。故日本乘歐洲備戰之際，思以把持，一方加入協約各國，一方則進兵攻取青島，要挾條件。鄰邦主義之侵蝕，東亞和平之破裂，皆弗顧也。

幸國民力爭，青島得還，條約否認。然我輩顯難謂此項條約在國際法上或稍失其根據也。論者每謂日本邇來鑒於中國國民屢次之抵抗，已漸覺悟。今祇思求善吾國，輔助吾國，以謀友誼之敦厚矣。此言然耶仰不然耶？請假四月十四日之《益世報》以證述之：

「日本在今年之議會期內，其參眾兩院對於我蒙古滿洲各地曾詳加討論……並質責其政府當局不能積極經營蒙古滿洲之失策，甚有謂中國之蒙滿地域，即日本之精神領土；且有主張命令統率蒙滿之官吏，若不得日本之承諾不能任命者……」

若槻首相對蒙滿政策聲明書曰：

「對於南滿及內蒙關於擁護確保我日本之特殊利益各節，政府當特別加以注意，不敢有絲毫之怠忽者也。若因該地方之秩序紊亂，有影響我帝國康寧之事態發生時，而政府必謀適當之手段，努力以維持其治安……且關確保我日本之權利利益，以資國民之經濟的發展與助長各事，政府須盡量而為，作最善之努力。」

諸君乎，日本年來果忘其久涎之滿蒙乎？吾國人則雖未忘而將或忽之矣。上述者日本國之最近對華方針耳。今者已漸施諸實行矣。邇來北京之《晨報》《京報》及我津之《益世報》，對茲均有登載。其記概曰：

「日本外務省鑒於日本在南滿方面特殊權利中之商租權，僅為條約所規定。觀之，不過一紙具文耳。其權利亦不過紙面上之權利。故外務省連日召開會議討論此事。近已由外務當局通告駐奉吉田總領事，依據中國國內法規，先設立一中日合辦之地畝公司。將來以法人資格購買土地，然後賣於日人或於一定條件之下，對於中日兩國人為長期限之地畝租借也。」

夫聯日聯俄……，乃政策上之問題，我輩姑且勿論。然東鄰之窺視華夏，謀侵我地，此吾人所當切記，所當注意者也。噫！上述情形果真實現者，則大好東土，行將為彼倭所竊食矣。

而數年來國民力爭之包含「日本國民為南滿洲建設各種商工業之建築物，或為經營農業得商租必要之土地」之條約，亦即逐漸實行矣。吾國疆域，其能不使紅光白底之國旗，飄揚於其上也，鮮矣，噫，危哉國土。

紀念五卅 *

驚天動地轟轟烈烈的五卅慘案發生後，到現在已有一年的工夫。在這一年之內我們中國人所受的刺激比往常都大。所得的教訓比往常都多。我們衹信一個國家在現今的世界上沒有自立的能力，沒有權力的意志，是絕難生存的。你看，中國去年白死了幾十個同胞，白犧牲了許多光陰；而偌大的事件到於今還未結束。是不是可歎？我們去年不是要求：

（一）撫恤傷亡嗎，不是要求；

（二）嚴懲負責的英國當局嗎，不是要求；

（三）賠償損失嗎？

但是現在如何？一件亦沒滿意，一件亦沒成功！至於

---

* 本文見《南大週刊》第 35 期（五卅紀念號），1926 年 5 月 30 日。

那些收回會審公堂，收回領事裁判，收回租界等等問題，更是令人望影沒蹤，無所希冀了！

諸君，中國以前種種的失敗我們青年人亦應負一部分責任，但是今後中國的前途，我們青年人却不能再稍微忽略了，我們不應該不顧事實空唱高調；我們應當有一定的信仰，本著這種信仰尋覓途徑向前去做。我們應當牢靠記住：中國如不能自立，不能自強，不能自助，是絕不會在這二十世紀的競爭場中有地位的。我們應當牢靠記著中國所受的恥辱及外國對我侵略的情形。這種恥辱我們應該設法「雪恥」。誰說中國人不應當存「雪恥」的心，我以為有「雪恥精神」然後才配稱為現代的中國人。在今天五卅紀念的時期，我先把英國在中國的罪惡，合起來講一講，以使不忘。

（一）弱我種族——在我國販賣鴉片；

（二）弱我領土——香港、緬甸、布丹，尼泊爾；

（三）奪我佳港——威海衛，九龍半島；

（四）焚我古蹟——北京圓明園；

（五）佔我煤礦——直隸的開平煤礦；

（六）握我財政——把持海關壟斷財權；

（七）謀我邊境——鼓動西藏獨立，並佔雲南片馬；

（八）搶我巨款——拳匪戰後，強迫中國賠償五千餘萬兩；

（九）助我內亂——供給軍閥鎗礮；

（十）殺我同胞——去年無故在滬粵等地槍殺多數同胞。

我們逢到「五卅」週年，心中格外難過。我們紀念五卅因為在那一天，我們表示出來中華民族的不死，雖然在最新式的槍礮之下，仍敢盡量的呼籲。我們紀念五卅因為獨有這慘案發生的影響，我們可以認識外人對華的政策更清楚些。就如前面所述英國對我的種種侵略，在我們腦海中幾乎無時不在盤環。我們現在祇有忍著目前的苦楚，大家分頭盡大家的責任，以期挽回所失的利益和體面。

中國學生運動小史 *

第一章　緒論——學生運動和國家的關係

希臘有一位大哲學家叫亞里士多德的。他在兩千年以前就說人類是政治的及社會的動物。這種說法直到現在仍然是有牠的價值，沒有人能不承認的。無論在什麼時候，無論在什麼地方，人總是羣住在一處，互相輔助，過共同的生活。人類因為需要共同生活，就自然有了各種的組織。初時範圍小一點的便成家族和部落。漸漸的文明進步，範圍也就大了，便成了國家以及世界。不過人類永遠是進化的和創造的動物，所以在這些組織裏面常常感覺到種種不滿意的地方，和被束縛的情形；因此就發生各樣的改善及解放運動了。

我們中國人受專制思想的流毒非常之深，已經有了幾

* 本文撰於 1927 年 5 月，同年 6 月由上海世界書局出版。

千年的歷史。近幾十年——尤其是最近一二十年——全國人民因為對於國事都感覺精神上有無窮痛苦，才曉得注意政治。在全國人民裏面，愈是有思想有知識的人，那些痛苦愈是烈害。一般血氣方剛活潑有為的青年學生，抱滿腔的希望，擁萬斛的熱血，前程萬里；目擊不如意的社會及垂危的國家，哪有不積極奮鬪的呢？於是當這帝國主義侵略於外，軍閥惡吏肆暴於內的時候，青年學生便起來做大規模的運動。牠的目的是對外打倒帝國主義，對內剷除一切國賊，以求中華民族之解放，億兆同胞之自由。牠的方法是喚起民眾，共同努力，以期真正革命之完成。

我們若是審察歷來的學生運動，可以概括著說多是為政治問題而形成的。換一句話說，就是一向學生的運動多半是為爭國權及爭民權而發生的。國家和社會常在不斷的進程中蛻化，改進這種公認的事實，固然依賴全體人民——農工商學各界——的努力，但是學生運動卻是打頭陣的先鋒，對於國家社會直接或間接有很大的關係。因為：

一．學生運動能夠養成羣眾愛國的觀念。愛國觀念能使人民意志一致，社會得以不紊，國家得以不亡。學生運動一方面既然可以養成這種觀念，一方面又可以發展這種觀念；以謀社會之進步，國家之富強。

二．政治社會危急紊亂的時候，學生運動可以做其他各項運動的前鋒，在前面指導；藉此可以得著全民的呼籲，勢力自然比較濃厚。隨他是帝國主義者，或是帝國主義者的走狗，都要格外留神。恐怕那些以筆為槍，以舌為箭的學生，及其他各界，對他們有什麼舉動。中國之未能即為各國共管領土，權利之未能為國賊賣盡，何嘗不是因為這種團結運動的牽制？

第三，國家無事社會安穩的時候，一定要進行建設事業。學生運動便可以輔助當局，做改良的工作。

從歷史上看，一般學生士子在社會確有偉大的活動能力。社會之如何，常以「士風為轉移」。這是古人說的一句話。我們足可以拿來證明學生總不失為國家社會之中堅份子，而學生運動也就有牠偉大的價值。所以學生運動對於當時的國家政治，社會風俗，有很密切的關係。總而言之，學生運動（一）可以使國家社會能夠革新；（二）可以驅除與國家社會有害的一切障礙物，以免其防止發展。有這許多效力，自然可以謀國家社會全體的幸福，助政治風俗的進步了。這就是學生運動與國家及社會的關係。

第二章　學生運動的成因

我們提起學生運動，往往聯想到「各學校趕校長，逐教員，爭學款，……」那種觀念上，其實學生運動又何嘗是趕校長，逐教員，爭學款等等的事呢！學生運動應認清是全國學生界的一種活動，志在抵抗外侮，改造政府；並剷除貪污而被外國勢力所引誘所降服的國賊。學生運動純粹是受良心的支配，為大多數謀幸福的。單為一部分人的利益，或為局部的問題，而起的風潮，自然不好算數。

歷來學生運動的成因，並不是很簡單。有時混雜著許多旁的問題。不過總合起來說，可以分為外部的原因，及內部的原因。現在先把最重要的幾點，敘述在下面：

（一）外部的原因——政治之腐敗

關於政治的腐敗問題，我們第一所要研究的就是外交。中國近百年來的外交史，簡直是一部痛史。直從前清中葉以至今日，每次都是因為外交的失敗，以致國蹙民貧，到現在這種地步。國內有知識的學生看見這種失敗的外交，都為國擔憂，惟恐外國不久就將中國侵吞了去。所以有很多青年學子出來做變政的舉動，做革命的工作，以救民於水火。以後歐洲戰爭停息，山東問題發生，中國的領土險些變為共管，於是學生又起來做更大的運動了。其後華盛頓會議及慘案……等等問題，繼續產生。每一件對中國的存亡幸禍，都有關係。所以學生沒有一次不奔走呼號，努力奮鬭的。

次者就是內政的混亂。中國的政局向來有兩大部分勢力，相互把持。第一是萬惡的軍閥，割據土地，壟斷政權。他們的目的，除去佔地盤伸張自己的勢力，刮地皮以飽個人的衣囊之外，差不多沒有旁的。部下的兵卒，大半是綠林中的土匪。擁兵自衛，各據一方，遂成中國十數年來之黑暗現象。第二種勢力便是無恥的政客。自然政客不一定都是無恥。不過我們現在所指的衹是那般無恥的。他們一方面標榜主義，號召黨羽；一方面引誘同類，排斥異己，嘴裏總說仁義道德，救民救國。臉上也現出一種像有介事的憂愁面孔。他們惟一的本領就是挑撥軍人，挾制政府。本來軍人多半是無知識的，他們卻去做爪牙，助桀為虐。自己做了軍閥的走狗，還以為是極大的榮耀。一代一代，一派一派的繼承，把持政權，便成了政治上第二種勢力。

以上二種勢力，在國裏不曉得盤據多少時候了。在他們的傾壓之下，內政如何能夠清廉？那些貪官軍閥，每天衹顧他們自己的哀榮，身家的安危，那裏管什麼國家的前程，和人民的利益？所以中國的政治壞到極點。當這種政治腐敗的時候，那一個國民不感覺痛苦？不過忍耐性成，多習以為常，而不起來設法。衹有那青年的學子，能於痛苦環境之下，悲憤交集之時，情願做一般民眾的先鋒，掙扎起來做政治運動。所以我們說政治的腐敗——外交失敗，及內政不修——是學生運動的一個原因。

（二）內部的原因——思想之變遷

環境的影響使學生運動成為可能，既如上述。但思想的變遷，可以說也有同樣的影響。例如：元明時代——約在西曆十四世紀——的學者，幾乎都以程朱為主。沒有什麼新發展；後來王守仁出世，學術才入於精微。他主張知行合一，以「致良知」三字，開導世人，而各學者多信仰之，遂一變昔日之思想而從新路研究學問。後世人也多受此種影響。足證思想之改變，對於人民普通意念的關係。以上所舉雖然是關於文學的例，也不難「一隅三反」，推想到學生的運動。單就民國以來的一段說罷，西洋思想的介紹，新文化的提倡，都有很大的貢獻。舊時傳統思想，都被打破，青年學生因此也漸漸覺悟，一齊解放。學生的思想，都變自由；對於政治及國際關係皆不似昔日之隔膜。自身和社會的關係看得也能明瞭，所以不顧一切，鼓著勇氣轟轟烈烈幹起學生運動。因此我們可以說，思想的變遷——新文化之介紹，新思潮之提倡，——是學生運動成功的內部原因。

第三章　「五四」以前的學生

中國學生做政治運動，並不是自民國起首。從歷史上看中國的學生界，在很早就有了各種活動。干涉政治，參與政治，都有很久的歷史，可以察考。不過以前的學生，都是散漫的，無組織的。他們以個人為單位；以清議為方法；以阻止為目的；所以他們的運動是被壓迫的反動。

正如同一個人被千斤重的石頭壓在身上，不得自由，亦不得呼吸；處在這危急的關頭，自己覺著環境的惡劣，勢力的壓迫，遂用全副精力，深深的喘了一口氣。目的衹是借著這種呼聲，嚇退幾分壓力。但是這樣情形，到民國八年就改變了。為什麼呢？因為「五四」運動的發生，是在這一年。這次運動是受新思潮的領導，萬惡環境的教訓，使學生個個覺悟而羣起為自決的活動。不但希望遠大，而且組織完密；實在是一種特色。其所以能成中國空前的大運動者，理由亦即在此。這好像我們民眾坐在一輛車上，車夫為他自己的便利、自私，把車子開入歧途。雖然車子會傾跌，人民會死傷，他是不管的。民眾的一部分——學生——覺著現在走入歧途，車子和人民都極危險，——國家之將要滅亡，社會之瀕於紊亂，——於是努力喚醒迷夢的民眾，一起趕跑這車夫而合力自己開車，回到正軌。向前奮鬬。目前固然短不了荊棘，而前程卻有暢闊的平原，輝煌的光明，努力乎，今日之青年！

文明的進步，惟有靠一般有知識的人在前面領導，餘衆協作改造，方才可以成功。當社會愈惡劣的時候，所需要的改造力愈大。改造的精神既大，於是激成猛進的學風。周朝以前，難考其真象。春秋時代，至戰國時代，是學界嘗試的一段歷史。到了秦代不幸遭了踐蹈，政府採愚民政策，焚書坑儒，於是士氣大衰。後來在劉邦項羽戰爭完畢，漸漸的隨政局之統一而統一。思想方面，才有些進步。這就是漢代初期的情況。當時學者專以口述考證訓詁……為主，對於政治社會等等切身問題，多不關心。到了東漢轉了方向，就是陳蕃、李膺、王暢等的清議。清議是什麼呢？就是一般學界，對於政治或社會問題的議論，批評政府，指謫官吏。雖然危險臨頭，他們也不畏懼。這種士氣是舊制度下之一種進步的反動，在政治上有很大的力量。他們厭煩昔日之著述生活遂羣起而作一種切身的政治運動。可巧政府無能，皇室的親戚將大權奪了去，宦官又極端把持政治，於是就發生嚴厲的批評，以監察時事，和一切政治的行動。所以時人稱讚他們說：「天下模楷李元禮——膺，——不畏強禦陳仲舉——蕃，——天下俊秀王叔茂——暢。」亦可證當時的氣焰了。

兩晉南北朝的學界，都以談論幽情為事。過一種遊蕩的，無為的生活。說起來倒也難怪，因為那時候國內混亂，生計艱難，逼得人們抱厭世主義，不能不走這消遙自在的一途。唐宋時代雖然有不少的學子出來，做實際解決政治，但是並沒有什麼大的成績和大的活動。

到了明朝又奮發起來。陳獻章等相繼而出。他們的努力，總算在歷史上留下痕跡，不過後來又慢慢的衰頹下去。明末清初的時候，精神稍振，才有了東林黨團體產生，一時青年多趨附之。其中的代表人物，就是頂頂大名的顧亭林、戴東原……一流人，他們也是當時政治現象所促成的。宦官和大臣都把持政權，為所欲為，一般有知識的人，自然不能不立在批評和監督的地位，而與惡勢力相爭了。此後清室的專制與利誘，又顯出一種消極的狀態，士氣漸漸的低落。自從五口通商與西洋各國交易之後，學界感於相形見絀，及國內政治的混沌，政府的腐敗；遂有起衰除弊的意志，思想革新，政治活動，雖然在壓迫之下不容易成功，而當時學者的躍躍欲試的趨向，已經很顯明了。康有為、梁啟超等起來造成戊戌政變。未能成功。其後一般教育者則以鼓吹革新為教授的正課。如蔡鍔、范源濂等皆其產品。乙巳年——一九〇五年——孫中山先生組織同盟會，散播革命種子，一般青年及普通人腦中都裝滿了種族革命，創造共和的學說。我們可以說這時候的學生界，對於政治運動又有了極大的興趣。當時的一班革命家，多是日本留學生。他們有的丟棄了校課，完全作維新及革命的工作；有的一面讀書，一面參與活動。可以說有很好的成績，是我們極應佩服的。

民國成立，新的學校組織了很多。而尤其是法政學校，各地都有。那些專為做官的投機分子，都爭相加入。以為天下無事，可以過太平日子了。誰想他們的風氣一變，惹得日後發生了一種官僚化的學生。每天吃必大餐，飲必洋酒，他們的希望是某級某級的官吏位置，和幾等幾等的嘉禾章，終日又不斷的爭什麼「上行走」及「簡任」「薦任」等名目。至於國家在世界上的地位如何，國內政治狀況怎樣，他們向來不欲過問。我們覺得這是很可惜的一件事情。

政體既然改變了，革命總算告成一個小小的段落，這種氣焰一點一點的灌進青年腦中，暴發自然是很容易的。教育的形式，雖然由科舉而變為學校，但宗旨仍舊，依然是一種專制教育。做學生的祇知服從無上的校令，又須把教科書當作神聖的金科玉律，處處被動。更加上教職員與學生中間情感隔閡太甚，所以竟發生無數次學校風潮。反對教職員，與學校鬧意見，……層出不窮。例如民國元年北京大學學生拒絕章士釗等做校長，及民國二年北大預科學生要求免除入學考試，以致校長被逐，學生數人被當局斥退等，皆是很明顯的。其餘的學校，如保定師範學校，杭州第一中學校，南京、江西、開封等等，都有風潮。究竟當時的風潮，是什麼呢？不外毀物，打人，停課，發傳單。這種活動的影響很大，已經同初期微弱傳染病一樣，沒有好的方法，能先期防止。

政府方面那些充滿舊思想的官僚，看見這種「士氣囂張」的學生，就怕起來了。一次一次舞文弄墨的大做其官樣文章。什麼「……學校秩序，必應尊重之；若忘當前之職分，輒思騖外，失難得之時機，不求進取，是即自暴自棄。……」及「……學生在校最重服從，詎可任其囂張，敗壞規則？……學生有不守規情事，應隨時斥退。……」像這樣的言詞，不一而足。可謂政府真善於整頓學風了。但是讀者不要忘記，當時學生之所以有這種活動，絕不是他們太閑散，或是犯了什麼神經病，無事糊鬧。大凡聽見過彼時學生談話的人，都可以曉得那時候的學校，確實是腐敗不堪。固然在學校幼稚時期，我們也應與以原諒，可是原諒也有他的限度。至於靠那些以辦學校為做官進級的半官半學的人，怎樣會使學校發達，完備；而不致使學生激憤？世界是一天一天的進步，西洋文明一點一點的輸入，而學校的設施，毫不改良，教員又多腐朽，請問那個青年能夠忍受？政府方面和辦教育的人，不思有以改進。而祇知一則整頓學風，再則整頓學風的放空砲，試問這種「治標」不「治本」的辦法，究竟能有什麼效果？風潮的起因，是在學校？還是在學生？

此番活動因當局的抑壓，不得不漸形消極，從此學界放下革命的精神，過起修養的生活。中間雖然不斷有小的波折，學界總算生存於政府所謂的「正軌」之中。民國四年袁世凱政府之下，日本提出二十一條，全國人民為之震怒，學生界更是激憤。於是都提倡抵制日貨，振興國貨，各地演說以喚民眾，學校裏面都有「救國儲金」，學生每天把零用錢省下來，放在櫃子裏，預備做日後的為國家有利的事業。各地的演講所，不斷聽見學生們演講的聲音，可證彼時學生所受的外界激刺！民國七年五月二十一日，北京大學與北京高等師範學校、工業專門學校、法政專門學校等各校學生全體，因為中日所締結之軍業協定，對國家有大危險，特至總統府請願廢除，並要求宣佈條文。其他各處的學生也都各自聯合，請願當地長官，要求代向政府廢除前約。同時留日學生，因討論中日交涉事件，被日本員警干涉，遂返國組織救國團，發行日刊，後來還是教育界屢次敦勸，才回日本繼續上課。但是這種活動，已經遺下了播發的種子。

第四章　山東問題與學生運動

中華不幸，權奸盜國。狡鄰日本，屢圖侵略。兩國軍閥政妖，狼狽相結。民國四年乘我無正式國會監督之時，列強酣戰不暇東顧之際，締結密約，奪我國權。此次果真損失，則較歷史上所有之損失，均形重大；其關係國命，也極危險。所以這次人民若還執迷不悟，則一失再失，必成朝鮮第二了。今將最顯著的背景和學生運動的經過分述如下。

（一）問題之發生及運動之背景

自從光緒二十年——一八九四年——中日戰爭中國失敗以後，一切的弱點都暴露出來。帝國主義者更大膽的跑來設法侵略。因此各強國在中國都有了經營的根據地，以維持其勢力。衹是德國還沒得著，旁的國家在中國既然佔了好港口，都可以發達各自之東亞商業，而德國獨獨不能，於是佔領中國土地之心，其熱度遂達於極點。可巧彼時山東曹州府發生一件殺害德國傳教師的事。德國政府就借此為名，派了三隻軍艦，佔了膠州灣。遂強迫清政府租借給地，以九十九年為期，於外還逼迫中國准許他在山東全省有敷設鐵路採鑛及設立公司等權。自此山東的魂靈，被外人奪去。汲汲危哉！到了民國三年，歐洲各強國起始開戰，沒有工夫來管東亞。日本就乘這機會，派兵進攻。於是用極靈敏的外交手腕和兇猛的海陸軍隊，佔領我們青島。強據我們的膠濟鐵路。口頭上仍說要交還我們。以後不但不交還，反在民國四年一月十八日提出二十一條，至五月七日立逼中國政府承認。這二十一條注重在山東，所以日本把牠放在第一號裏面。明明規定說：日本政府能夠享有德國政府在山東所得之一切權利，利益讓與等項處分。這是何等的重要！山東問題可以說自此就發生了。推究起來，那殘刻的二十一條，就是五四運動的遠因。關係非常重大。牠的內容是：

第一號

日本國政府及中國政府互願維持東亞全局之和平，並期將現存兩國友好善鄰之關係，益加鞏固；茲議定條款如左：

第一款　中國政府允諾，日本國政府擬向德國政府協定之所有德國關於山東省依據條約或其他關係對中國政府享有一切權利，利益，讓與等項處分；概行承認。

第二款　中國政府允諾凡山東省內，並其沿海一帶土地，及各島嶼，無論何項名目，概不讓與或租與他國。

第三款　中國政府允准日本國建造由煙臺或龍口接連膠濟路線之鐵路。

第四款　中國政府允諾為外國人居住貿易起見，從速自開山東省內各主要城市，作為商埠。其應開地方，另行協定。

第二號

日本國政府及中國政府因中國向認日本國在南滿洲及東部內蒙古享有優越地位，茲議定條款如左：

第一款　兩訂約國互相約定將旅順大連租借期限，並南滿洲及安奉兩鐵路期限，均展至九十九年為期。

第二款　日本國臣民在南滿洲及東部內蒙古為蓋造商

業、工業應用之房廠或為耕作，可得其須要土地之租借權或所有權。

第三款 日本國臣民得在南滿洲及東部內蒙古任便居住往來，並經營商業、工業等各項生意。

第四款 中國政府允將在南滿洲及東部內蒙古各鑛開採權許與日本國臣民。至於擬開各鑛，另行商訂。

第五款 中國政府應允關於左開各項，先經日本國政府同意而後辦理。（一）在南滿洲及東部內蒙古允准他國人建造鐵路，或為建造鐵路向他國借用款項之時；（二）將南滿洲及東部內蒙古各項稅課作抵，向他國借款之時。

第六款 中國政府允諾如中國政府在南滿洲及東部內蒙古聘用政治財政軍事各顧問教習，必須先向日本國政府商議。

第七款 中國政府允將吉長鐵路管理經營事宜，委任日本國政府。其年限自本約畫押之日起，以九十九年為期。

第三號

日本國政府及中國政府願於日本國資本家與漢冶萍公司現有密接關係，且願增進兩國共通利益，茲議定條款如左：

第一款 兩締約國互相約定，俟將來相當機會將漢冶萍公司作為兩國合辦事業。並允如未經日本國政府同意，所有屬於該公司一切權利產業，中國政府不得自行處分，亦不得使該公司任意處分。

第二款　中國政府允准所有屬於漢冶萍公司各鑛之附近鑛山，如未經該公司同意，一概不准該公司以外之人開採。並允此外凡欲措辦，無論直接間接對該公司恐有影響之舉，必須先經該公司同意。

第四號

日本國政府及中國政府為切實保全中國領土之目的，茲訂立專條如左：

中國政府允准所有中國沿岸港灣及島嶼，概不讓與或租與他國。

第五號

一　中國中央政府須聘用有力之日本人充為政治財政軍事等項顧問。

二　所有在中國內地所設日本病院、寺院、學校等，概允其土地所有權。

三　向來中日兩國屢起員警案件，以致釀成糾葛之事不少，因此須將必要地方之員警，作為中日合辦。或在此等地方之員警官署，須聘用多數日本人以資一面籌劃改良中國員警機關。

四　由日本採辦一定數量之軍械。（譬如在中國政府所需軍械之半數以上）或在中國設立中日合辦之軍械廠，聘用日本技師並採買日本材料。

五　允將接連武昌與九江南昌路線之鐵路，及南昌杭州、南昌潮州各路線鐵路線之建造權，許與日本國。

六　在福建省內籌辦鐵路礦山及整頓海口，（船廠在內）如需外國資本之時，先向日本國協議。

七　允認日本國人在中國有布教之權。

日本又怕中國反悔，所以在民國七年九月用金錢買通我國政府，和日本秘密立一個濟順、高徐二鐵路借款預備合同。這合同裏面暗示日本能在山東繼承德國所得的權利，並且附帶一件斷送膠濟鐵路的換文，辦這件事的就是我們永遠忘不掉的，章宗祥、曹汝霖、陸宗輿三個人。後來德國戰敗，各國在巴黎開和平會議。中國以協約國一份子的資格，亦得與會。到會代表在會場上提出我國收回以前德國在山東所有的一切權利。這是很合乎正理的，誰也不該否認。但是日本卻根據二十一條和中日鐵路借款合同，極端反對。美國除外，其他強國因為都與日本有密約的關係，不能主持公道。美國既是孤掌難鳴，中國自己又是軟弱無能，所以當日本極力反抗的時候，各國通知中國專使說：山東問題應歸中日兩國直接交涉，單獨解決。梁啟超那時正在巴黎。他在四月二十四日還拍電報給中國國民外交協會，他說：「……對德國事聞將以青島直接交日本。因日使力爭結果，英法為所動。吾若認此。不啻加繩自縛。請警告政府及國民，嚴責各全權（公使）萬勿署名，以示決心，……」各界對茲益加注意。不想到了後來，各國果然公認日本能夠繼承德國昔日之一切權利，並載入對德和約。因此吾國之山東交涉，遂至失敗。

這次外交失敗的原因，固然很多，而中國國內之互相爭鬬，賣國賊之疊次產生，實其最主要者。少數武人政客壟斷政局，人民又放棄督促的責任，他們更為所欲為。皇帝夢啦，發財慾啦，支使得他們混天黑地，祇顧目前的私益。什麼內爭怎樣使人民受痛苦啦。借款足以致國家於滅亡啦，他們都不過問。可憐一般良好的國民，受了他們的累，而不自覺。祇有那有血性，有勇氣的學生，比較明白政治原理；曉得天下興亡，匹夫有責。尤其是北京學生在國都裏面，親眼看見中國政局的腐敗情形，便首先發難，抱定「民族自決」的信條，正式干涉政治。以後便產生出來民國八年五月四日北京學生示威運動。

（二）五四事件之始末

自從巴黎和會中，我國之山東問題不能得真理的解決後，全體國民無不憤激填胸。一方面覺悟世界上除了強權，沒有公理。一方面痛恨賣國賊的甘心媚外！各地各界都表示十分反對，尤以學生為最熱心。民國八年四五月間北京專門以上學校，為此曾通電各報館及各會，預備在五月七日全國國民一致舉行國恥會，協力對外，以保危局。但是外交消息漸漸傳來，使人們絕無可等。各校學生五千餘人遂於五月四日午後在天安門前舉行執旗示威運動。小白旗上寫的是「誓死爭青島」「羣起殺國賊」「取消二十一條」……等等字樣另外還有很動人的傳單分送路人。以後齊赴曹汝霖宅。當時宅中正有章宗祥同日本人談話，學生們就先毆打這個敗類，曹汝霖却私自逃跑，躲避在六國飯店裏面。他的家於是被燒，員警總監看看形勢不妙，就捕了三十幾個學生。學生一方面便從事營救；一方面又規定怎樣進行。在被捕同學未釋放以前，各校一律罷課。京都十三校校長，同時亦開會議，認爲學生此次舉動，悉團體共同行動，不能使少數人負責。先向員警廳保釋。然後通電各省教育會一致對待。報紙如《晨報》《每週評論》等亦力爭公理，代學生辯護。後來汪大燮、王寵惠、林長民等又出面保釋，終於七日上午全體釋放。京中學生無不歡呼慶祝。次日各校遂一律上課。但是救國運動仍舊繼續進行。當時工作可分六項：（一）組織北京中等以上學校學生聯合會，為政府外交後援；（二）提倡抵制日貨，先燒各學校售品所餘存之日貨；（三）派代表赴各地接洽；（四）組織演講團到各地演說，喚醒民眾，注意外交提倡國貨；（五）組織學生義勇隊，從事軍事訓練；（六）組織十人團，以維持內部之秩序，並謀增進團結之精神。當時的計劃和行動，都非常周密，實在是學生界破天荒的創舉。

（三）全國各界之響應

當五月四日以前，就有許多留日學生憤慨歸國。其餘仍在日本的於五月七日開國恥紀念會，並整隊赴使署呈遞意見書。不料第三分隊正走到二宅板地方，忽然來了四百餘個騎兵，及武裝員警，將同學拘入警署。拳足交加，大受其辱！且有毀及國旗等事。被捕者皆判決拘役，可謂大耻。但是我們應該注意，這並不是幾百個留日學生的恥辱，實在是國家全體的最大恥辱！媚外的政府，使人民陷此地步；迷夢的國民，又怎能不警醒呢？

在國內各地，自從北京「五四」事件發生之後，沒有一處的學生不表示同情，而且積極合做的。天津方面以北洋大學及南開學校為中心，召集會議討論進行。先於五月十二日下午，在河北公園開郭欽光烈士追悼會。郭君是北京學生。這次因為外交問題激憤而死的。追悼會後各校學生乃赴街市中演講。聽者極多。由此天津的市民，就起首活動起來。十四日天津中等以上學校學生聯合會，正式成立。於是各界便有了一致的領導，參加救國運動。上海方面在八日開過一次會，推舉代表，請求當局放釋，北京被捕學生；並電巴黎專使拒絕簽字。十一日遂成立上海中等以上學校學生聯合會。其他如南京、武漢、杭州、濟南和陝西、山西、湖南、湖北、廣東、福建……各省的學生都紛紛起來響應，做救國運動。

致於其他各界亦都努力參加運動。各地商會都開大會，組織國民自決會，抵制仇貨委員會，國民外交後援會等等。並且打電報及做排除日貨等實際工作。歐美留學生也開會，舉代表，分頭向各使館陳述我國國民對於山東案件的決心。各省省議會，各地教育會，學校，及其他機關，紛紛開會，誓志力爭。於外各地各界又組織各界聯合會，及救國十人團等。目的皆為力保國權，殺賣國賊。

可恨的政府對於這種全國一致純潔的愛國運動，不但不以為是國民覺悟之福，反倒「三令五申」的設法抑止。對於國民要求懲辦賣國賊一事，不但不思以解決，反倒在曹、陸提出辭呈之後，下令慰留。政府之倒行逆施，背違民意，一至於此。可勝嘆哉！

自是北京學生更加憤怒，全體議決自十九日起再行罷課。罷課後一面派出演講團，以否認二十一條及抵制日貨等為題目，分地演說。一面電阻專使簽字。日本看見也未嘗不吃驚，所以就用手段來威嚇中國。先是日本公使小幡氏提出抗議。繼則有日本兵之示威運動。汽車插著什麼「青島勝利」「扶桑館」等旗幟。簡直是有意挑撥。於是政府在恐慌之餘，便更撤官吏；並禁止學生演講。學生無奈祇好改變方式，暫停演講，而為販售國貨。反印出許多仇貨的名目小冊，分送全國。天津、上海、南京、武漢及其他各處差不多都有同樣情形。不過天津有楊以德，武漢有王占元，……等大發威風，買好當道，不惜派重兵逮捕學生。唉！打傷學生的數目愈多，恐怕他們做官的本領愈顯得大吧！

政府方面，以前用敷衍政策，不能奏效，遂改用武力政策。於六月一日下兩道命令。第一，袒護曹、章；第二，痛斥學生，並且把學生聯合會和義勇隊查禁。二日又捕去販售國貨的學生七人，三日十時學生大演講，又被軍警拘捕，監押於北京大學法科。現在把學生會的通電節錄如左，以觀真象：

「……學生遊行講演各學校之出發者九百餘人。被捕者一百七十八人。北京大學法科已被軍警佔據，作為臨時拘留所，拘留學生於內。校外駐紮兵棚二十。斷絕交通。軍警長官對於學生任意侮辱。……重傷者二人，旋被送入步軍統領衙門，榜掠備至，尚不知能否生還。……一日不死，此志勿奪；殺賊殺敵，願與諸君勉之！」

看過這段通電，便可曉得當時情勢之嚴重。次日又繼續逮捕。兩日來共約一千餘人。五日上午學生出去演講的，竟增至五千餘人，軍警無法，祇得趕散聽眾，不再捕捉學生。而學生這般百折不回的精神，也應該感佩了。在上海方面，學生聯合會得著三日北京的消息，更積極分頭接洽，到處演講。工商各界遂於六月五日起始罷市罷工，要求罷免賣國賊。立志非常堅強，所以通電裏面說：「國賊一天不除去，輟業行為一天不停止。」同時天津、南京等處也相繼罷市。政府聽著這種消息，並且看見北京學生的「大無畏」主義，終不能任意傾壓，祇好將軍警撤去，請學生出來，學生因為無故被拘，太無公理；不肯出來，後來經人調解，才回學校去。

總之，此次運動是全國的運動，是中國國民覺悟的第一聲。然而手無寸鐵的學生，為愛國心所支使，起來作救國運動，何嘗有一件事情越出軌外？乃各地的當局如天津之楊以德，北京之王懷慶，湖北之王占元，福建之李厚基，南京之王桂林，……皆施其殘毒手段，蹂躪學生！當羣眾游行時候有被擊撲地，受人踐踏者；有被刺傷血流如注者；有被捕而拘禁者；可謂慘極！後來雖然有些效果，但是讀者不要忘記那是當時各界齊心奮鬪換得來的。

（四）「五四」運動的結果

上海、南京、寧波等處相繼罷市以後，政府雖然恐慌，但這些地方離北京甚遠，還不足使政府改變其麻木性情，等到天津罷市消息傳來，真可大不得了。經濟界既有危險，政府則將根本動搖。所以政府才在六月十六日下令免交通總長曹汝霖，駐日本國特命全權公使章宗祥，及幣制局總裁陸宗輿三人的職。於是國人指名認定之賣國賊，跌下舞臺。至於其他之宵小賣國賊，則未能徹底剷除；十數年來國內之亂況，未嘗不是他們的暗中作祟！

此次運動之第一導火線本是巴黎和會交涉之失敗。所以學生不惜費盡心力，喚醒民眾，注意外交，監督政府，拒絕簽字。當各界代表請願見大總統時，曾有學生屈武觸柱，意欲自殺，也可見當時民氣的一斑了。

經過長時期內各界的聲援，及留歐學商各界的合作，終算達到另一部分目的——專使拒絕簽字。不過我國專使陸徵祥、王正廷等亦嘗了不少外國的威氣。生此弱國，欲辦外交，真是難之又難。我們一讀他們的通電，就曉得當時的情形了，通電說：「……不料大會（巴黎和會）專斷至此，（完全拒絕中國請求）竟不稍顧我國纖微體面。曷勝憤慨！弱國交涉，始爭終讓，幾成慣例。此次若再隱忍簽字，我國前途將更無外交之可言。內省既覺不安，即徵外人論調，亦羣謂中國決無可以輕於簽字之理，詳審商榷，不得已當時不往簽字……」

看這個電報，中國外交委曲求全，至不得已而出於不簽字之結果。實在是一件痛心故事。但是中國居然勇敢的能不簽字，却是外國所想不到的，更是日本所詫異而且大失所望的。中國這次舉動真要算是幾十年外交上第一次的榮譽啊！

（五）「五四」運動的精神

「五四」運動是反抗賣國政府的行動，是開學生愛國運動的新紀元。我們一提起「五四」兩個字，就會想到那曹宅中的猛烈火光，那街市上的呼號學生，那拒簽德約罷斥國賊的請願電報，那奔走接洽席不暇暖的民眾代表。凡此種種，牢印在我們腦中，幾乎一刻不能忘的。學生領導民眾，民眾至少認識了自己的責任；政府至少認識了人民的力量；帝國主義者至少認識了中國民族的偉大。從這個時期起，一切解放運動，勞農運動，都連續不斷的爆發起來於是造成了這幾年的新局面。民眾拿出主人翁的資格和權力，去從事政治的革新，法律的監督，努力於打倒軍閥，及貪官污吏。無論帝國主義再如何蠻橫，如何強暴，民眾亦必拚命力爭，誓死奮鬬。所以近幾年來，民族運動的進展，革命勢力的擴大，都受了「五四」運動的影響，我們因此不難看出「五四」運動的貢獻是何等重要了。

第五章　華盛頓會議時代之學生

（一）會議之召集及我國之情勢

歐戰結束以後；各國因為疲於爭鬬，所以有一個時期專心靜養，以謀恢復昔日之狀況。不想各國的一般政治野心家，却仍舊添加兵備，互相防範；這是很危險的一件事。所以美國大總統哈定氏於民國十年七月十日就發起軍備限制及太平洋遠東問題會議，地點在美國華盛頓，因此我們就簡稱華盛頓會議。這個會議自民國十年十一月十二日開幕，至十一年二月六日閉幕。參加會議的，有英、美、法、意、日、中、比、荷、葡等九國。這次會議的目的，除在限制軍備以外，最主要的一項要算解決各國紛爭而能引起戰爭的太平洋遠東問題。我們中國是各國在太平洋方面侵略的惟一目的地。歐戰起後各國因為自顧不暇，所以對於中國的態度稍為消極一點。但是他們虎視眈眈的心，仍然存在，而尤其英國和日本是這樣。中國在巴黎和會席上，已經失敗。因此這個會議對於中國非常有關係。中國雖然仍處在被動地位，但亦不能不算是個機會。美國既然是發起這次會議的國，主張也就公正一些。至於日本，在會議提倡的時候，已經嚇得不亦樂乎。以為此次會議，等於使日本受國際的審判，因為他自己也曉得他對中國向來採取強橫手段，必召各國忌視的。所以先請美國規定會議的範圍，為美國拒絕。遂又運動既定事實與特殊利益除外，他的主張沒有一件不為保持日本在中國的特殊地位。其他各國之主張，則與此相似，大同小異。

向來弱國無外交，這是我們由經驗中得來的教訓。中國之參加華盛頓會議又何嘗沒有同樣的感想？不過巴黎和會我們既然失敗，那麼對於新來的機會也不能不努力嘗試。希望得著較優的立足點，好同各國站在平等的地位。但是在這危急存亡的時候，國中還是各自分裂，沒有秩序。北方政府被交通系把持，祇知營利，對於國家興亡問題，向不注意。日本就利用他們的心理，暗中買通；想讓中國在會議席上少提中日的事件，果然利能蒙心，交通系的政客官僚，被日本買得不敢張聲。真是萬分危險！幸而全國的民眾，尤其是素為民眾先導的學生，各處宣傳積極奮鬬，才能免脫賣國行為的實現。

中國代表在會場中先提出十大原則志在保持中國之權威，及廢止外國在華之特殊利益。後來經各國討論，改訂於九國遠東公約。大會中關於遠東問題，討論很多。美國因地主關係，頗示親善。祇是日本不肯稍放權利。所以中國當時就像俎上之肉，任人宰割；會中於關稅自主，取消領事裁判權等問題外，最要者則為取消二十一條約及山東問題。日本詭計多端，謀成會外直接交涉。我國先反對。不成。中國代表因民意之激昂，於談判時急力爭持。交涉漸有進步，不料日本代表忽又推翻前案，而堅持主張向日借款。日本之所以改為強硬者，因梁士詒內閣急於借款，密令代表退讓。所以日本有恃無恐，代表因民眾監督甚嚴，終未遵行；若不然，代表豈敢不從，那就真危險了！

（二）學生運動之經過

自從哈定總統發起華盛頓會議以後，中國人民都很注意。而尤其是一般素來佔在救國運動前鋒地位的學生，更加熱心。現在把各地學生運動的經過，簡單敘述如下：

甲，留美學生。這次會議在美國舉行，因為這種地理上的關係，所以留美的學生組織得特別早。他們利用年會的機會，發起討論華盛頓會議。民國十年九月九日開第一次討論大會，全堂認此次華盛頓會議關繫中國的命運，較巴黎和會更為重要。當時即舉鮑明鈐、張錚、張彭春等十一人組織委員會。鮑明鈐為主席。次日開第二次大會，報告各項問題，併發通電。十二日開第三次會，不幸發生問題。先是鮑明鈐擅自允許以留美學生會，為國內太平洋討論會之支部。且要求津貼美金五萬元。羣眾以為受國內政客之利用，且向梁士詒、葉恭綽等索款，實屬危險萬分。遂令鮑在大會報告。開會後，鮑言語支吾。會員認鮑違法，且損害全美學生名譽。同時某君宣告鮑曾約彼入其私黨，並許彼將來赴華盛頓大會辦事，月結薪水一百五十元。眾聞之大憤，以為鮑此種賣會之行為，其目的實即賣國。遂通過取消鮑之委員資格。另選何德奎代之。但是因為組織太散漫，會員太少，且歷來信用不強，衹可另謀組織。因此遂有留美學生華盛頓會議後援會之產生。選童啟顏為評議會主席，查良釗為執行委員會主席。此會之目的為在華會援助祖國活動，為影響友邦輿論及監督與援助中國代表。從此精神一新，改為純潔的學生愛國運動。他們組織方法，是以全美分為四區：（一）紐約區。如本薛文尼、康南耳等在內。（二）波士頓區。如耶魯等校在內。（三）詩家谷區。如韋斯康辛、意里諾愛等在內。（四）舊金山區。如司丹福等校在內。每區舉代表二人為評議員。各地學生會有協助的義務。他們這樣組織之後，便實地去做工作。既監督中國代表並屢次致華會主席請願書，及謁見美國總統等事。全美留學生常做示威運動，足可以把中華之真正民意，宣示各國。有幾次學生代表數十人，到外交代表寓所見代表。以「反對直接交涉」「取消二十一條」……一類的大白旗掛在門首，並且有開露天會議及分地演說等舉動。非常激昂。關於會中的進行消息，他們必報告國內；關於會中新的問題發生，他們必到各國代表處會面申述中國民意。國內最後曾多次電謝他們的熱心奮鬭，因為他們是這次運動最主要的生力軍。

乙，留日學生。十二月十八日留日學生開全體大會。對於外交問題，誓志力爭。隨即遊行東京，作示威運動。

舉代表見公使，質問外交實情。拍電反對。是日開會有鄭君蒼生於演說時，砍指流血，寫血書甚長。可證國民之奮鬬精神。學生遊行示威，舉動文明，雖然有日本員警強横干涉，而學生依然進行。不稍畏避。卒達目的地——公使館。這次可以說是留日學生空前的和平大運動。後來他們仍然努力，作有秩序的聲援。一年以後，他們為收回旅順、大連問題，曾有回國運動。足見他們精神的貫澈。

丙，國內學生。在國內的學生舉行示威運動比較遲些。自華盛頓會議將山東問題由中日會外談判消息傳出後，才有熱烈的表示。北京、天津、濟南、太原、西安、上海、徐州、漢口、杭州、福州……等地方的學生，均一致反對直接交涉，並主張取消一切不平等條約，及無條件的交還青島。各地都舉行國民大會，並遊行示威，分發傳單，沿途講演。運動最激烈地方，要算天津和濟南二處。天津學界開會後，連日作宣傳工作；山東學生聯合會則更進而抵制仇貨，並且每日下午停課講演。又要求外交特派員取締日本工廠。至其他各界此次亦極熱心。上海、天津人民均派代表赴美監察援助本國代表，所以可以說這次運動是「五四」以後第一次大規模運動了。

華盛頓會議閉會之後，中國在表面上得著各國允許這樣，允許那樣，其實又何嘗不是外國人耍把戲！單就山東鐵路一項而言，日本要求了很大一筆款項。但是學生等以為非切實努力，不足生得轉機。所以就有了籌款贖路運動。北京的學生便在一月十九日開會討論辦法，當決定：（一）由學生會發起北京教育界籌款贖路大會。（二）聯絡全國商會聯合會共同發起全國贖路集金會。（三）致函各省學生會一致進行，以期達到集腋成裘之目的。以上三法，均經通過。遂着手進行籌款。同時南京學界也有同樣的運動。由東南大學發起，其他各地方的學生及各界，也都活動起來。共同做籌款贖路運動。不過這筆款項到後來並未用著。

（三）學生此次運動之特徵

我們覺得這次華盛頓會議所引起的學生愛國運動，實在是「五四」以後各界的一個奮興劑。學生精神就如同用冷水激過一般，又振作起來。而此次運動又有他的特徵。特徵是什麼呢？簡單說就是這次學生運動為有預備的，而且中外呼應能為一致的行動。因為華會會址在美國，於是運動重心亦移至外國，留美學生的海外示威，很能給與外人不少好的印象：他們內部發生驅鮑明鈐問題，其實這正是表示學生運動，完全是純潔的，不是賣國份子所能壟斷的。他們想為國而犧牲，不惜先把內部的惡劣分子剷除，以便日後少做出很多遺羞的故事，賣國的劣跡。在交通系淫威之下，居然把他們的羽翼打倒，總算難能可貴。留下一個極好的教訓，告述以後團體中，勾結國賊的份子，欲以一掌而掩天下耳目，是絕對不可能的夢想。在若干年前的中國或者有賣國份子活動的機會，在今日新中國時代中，民眾都醒了，那容他們再有立足的地位！

學生及其他各界感於國家大事必須大家都起來運動，然後能夠成功；並且領會「積腋成裘」的箴言，所以極力提倡「籌款贖路」。這種運動是證明一般國民覺得無論從那一方面做，都是「匹夫有責」。從前做的是宣傳工作，是監督工作，現在卻親自提倡國民捐款，來辦臨時發生的一件國家大事。這種精神是何等可貴？可以說同昔日的「國民救國儲金」遙相呼應了。

第六章　五卅運動

（一）五卅運動之由來

帝國主義國家在中國以強力得享許多權利。不但如此，他們還要依仗勢力。壓迫中國民眾。民國十四年三月，上海日人所開的內外棉紗廠為待遇問題，發生罷工風潮。後由上海總商會等團體出而調停，訂立條件。雙方簽字解決。不料日人中途變計，不欲遵行。五月十五日，雙方爭執時候，日人突然開槍。結果工人重傷六七人，輕傷十餘人。而受傷最重之顧正紅則於十七日斃命。於是工人憤極。其表同情之工廠工人，也相率罷工。又因上海工部局將提出加捐及限制印刷等議案，遂激起上海各校學生之憤慨，起而遊行，演講，並募捐援助工人。巡捕房即拘捕遊行演講之學生。然拘禁固不足抑止我們青年的同情表示。所以最後竟成五月三十日的大慘劇。

（二）五卅事件之始末

五月三十日，上海各學校學生為日人槍殺中國工人及反對工部局提案並援助被捕學生事，發起在租界演講。上午九時，即入租界，散發傳單；暴露帝國主義者在華之無禮行為，及學生被捕等事。於外還有演講，陳述日商紗廠擊斃工人及工人罷工之理由。並述學生募捐援助工人，而被捕房拘押之種種經過事實。下午二時，有學生數人，在南京路演講，捕房前往干涉；學生不理，仍在演講。遂被巡捕拘入捕房。其他學生聞知此種消息，也來投入；剎那之間，先後拘入者已經有了一百多人。既而捕房因為人數太多，遂放出數十人。被釋學生因為一部分既然還被捕房拘留不放，就當地議決，再回到捕房取一致行動。此時捕房門首之英國及印度捕探，都荷槍實彈。早已有了置學生於死地的決心。所以當學生轉回捕房的時候，他們不問情由即刻開槍。一時中彈而死者十餘人，重傷者十餘人。試問徒手空拳之學生，果何辜而遭如此之慘殺耶？帝國主義之壓迫真太甚矣！

自五月三十日起，四五日內幾乎無日不發生槍殺的事情。六月一日，羣眾在浙江路等處聚議，而西捕又公然開槍。結果當場擊斃四人。六月二日，小沙渡日本紗廠稽查又開槍射擊方才散會之工人。槍聲響時，連斃數人。三日，各國之海軍水兵及陸戰隊，均陸續到齊。梭巡駐守，如臨大敵。是日上午，楊樹浦又發生慘殺。海陸軍登岸後，上海竟變成恐怖世界。軍隊遇見學生或工人裝束者，即視為煽惑工人；當場逮捕，打傷，或殺死。因此楊樹浦一處，即死去四人，重傷六人，輕傷者不計其數。上海大學、大夏大學、同德醫科專門學校、南方大學等數校，均被軍隊搜查停閉。教職員及學生皆被迫離校，而使陸戰隊駐紮，此種如火如荼之暴行，相繼不斷，我們民眾又豈能再忍此奇恥大辱呢？所以全國，以及全世界，都受此波浪之吹擊，而於極短期間起來響應。

（三）國民外交及各界響應

但是慘案發生以後，外國人不但不肯認過道歉，反以種種誣詞加在中國人身上。對於這種動運，不說是「赤化」，便說是「暴動」。甚且說這是第二次義和團，又起排外運動。這般冷血動物，既殺死了人，還要誣毀人。真是衹知道有強權而不知宇宙間尚有公理了。

上海方面自此次慘案發生之後，全埠為之震蕩。各界人士均奔走呼號，從事援助。當三十日第一次慘劇發生後，即有八九學校聯合會派代表赴交涉公署，報告學生被殺情形；並提兩點請交涉員赴捕房交涉：（一）釋放被捕學生。（二）提出嚴重抗議交涉。結果學生認為不滿。遂又提出八項條件，督促交涉員向捕房力爭：（一）立即釋放被捕學生。（二）兇手須償命。（三）醫養受傷學生。（四）租界當局向中國政府及各學校道歉。（五）撫恤及賠償。（六）對於國民愛國運動不得制止。（七）向日紗廠交涉，允許工人要求。（八）各報自由登載新聞。但交涉之結果，不過僅放出一部分學生。

至學生聯合會及各團體方面，於三十日晚亦即舉行緊急會議。學生聯合會並電檄全國，請求援助。三十一日下午，全國、上海兩學生會及上海商界聯合會等召集各團體開會。由學生代表劉華主席。學生方面要求商界罷市，以誌哀悼。至於工界則更激烈。四日之內罷工者即達二十餘萬人。電話、電車、電燈工人與英日工廠工人，及碼頭工人均行罷工。其餘英日洋行公司及書局之工人，也都罷工。在此罷工期間，工商學界聯合會曾提出四項先決條件、十三項正式條件；送交當局，向各國交涉。這次要求的條件非常重要。因為牠能夠表現出來彼時人民的希望。現在特抄錄如次，以備欲知此中梗概者之一參考。

一　先決條件

工部局應即速履行以下四事，以表示希望解決此案之誠意：

（一）宣佈取消戒嚴令；

（二）撤退海軍陸戰隊，並解除商團及巡捕之武裝；

（三）所有被捕華人，一律送回；

（四）恢復公共租界被封及佔據之各學校原狀。

二　正式條件

（一）懲凶。從速交出主使開鎗，及開鎗擊死工人學生市民之兇手論抵，並由中國政府派員監視執行。

（二）賠償。因此次慘案所受直接間接之損失，如（甲）死傷者，（乙）罷工，（丙）罷市，（丁）學校之被損害者等項，須詳細查明酌定賠償額，應由租界當局按數賠償。

（三）道歉。除上述二項外，應由英日兩國公使代表該國政府，向我國政府聲明道歉，並擔保嗣後不再有此等事情發生。

（四）撤換工部局總書記魯和。

（五）華人在租界有言論、集會、出版之絕對自由。

（六）優待工人。外人所設各工廠對於工作之華人須由工部局會同納稅華人會訂定工人保護法，不得虐待，並承認工人有組織工會及罷工之自由並不得因此次罷工開除工人。

（七）分配高級巡捕。捕房應添設華捕頭，自捕頭以下各級巡捕應分配華人充任，並須佔全額之半。

（八）撤銷印刷附律、加徵碼頭捐、交易所領照案該三案歷經我國政府聲明否認，嗣後不得再提出納稅人特別會。

（九）制止越界築路。工部局不得越租界範圍外建築馬路，其已築成者，由中國政府無條件收回管理。

（十）收回會審公廨：

（甲）民事案：（子）華人互控案華法官得獨自裁判，領事無陪審或觀審權。（丑）洋人控告華人案，領事有觀審權，但不得干涉審判。

（乙）刑事案：（子）洋人控告華人者，其有關係之領事，得到堂觀審，但不得干涉審判。（丑）華人互控案華法官得獨自裁判，領事無陪審或觀審權。（寅）華人犯中華民國刑法，或工部局章程視（丑）項論，且原告名義，須用中華民國，不得用工部局。

（丙）檢察處一切職權，須完全移交華人治理。

（丁）會審公廨法官，均須由中國政府委任之。

（戊）會審公廨一切訴訟章程，完全由中國法官自定之。

（己）對於會審公廨一切事權，除與上「甲」至「戊」五項，無所抵觸外，均可根據條約執行之。

（十一）工部局投票權案。租界應遵守條約，滿期收回。在未收回以前，租界上之市政權，應有下列兩項之規定：

（甲）工部局董事會及納稅人代表會，由華人共同組織。其華董及納稅人代表額數以納稅多寡比例為定額，納稅人年會出席投票權，與各關係國西人一律平等。

（乙）公共租界外人之納稅資格須查明其產業為己有的，或代理的二層。已有的方有投票權，代理的則係華人產業不得有投票權，其投票權應歸產業所有人。

（十二）要求取消領事裁判權。

（十三）永遠撤退駐滬之英日海陸軍，

此種條件遞交交涉員許沅之後，並未即時與租界當局交涉。後來北京公使團所組織之滬案調查委員團來滬，調查滬案真象，但於交涉事宜，則因權限問題，絕對不肯過問。所以交涉方面，迄無進益。直到六月十四日，許交涉員始將總商會所修改的十三條件提交領事團。而六國滬案調查委員團也奉公使團命令囑其留滬就近商辦。總商會修改條件之內容為：

（一）撤銷非常戒備。

（二）所有因此案被捕華人，一律釋放，並恢復公共租界被封及佔據之各學校原狀。

（三）懲凶。先行停職聽候嚴辦。

（四）賠償。賠償傷亡及工商學因此案所受之損失。

（五）道歉。

（六）收回會審公廨，完全恢復條約上之原狀。華人犯中華民國刑法或工部局章程，須用中華民國名義為原告，不得用工部局名義。

（七）洋務職工會及海員，工廠工人等，因悲憤罷業者，將來仍還原職，並不扣罷業內薪資。

（八）優待工人，工人工作與否，隨其自願，不得因此處罰。

（九）工部局投票權案：（甲）工部局董事會及納稅人代表會由華人共同組織之。納稅人代表額數，以納稅多寡比例為定額。其納稅人會出席投票權，與各關係國西人一律平等。

（乙）關於投票權須查明其產業為己有的或代理的。己有的，方有投票權；代理的，其投票權應歸產業所有人享有之。

（十）制止越界築路。工部局不得越租界範圍外建築馬路，由中國政府無條件收回管理。

（十一）撤銷印刷附律、加徵碼頭捐、交易領照案。

（十二）華人在租界有言論、集會、出版之自由。

（十三）撤換工部局總書記魯和。

此時雙方既然都願意交涉，於是在十六日就正式開會，起始處理。以前六國滬案調查委員團態度尚好，後來竟藉限權問題，不願再問。同時因總商會所修正之條件，未徵得各方面之同意，各團體起而反對者甚多。委員團乘此機會，就卸責北上，交涉因此停頓。後來祇好改在北京辦理了。

其他各埠自五卅案發生亦同樣激昂，紛起響應。十幾天工夫全國各大城市沒有一處沒有表示，最熱烈的有北京、漢口、長沙、南京、廣州、寧波、天津、杭州、蘇州、九江、鄭州等數十處。先都是發電報；一面安慰死者的家屬及傷者；一面請各界齊心努力；一面請政府嚴重交涉。後來便聯合各界開市民大會，抵制仇貨，分地演講。並且募集鉅款援助上海罷工的工人，其中以長沙、漢口、鎮江、香港、廣州等處為最激烈。也有流血的慘劇發生。

（四）五卅運動之成績

「五卅」運動的對象是打倒帝國主義及廢除一切不平等條約以求中華民族的自由解放，所以這是一種民族運動。中國人從前雖然沒有組織，並缺乏國家思想，然而在被壓迫得過分烈害時，當然會如夢初醒的起來反抗。「五四」運動便是第一次國民大團結的表現。這次慘案發生之後，更無人不感到帝國主義之蠻橫；無處不顯有帝國主義之陰謀。所以後來民氣愈加激昂，組織日見嚴密；罷課、罷市、罷工的範圍也就益發擴張。行政當局知民眾之激厲，也就努力交涉，不敢再效昔日之敷衍政策。各帝國主義者也明瞭中國民眾運動勢力之不可違，所以表面上也派員調查。但是狡詐的列強，他們又焉肯根據良心的主張，作公正的論斷？說也難怪，他們有沒有良心，卻還是一個問題！費許久工夫派專員調查，雖然自認理屈而對於賠償……等事，絕不願善意的完全承認。結果，我們中國因為積弱過甚，得不到我們所希望的賠償及其他要求。不過工部局的提案卻已取消。工部局董事會及納稅人代表會均允中外共同組織。至於會審公廨改為中國之（租界區域）臨時法院，歸華人管理，依華法審判，也未嘗不是這次運動的成績。此外還有一件較大的成績：中國數十年來受帝國主義之政治經濟厭迫，已至其極。於外則有更危險的文化侵略，教會學校偏布全國。而最甚者則為日本在滿蒙所設之各級學校。教材皆取諸外國，文字又多非漢文。祈禱上帝，禮拜天皇，果不早日警醒，則必為迷惑。可謂險極！及慘案之後國人感於外人之對華野蠻，遂相率退學，而入他校；或全體脫離，而另組新校。上海之光華大學，即是脫離聖約翰大學而由華人創造者。後來各埠如蕪湖、寧波、揚州、溫州、杭州、天津、北京等處教會學校之學生，因受「以辦學為名」之外人欺凌，遂羣起反抗，宣誓離校。以謀教育之獨立，而抵制文化之侵略。中國之各大學中學，因此亦多准許教會學校之學生前來轉學。此等教會學校學生，激於愛國之公忿，忍受巨大之犧牲，實在是難能可貴。這種犧牲精神，便是學生運動之精神；這種精神之結晶，便是「五卅」運動之成績。還有，就是中國人自庚子歲被外國人戰敗之後，他們依仗他們打勝的餘威，各地搶刼，處處欺人，所以中國人見了他們，都有幾分畏懼心。民國以來雖然比較好些，然而終不能打消昔日的觀念。自「五卅」運動以後，思想就變遷了，外國人的鎗砲雖是厲害，終不會把中國人個個打死。祇要大家團結起來和他奮鬥，又有什麼可怕呢？所以這種打消畏懼外人的心理。也應該說是「五卅」運動的成績。

第七章　北京政府下之學生

「五卅」慘案流血未乾，而北京政府於十五年三月十八日又有槍殺學生數十人傷百餘人的事件發生。「五卅」案還是一般野蠻的外國人槍殺華人，不想到數月之後，中國自已人也殺起中國人來了。真是喪心病狂，不知國之將滅也。請將此次「三一八」慘案經過情形略述如下：

（一）學生運動的起因

中國在帝國主義者鐵蹄下過生活，已經百數十年。歷來受不平等條約的束縛，一切都不得自由。國家的主權，也就不能完全有效了，「三一八」慘案的發生，可以說就是直接受這種影響，當十五年二月間，直魯聯軍正利用渤海艦隊進攻大沽口，國民軍為防禦起見，於八日夜晚在大沽口埋水雷多隻實行封鎖，這是一時的變態，交戰團體以外者，應該遵守的。而在十二日下午，竟有兩隻日艦駛近大沽砲臺。守兵放空槍叫他停止進行。日艦置若罔聞，毫不理會。守兵遂發排槍。日艦則以機關槍還擊。但是終未通過。十三日日本公使芳澤便提出抗議。十六日，日本外務省訓令日本公使致最後通牒於中國政府。同時北京公使團以辛丑條約關係國家名義，於十日照會外交部，抗議大沽封鎖。十六日，也致最後通牒，限期答覆。如答覆不能滿意，各國海軍即取相當辦法，維持天津到大沽的交通。此時帝國主義者壓迫中國的聯合戰線，業已明白顯露。國民若再不一致抵抗，任幾個賣國的政客，為所欲為，則國家必無再興之日！何況辛丑條約在事實上各國已默認無效，更不應以之為口實，出面要挾。因為依照辛丑條約天津二十里以內，及山海關、秦皇島諸地不得作戰。但在事實上距天津僅十餘里之北倉，及山海關秦皇島等處均經作戰。且此次日本軍艦又蓄意掩護奉艦入口。以上各事，都可以證明各國已經默認廢止辛丑條約。現在偏有根據該條約為大沽事件向中國提出最後通牒，真是欺人太甚。再者以四十八小時限期，威迫中國答覆，未免目中無人。根據以上的事實和理由，學生遂起來運動，以後各界也就起來一齊合作，積極進行。

（二）慘劇之發生

北京各團體因為地理上關係，所以最先工作。十七日遂向政府請願，將公使團為大沽口事件向我國提出之最後通牒，予以強硬駁覆。當時請願之團體，可分二派。第一是緩和派。他們一面派代表攜帶公函前往外交部請願，一面又預備組織固定機關，專行辦理此事，定名為「反辛丑條約各國侵略大會」。第二是急進派。他們議決：（一）即日駁復通牒；（二）不許日艦帶奉艦入口；（三）驅逐八公使出京；（四）請國民軍改變作戰目的為「廢除不平等條約」；（五）定於十八日在天安門開國民大會。議完之後，分為甲乙兩組，分赴外交部、國務院兩處請願。甲組約四十餘人，手持旗幟，沿途高喊口號，到外交部時間已晚，等候極久，始行散去。乙組約百餘人，到國務院要求面見段祺瑞及賈德耀。一個是執政，一個是總理。都沒有見著。最後派科長代見。此時門外全體請願者，均將進院；衛兵堅不許入；學生及羣眾不聽，衛兵乃持槍相拒。雙方遂起衝突。請願者方面，重傷五人，輕傷不計數。因此人民更為憤激。

十八日上午十時，便在天安門舉行國民大會。到會者計有北大、師大、法大、女師大等公私立大中小學校八十餘校學生及六十餘公共團體。前日各團體代表與國務院衛兵衝突受傷血衣，懸於講演臺前。臺上左右周圍，遍樹各團體旗幟,以及反抗各國威力壓迫,種種警語。十時半開會，由徐謙主席，報告開會宗旨。繼由顧孟餘等演說。最後由主席報告員警總監李鳴鐘允許今日特派員警保護。羣眾聽後遂皆放心。後來又討論提案，議決：（一）電促全國國民一致反抗致最後通牒之列國；（二）電請全世界弱小民族一致共起反對帝國主義國家；（三）請政府嚴駁最後通牒；（四）驅逐下最後通牒各公使出境；（五）督促國民軍為反對帝國主義而戰；（六）組織北京市民反帝國主義大同盟。以上各案議畢，主席宣告遊行示威。羣眾遂整隊由東長安街向國務院出發。而當時之領袖皆赴東交民巷避鋒。羣眾則沿途狂呼口號，散發傳單，直趨鐵獅子胡同。

那天本是國務會議例會之期，有人來報告說有學生數千人將來院請願。提出三項條件;（一)解除國務院衛兵武裝;（二）交出十七日毆辱請願代表主使人；（三）打倒段祺瑞。閣員聽著，莫知所措。遂略定計劃，作鳥獸散。學生及各團體到國務院時，已在午後。先派代表見總理賈德耀。衛隊長官告賈德耀不在院。羣眾憤甚。遂高呼各種口號，並高唱國民革命歌。當時即有人大喊「衝鋒」「殺進去」，於是後面羣眾向前猛擁。衛兵則實彈開鎗，向羣眾射擊。時應彈而倒者數人，羣眾大譁。紛紛後退。一時秩序大亂。

院門前有男女學生三人伏地，血流如注。而鎗聲仍砰砰作響。鎗聲停止以後，羣眾亦漸漸聚齊，於是又回到國務院門前。院內手鎗隊亦出至院門口。羣眾愈聚愈多，漸迫柵門。衛兵遂又開鎗。彈丸紛飛，勢如大雨。羣眾見情勢大變，遂四散逃避。在當時有的人因為避鎗彈而倒在地上的。就中以女學生及小學生為多。都被踐踏，不能走動。景象十分慘淡！衛兵實彈射擊，足有一刻多鐘。所以當時中彈而死者有二十餘人。後來送到醫院因為傷重而死者有十餘人。受重傷者四十餘人。受輕傷者不計其數。此種慘酷之行為，不想竟發現於二十世紀之中華民國！真是莫大的恥辱！

（三）慘劇發生後之響應

此次慘殺事件之責任，當然應由命令衛隊開鎗者負之。即法律上所謂教唆犯也。所以北京的學生方面，由清華及北京大學兩學校的學生，在法庭起訴。控告段祺瑞、賈德耀教唆衛兵殺人罪。但是在卑劣之政客官僚統治下，又焉能談到什麼法律的解決。所以雖然起訴，而終究沒有結果。其他各界及教職員等均憤起呼籲，攻擊政府之措置失當，並埋怨當日領袖之輕率。至政府方面，則極力諉過。以為此次事件之發生，完全由於共產黨之鼓蠱。所以大拍其通電，藉此自謀卸責。殊不知學生愛國運動，純本良心之主張，出而力爭。絕不是什麼共產黨所煽動者。更不是共產黨的行為。我們若是一考察死傷的學生，就可以知道死傷的學生，不但不是共產黨黨員，而且平常在學校中，也都是安詳分子。沒有何項激烈舉動的。若說他們是盲目的隨從，或被人煽動，那又未免太看輕民眾！我們要曉得共產黨黨員在羣眾中是不會免的。而他們少數分子的動作，很難移轉大家，也是明顯的事實。國務院諉過的電報說：

「大沽事件，政府對各團體及學生愛國運動極端重視。十七夜十八晨，接見代表周剛、復啟學等，表示尊重民意，慎重邦交。公開研究。商定辦法，詎徐謙等以共產黨名義，假爭外交，以解散執政府衛隊；逼執政下野，逐八國公使出境等謬妄條件。正擬查禁，突於午後一時二十分率領暴徒數百人，手執鎗棍，闖襲國務院，高呼敢死隊前進。……似此聚眾，目無法紀，該徐謙等屢圖擾亂，情罪昭然。除命令通緝外，特聞。」

我們看了這篇命令就要問政府既然說「正擬查禁」，為什麼不先期設法勸阻，或容納公意？再政府防衛又不必槍殺，旁的方法多得很。何必於民眾請願時候，開鎗慘殺呢？足見政府早有殺人的決心。單就政府的「格殺無論」命令，已經是絕難辭咎的鐵證。

其他各地學生，聽到北京政府慘殺民眾的消息，沒有一處不憤激。更沒有一處不以為這是中國的大恥。向來還是外國人慘殺異族的中國人。而此次乃是中國人殺自己的同胞。正給一個機會使外國人取笑，正留一條痕跡沾污了中華民國的歷史！所以天津、上海、漢口、杭州、濟南……等處學生都起來援助，有的罷課表示。有的停課誌哀。他們一方面通電各地，表明態度，並排斥政府當局；一方面在本地遊行講演歷述中國地位之危險。及政府之不足代表民意。……因為向來多是同胞被外國人慘殺，而此次是被中國人慘殺。外國人在旁邊笑我們的鬩牆。讀者！我們不欲提高國家地位，洗刷同胞的恥辱則已；若欲提高，若欲洗刷，除去打倒一般腐敗的政客官僚所把持的政府以外，又有什麼方法呢？我們以為「五卅」慘案是國恥，我們以為「三一八」慘案更是國恥。大家應該起來共同奮鬥，才會有雪恥的一天。起來！起來！

第八章　今後之學生應如何努力

就以上看，我們知道學生運動是民族運動，是政治運動。對國家貢獻非常之大。但是我們覺得學生運動還有可進益的地方。現在把目前應加注意的幾點寫在下面供大家參考。

（一）學生運動應有持久性。外國人批評我們說「中國人衹是五分鐘熱氣」。反躬自問，歷來的學生運動，實在也不免犯這毛病，從短時期看，學生運動是有組織有成績底，若是從遠大處看，學生運動每次為期都是很短，而且每次所希望底目的，不一定能夠達到。即或達不到目的，學生於長時間後，便置之不問。這就是缺乏持久性的緣故。轟轟烈烈，鬧熱一陣，過後便丟去了。試察近十幾年來的事實，便看出學生運動常常遺下此種裂痕！其所以如此者，多半因為我們學生不願忍耐著下苦工夫，而常想走捷徑，企圖事半功倍。所以運動多是一時，期望非常短小。問題稍難解決，或是目的不易達到，我們就不去再管，這是最可惜的。我們此後應該立定主意。無論做那件愛國運動，必須堅持到底，寧能改變進行的方法及方式，而絕不應該中途停息。

（二）應養成團結力及負責心。學生運動的時候，常常被人誤認，以為這種運動祇是一時，或祇是幾個人負責就可以的。我們認為這是缺乏團結力及缺乏責任心的緣故。這種缺憾在運動剛才起始時，還不顯得有什麼破綻。祇是日期稍久，便不能再一致的維持下去了。這種毛病在平常時候更為顯明。所以平常無論是大團體或是小團體，召集一個會議，若能得足法定人數，已極不容易。而這些不出席的人，大半都為了與自己本身沒有什麼直接關係，或是覺得這些事情比較瑣小。團體裏面閒散批評的人多，遵從公意的人少，主持正義肯為發言的更少。所以幾乎沒有一個團體裏面，不鬧意見，而發生枝節。至於精神逐漸發揚的團體，卻是寥若晨星了。有時以為一件事情幾個人去辦就可以：何必自己多費事。因此漸漸放棄責任，不問進行。惡劣的分子常乘這種機會出而把持，即至團體為他們壟斷。以致危急時，又互相埋怨，獨自泰息。有時把工作交給幾個熱心人辦，他們人數少，力量小。也不去過問。但是，我們應該認清團體不堅固，以致危急，牠的責任並不完全在少數人或那壞分子身上。所謂潔身自好的消極分子，卻須負大部分責任。因為你自己祇顧自己，最多是自己不親手破壞團體；而對於團體沒有絲毫貢獻。但是縱容壞人做壞事，或者任隨少數人做錯事，都是於團體有害，自己也應該負責任的。向來中國民眾就是如同一盤散沙。到「五四」運動漸漸好了起來。學生起首團結，各界也知道隨著組織。但是我們終覺得歷次的團體，是常發生問題，還不能成為完全，而且沒有瑕疵的組織。推源溯本，就是因為我們仍舊是祇有組織，而缺乏團結力及負責任心的緣故。我們應該即刻訓練並養成這種能力。

（三）應預備充分之知識。古人說得好「學以致用」。換句話說，不為用則不必學，沒有學則無以致用。這是很明顯的一句箴言。從前常常聽者人們說，我們做愛國運動，何必再讀那死而乾燥的書本呢？此種思想在「五四」運動後改變很多，自從抵制仇貨之後，學生實地做牙粉，肥皂，……立刻感到平日所學的太少，及不實在；談到政治，又感到平日所學的太浮淺。所以「五四」運動以後的學生，都注意自己的學業。試看歷來驅逐無能教員的風潮，便可以證明。缺乏知識經驗，還有一個危險；就是一切運動容易變成盲目的行動。正所謂盲人騎瞎馬，東衝西撞，流弊自然會發生的。豈非可憐的事嗎？假若我們學生不因運動而拋棄求學，不因求學而拋棄運動，對於政治的真義，各國政治改革的經過，社會問題的真諦，各國社會運動的方針，以及中國的現狀，加以研究；自然不會有缺乏策略的運動了。但是有些學生又存相反的觀念。他們以為現在青年就應該專心讀書，研求學問。他們想，若是能專心求學，就是幫助社會，不必參加運動。試問如果大家都是這樣想，還有誰去運動呢？中國如果還要等待幾十年後青年學成再來運動，恐怕會比現在難得多。所以在學成的學者不肯來幹運動的時候，不得不由學生負這重擔。現在雖犧牲了些自己求學的光陰，但若真能努力，將來子弟們或者還有可以安心求學的機會，不然祇藉口求學，不問國家，到了將來不但自己的學問對人民不能有補，反使後代子弟當了奴隸，絕無求學的機會。所以我們應該把運動看做實際的學問，及學問的應用；把學問看做運動的工具，運動的指針。

使兩者互相聯絡起來。總之，我們求學不要忘運動，而運動也不要忘求學。

（四）改進運動的方法。學生運動的方法很多。由運動者獨出心裁，隨時可以改換。但就過去的事實大致不外文字或口頭宣傳，使人們瞭解運動的意義；與外交涉，使對方答應備好的請求或條件。及努力工作以達運動之目的。就中比較實際的方法就是向民眾努力。用一種犧牲精神，激動他們的同情。使他們真正瞭解，也起來做對內對外的工作。學生最好是衝鋒，打頭陣；但不能不有民眾作後盾，供給「軍需」，一齊來負責任。民眾是國家的棟樑，帝國主義者在華的商業依賴民眾而暢銷；帝國主義走狗的生活和性命此完全仰仗民眾而殘喘。民眾若果真的覺悟起來，拿出堅強的能力。一般帝國主義者及其走狗就要嗚呼哀哉。民眾的勢力不可輕視的。學生屢次運動之所以能夠惹起大影響，還是因為有民眾加入。但是那時的民眾，還不過是一小部分；不是首先的主張者。我們以後應該誠懇的幫助民眾，領導民眾，萬不可自己驕傲，更應當防範那些虛偽分子假借名義，利用民眾，欺騙民眾之自私自利行為。如果能從此永久繼續做下去，運動的實力一定會濃厚，將來的效果一定會偉大！

第九章　結論

中國學生運動的始末，已經一一的研究過了。我們從所研究的，可以看得很清楚；「五四」以後的運動和以前的運動之出發點，差不多完全兩樣。自「五四」運動起，我們認為是一種為民族思想所激動之政治活動。這種運動每次有每次的結果。但是我們若從牠的影響方面看，更可以明瞭牠的真正價值不僅是目前的一兩件直接結果。而且含有其他重大的使命。

（一）民眾之喚醒。民國成立了多少年永是掛著一塊「共和」匾。衹有民國之名而無民國之實。這種名實不符的原因，有一位教育家說得好。就是：「我們衹有民國，而無國民！」一個國家的強弱實在在乎真正夠得上做「國民」的數目之多寡。我們可以武斷說，「五四」運動以前，中國衹有極少數「真正國民」。大多數人都在睡覺，做夢。自「五四」運動……「五卅」運動以後，民眾皆瞭然現在的局勢，及個人所處的地位，於是都積極要為國工作；不像從前衹懷著「個人自掃門前雪」的觀念。留下政治專給一般野心的政客把持。這種醒悟便是民主精神實現的發端。現在居然成功了。不過還有一部分民眾仍然酣睡。若使他們覺悟，那卻看我們日後的努力如何了。

（二）民眾之團結。「五四」運動以前，學生都是散漫的，無組織的。「五四」運動以後各學校都有學生會，各地都有學生聯合會。工商兩界也就受此影響，漸漸組織起來。因此團體數目大為增加。各界有各界的組織。各項職業有各項職業的組織。以至各界合起來，又有各界聯合會的組織。經過一次學生運動，民眾的組織擴張一點，組織也周密一點。這些團體的組織，一面做內部自治的工作；一面又對外參與公共活動。實在是民治的基礎。民眾能夠這樣組織，卻是學生運動結的果實。

（三）國位之提高。中國是著名的「遠東病夫」。向來國際席上祇能仰人鼻息。所以帝國主義國家實行欺侮。自學生運動起後，他們才曉得北京政府雖然容易買弄，而中國人民卻不是容易欺侮的。「五四」運動的結果，巴黎和會之德約中國居然敢不簽字；華盛頓會議期中，國民能為外交後援；「五卅」慘殺淫威之下，中國人民竟不屈服。這都給與外國深刻的印像，知道中華民族的偉大。因而一轉昔日對華之輕視態度為協商。中國國際地位自然也就提高。這便是學生運動留下的成績。

總之，學生運動是青年的純潔無私、奮鬭直前的舉動。凡是不純潔的份子，羣眾必即打倒，不容敗類生存。因此可見學生運動帶有互助犧牲及無畏的精神。牠的代價往往不是一時的直接結果，於外卻有遠大的影響。我們現在希望這種精神不散，這種奮鬭繼續。把中國造成燦爛光輝的國家，使中國的國旗永遠飛揚於地球之上。愛國的同志們，同胞們，我們快些起來努力罷！一齊高呼：

打倒一切帝國主義；

剷除一切賣國賊；

廢除一切不平等條約；

創設自由平等的國家；

中華民族萬歲；

國民革命成功萬歲。

學生運動萬歲。

本文主要參考書如下

東方雜誌

教育雜誌

學生雜誌

新教育

民國十週紀事本末

學校風潮紀

申報

時事新報

十六，五，四，脫稿於上海寄廬

第一件 *

出國後第一件使我感覺中國需要的事就是教育，試想中國全部自南至北有幾處是真正研究學問的地方？中國教育不能成功，一切事體都不能成功。譬如說國家制度完好，法律完好，若沒有守法律的良民，法律不過是一紙空文，實際效果還是很小。所謂教育不是單指讀幾本書，得些好分數，最要緊的還是修養高尚的人格，正如中山先生所謂「從心理上建設」。

閒話少敘，且將近來的幾件事寫下和諸君談談。我在太平洋船中看見幾位日本旅客，有一位是日本商人，他從上海到橫濱，他能講中國話，這固然無足稀奇，但是他講的特別好，我就有些納罕。仔細一問，他是日本殖民地貿易學校畢業生，

* 本文見《生活（上海 1925A)》第五卷 4 期，1929 年。

來中國已近十年，他們學校的課程，分南洋、高麗、中國、滿洲等部，他選習的是中國部，所以他在學校時便學中國話。我問他為什麼不選南洋、臺灣而選中國。他說中國與日本同文同種，生死攸關，所以他願意選此(這當然是他的表面上的冠冕語，骨子裏不是這麼一回事)。他畢業後先由學校介紹到湖北，然後他沿着揚子江，在各大商埠都住過一年二年或半年。陝西、山西、河南以及甘肅他都去過。我聽後不禁嚇了一跳。我們應當曉得他們在中國各地走，絕不是「白相」的，亦不是像一般中國人之專為謀飯盌而去的。他們各地經商都負有為本族開先鋒（Pioneer）的使命。他們對中國各地的需要與供給都加以研究，然後定他們貿易的場合。這是如何的努力！在中國方面看，這又是如何的危險！但是請問中國商人有幾個這樣研究過自己的中國？

最奇怪的是預備到中國經商的人（指有學識的），先要入殖民地貿易學校。他們老實把中國當他們的殖民地一樣看待了！真是豈有此理！他們對中國用這種態度，我們當然不能贊成，然而他們努力的精神卻又是我們所不及！

回想中國學生上課不過是讀幾本書，得好分數，趕快畢業，以便在洋行裏……找一個職位，得幾文錢養家，養自己！他的目的不過是做一個家庭的好分子。他的關係不過是父親母親的兒子，哥哥姊姊的弟弟，兒女的父親，妻子的丈夫，永遠在這小範圍裏過生活，所以不容易有什麼進步。歐美人就不一樣了，他們是國家的一分子，社會的好公民，他們所關切的是公益，對於國家社會有益的事必努力去做；對於國家社會有害的事亦必誓死力除。

我大膽說一句話，中國的教育是盲目的。十年前中國希望造就軍國民，試問今日國家所希望於青年是什麼？安分守己不出來鬧事，恐怕是當局最大的希望吧！所以……所以美國留學生自己開會時不說中國話，而說英文。五色旗捨不得拋棄，預備得機再用！

想到愛國，我再和諸君談一件事。在輪船上照例應該由副事務長詢問各旅客的來歷，把它記下來以備交與美國移民官。船上另外有一個日本商人，在大連開地毯工廠，當那副事務長替他填寫「來自何處」的時候，他寫 Dai-ren China，那日人竟把 China 一字塗去改為 Dai-ren Manchuria，他們日本竟公然不以滿洲為中國的領土了，中國人都知道嗎？

關於中俄戰爭的事，美國人都很關心。他們見到中國人就問是「現在怎麼樣了？」回想國內有多少人留意這件事？想來真是慚愧！言歸正傳，還是極力提倡教育吧！同胞們努力！

十月三十一日

社會的內部 *

在這地大物博的美國，物質文明可以說是發達到了極點。雖科學進步如德國，在今日還有地方點用煤油燈，但是在美國就沒有一塊地方不見電燈輝耀如白晝的，所以二十世紀的人們莫不把美國當做一塊樂土。然而誰又曉得美國社會的內部亦有許多問題正待解決呢？

美國今日除去產業、稅則、軍備等問題之外，最使人注意的就是禁酒問題。禁酒在美國已有十年的歷史。禁酒之前美國的酒肆林立，無論強弱老少，於工作之後莫不把時間消磨於酒吧間內，狂飲濫喝，恬不為怪。於是街中時常可以看見亂闖横行的醉漢，那些人對於家中的妻子老小大概都置之不管，勞力所得的報酬都化作杯酒徵逐之間。社會直接間接所受的影響當然很大。所以國會在一九一七

* 本文見《生活（上海 1925A）》第五卷 22 期，1930 年。

年十二月通過了美國憲法第十八條補充案。一九一九年一月十六日得了各州四分之三（即三十六州）的認可；同年一月二十九日遂由代理國務卿蒲爾克氏正式宣布為憲法之一部。訂明：「於各州認可此條憲法之一年後，凡在美合眾國及美國管轄所及之領土內有製造、售賣、或轉運酒類及輸入國境與輸出國境等情事者，皆在嚴禁之列。其執行方法則由國會及各州詳定之。……」

禁酒之後多虧政府執行嚴厲，所以成績還好。最顯著的事實就是十年之內美國增加了許多儲蓄銀行，足證昔日浪費的金錢，現在都積蓄起來作生財的事業了。這不是很好的成績嗎？不過有許多貪利的商人、縱慾的青年却想出種種方法破壞法律，尤其是在與鄰國毗連的州內常發現私販酒類等事。近來情形更趨複雜，一般人民多以為絕對禁酒有礙個人自由，所以有主張廢除禁酒法的，有主張修改禁酒法的，有主張維持現狀的，亦有主張嚴厲執行的。於是有人提倡以民意投票測驗，藉察民心之向背。就中以大學學生之測驗為最可注意，現在不妨把它記下來，亦可觀美國青年心理之一斑。

在美國東部及中部有十四個大學曾做此測驗。投票學生之數目共為二萬四千人，其中贊成修改或廢除者有一萬六千五百九十五人；贊成嚴厲禁酒者四千五百十七人；滿意現狀者八百三十八人。按百分比例計算起來，主張修改或廢除者佔全數百分之七十六；主張嚴厲禁止者佔百分之二十；滿意於現狀者不過百分之四。

在此二萬四千餘學生中自認飲酒者(不拘多飲少飲或是否習慣)有一萬五千餘人，不曾飲酒者有八千五百六十九人。以比例計之，則飲酒者占全數百分之六十四，不可謂不多。在此十四大學中，普靈司登大學為不贊成絶對禁酒最烈之學校，其比例竟達百分之七十九。哈佛大學亦自認為飲酒至烈之學校。

這次測驗之中有一件很可注意的事，就是那許多不飲酒者所具的理由，就全數計之，因受法律之禁止而不飲者不及五百人；因受家庭限制而不飲者亦不及五百人；其他百分之八十四均答以個人生性不喜飲酒。在米西干大學的學生亦有答以經濟不裕而不飲者。

以上是美國一部分青年的態度。至於一般人民的測驗現在還正進行，不久想可有相當成績。我們從這種測驗的結果看起來，可以知道立法的不易，社會的安寧固然待法律去維持，社會的不良固然待法律去糾正，但有時矯枉過正，也許反而要發生問題。美國的國會近來對這禁酒事項，討論辯駁，不遺餘力。其目的就是要權衡利弊以定將來政府的行政方針。我以為在常發生問題的中國，嗣後對於他們解決問題的步驟和方法，似乎應當特別注意，也許足為我們的借鏡。

三月三十日

俄國現代史 *

第一章 俄國現代史之背景

第一節 俄羅斯帝國之建設

俄羅斯之版圖 俄羅斯位於歐洲之東北，亞洲之西北，幅員廣大，人口眾多，固世界上之一大國家也。其疆域北臨北冰洋，西濱波羅的海，南至黑海與里海，東以烏拉嶺界於亞細亞。屬地可分三部：曰西伯利亞，曰高加索，曰中亞細亞。面積之大，世所罕匹。其民族種類亦隨地域而殷繁。最著者為盤據歐洲東部之波蘭人，波海米亞(Bohemia)人，巴爾加里亞(Bulgaria)人，及俄羅斯人，皆斯拉夫族也。

俄羅斯之立國 西曆八六二年，諾曼(Norman)族之

---

* 本文撰於 1930 年 4 月，上海商務印書館出版。

一支曰羅斯(Rous) 者侵入俄羅斯。其首領曰露列克(Rurik)，征服斯拉夫族，奠都諾弗哥羅 (Novogorod)，稱露列克朝。自是獨攬治權，繼繼繩繩，君位世襲。斯干狄納維亞之國家特性，亦即傳播東漸。是為俄羅斯國之發端。

希臘教之傳入 俄羅斯國基既定，露列克之繼者遂大擴其領土，以抵於得尼普爾 (Dniper) 河上之基輔 (Kiev) 城境。十世紀末，最初以基督教徒而攬國權之鄔蘭田滿 (Vladimir) 出世。在彼之前固有王后阿爾加 (Queen Olga)，曾親臨君士坦丁，受洗禮而信基督教；歷史上稱為俄羅斯基督教之先鋒焉。鄔蘭田滿奉希臘派之基督教(即東正教) 為俄羅斯國教。歷代信仰，已及千年。凡信仰相同之小斯拉夫國家受回教徒壓迫時，俄羅斯恆力助之。足徵其宗教思想之深刻矣。

蒙古人入侵 此後二百年中內亂不絕。露列克子孫常因遺產分配問題而引起無窮之爭端。基輔遭燹，諾弗哥羅遇饑饉；而難猶未已，一二二四年突有蒙古人 (即韃靼人) 成吉思汗 (1162–1227) 自東來犯之舉，既征服中國之北部及中亞細亞，其子孫遂西向侵入俄羅斯。風馳電發，所向無前。除諾弗哥羅城屬都府同盟 (Hauseatic League) 以商業發達自選君主外，其餘俄羅斯王公無不望風臣服，供給軍需，輸納重稅，助蒙古人征戰。於是國事多遠仰蒙古人之鼻息。

伊凡大王 蒙古人對於俄羅斯諸王，獨寵莫斯科

(Muscow) 之王子。故其威勢出於其他屬國之上。至十五世紀當伊凡第三(Ivan III)(即伊凡大王 Ivan The Great) 在位時，蒙古勢已漸衰。莫斯科諸王遂有殺死蒙古使臣之舉，而翩然脫去蒙古之羈絆。至一四八〇年乃不復入貢，決然獨立。但黑海北岸之疆土，入於土耳其人手中。而俄人已失其停泊船隻之口岸，故此後與土耳其人常發生衝突。此時蒙古人雖失勢，然侵俄野心仍未或已；賡續擾攘，將近百年，俄人視為心腹大患。

俄帝國之建設 嗣後俄國王公日漸強大。一切權限亦漸入其掌握。伊凡鑒於東羅馬帝國之衰頹，乃篡取其雙頭鷹之徽幟為俄羅斯國章。一四七二年復娶東羅馬皇帝君士坦丁之姪女名佐伊葩梨樂格(Zoe Poloeologus) 者為后。且自稱為東羅馬帝國之繼承者。野心勃勃，弗能自羈。乃北服古昔以貿易為生之北族諸弗哥羅共和國。遂立近世俄羅斯帝國之基，而能與波羅的海諸國作正式之交通矣。

可畏的伊凡 伊凡之孫伊凡第四於一五四七年即位。雖有偉大能力而殘酷無倫。自稱皇帝曰「沙」(Czar)，以壯其威信，世人稱之曰「可畏的伊凡」(Ivan The Terrible, 1573–1584) 彼武力雄厚，喜事侵略。兼併城池州郡，不可勝紀。疆宇拓大。南抵里海之阿斯達拉干(Astrakan)，北抵白河及西伯利亞。伊凡更銳意興商，竭力提倡。一時英俄交易，頗稱發達。及伊凡歿，其所遺之帝國非特領域廣闊，且兵強國富，禦敵有餘，迥非昔日可比矣。

羅曼諾夫朝 伊凡第四既歿，國內大亂。波蘭人乘虛侵入。一六一三年，貴族米開爾羅曼諾夫（Michael Romanoff）擊退波蘭，削平內亂，乃即位；為羅曼諾夫朝。有哥薩克（Cossacks）人者，向為極富冒險性之強徒，居俄境南部及波蘭地方。共有二支，皆屬俄羅斯及波蘭統治。屢戰蒙古人及土耳其人，功績甚著。惟以波蘭人待之甚苛，故承認俄羅斯為惟一宗主國。因而俄羅斯版圖又為一展。

中俄交涉 米開爾歿，亞列西斯（Alexis, 1645–1676）繼位。一六四六年侵佔黑龍江左岸，旋築要塞於雅克薩（Alkazin），為俄軍根據地。一六五三年侵入什爾喀河流域。清兵擊之。遂發生中俄交涉。一六六七年與波蘭締結條約，割據基輔（Kiev）斯摩稜斯克（Smolensk）及東部烏克蘭，並以得尼普爾河為俄波之分界。

第二節 彼得大帝

彼得大帝 亞歷西斯再傳至彼得大帝（Peter The Great, 1682–1725）。彼得自幼聰穎過人，性喜船務，及機械。一六九七年嘗親赴歐洲西部，歷遊德，英，及荷蘭等國；專事考察其工藝，軍務，文學，及美術。所經之地必聘請專門人才，攜之回國，以備改革國政。其時國內之貴族及教士，對彼得提倡之新思想，頗持異議。甚有謂彼得乃一反對基督之人者。故與禁衛軍合謀叛亂。事洩，彼得於一六九八年遊興正濃之際，急馳返國，捕殺首犯。亂遂平，國祚得以無恙。

銳意變政 彼得在位始終以改革為事。首以新法改組其政府及軍隊。繼則灌輸西方之文明。莫斯科維帝國（The Empire of Muscovy）所有韃靼民族之遺風，盡行除去；而改用法德二國之習慣風俗。彼得令臣民薙去東方式之鬚，改著西服。男女社交，務使公開。一破昔日男女隔絕之風。時俄人多信仰希臘教（Orthodox）。彼得深恐此輩教士有反對改革之行為，故規定傳教師必須先得欽派人員之審查認可，方可執行職務；以是皇帝之權力，遂更擴大。

外交方略 上述各事，不過彼得對於俄國內政革新計劃之一部。其向外發展之外交政策，固亦極值注目者也。彼得一面銳意墾殖西伯利亞；一面擬南於黑海，西於波羅的海獲得良港，為海軍根據地，以發揚國威。為實行此項政策，一六九五年及一六九六年，兩次侵入土耳其。奪得阿速夫海（Azov）附近之地。但因土耳其扼守他大尼里峽（Dardanelles Strait）不能作有效之軍港。欲得波羅的海之地又礙於瑞典之威權。其時瑞典代有名君。兵力雄厚。

鄰國皆畏之。一六九七年查理十二（Charles XII）即位，年僅十五歲。各國視其年幼可欺，羣思一逞。丹麥波蘭相繼開釁，欲侵瑞典之領土。彼得雖亦有此野心，但因是時正與土耳其交戰，故於一七○○年七月休戰以前，佯言親善。迨於八月十八日聞得俄土條約成立後，次日便與瑞典正式宣戰。不意查理用兵神奇。轉瞬之間；攻克哥本哈根（Copenhagen）。丹麥不得已而乞和，訂條約於達剌凡大（Travendal）。旋即東向俄羅斯，以少數軍隊破數萬之眾；大有撼山易，撼瑞典軍難之勢。惜兵勝則驕，查理以為俄羅斯隨時可得，乃不復注意，而轉向波蘭。彼得則發奮練兵，仍事征略。卒於一七○九年戰勝瑞典於波耳多瓦（Pultowa）。

俄瑞條約 一七二一年，瑞典與俄羅斯締結尼斯塔條約（Treaty of Nystad）。俄羅斯因之得里窩尼亞（Livonia），愛沙尼亞（Esthonia）全部，及芬蘭一部。於是領有波羅的海東南岸一帶地方。至於黑海方面，其始雖得阿速夫，然不久復失；故彼得之志，終未得逞。

聖彼得堡 彼得鑒於舊都莫斯科（Moscow）為舊黨之中心，一切窳敗風習，不易驟改，乃擇於尼瓦河（Neva）畔濕地，另建新都，曰聖彼得堡（St. Petersburg）。新都告成，又事建築，百物羅列，應有盡有。自此俄羅斯遂代瑞典稱雄於波羅的海而列於歐洲強國之林矣。

第三節 彼得死後之政治

女帝當朝 彼得死後三十年間，俄羅斯之君主多懦弱無能。一切改造事業，盡行停止。叛亂時興，革命恆起。首繼帝位者為彼得之寡妻喀德鄰第一（Catherine I)；學識毫無，致國內紊亂，紛爭迭起。再傳至伊利薩伯(Elizabeth)，重外交，得芬蘭南部。並參與歐洲各國反對普魯士王大腓特烈（Frederick The Great)之戰爭。死後由其姪繼位，與普修好。是為彼得第三（Peter III)在位僅六月，與其後不睦，後恨之，乃陰促禁衛軍叛，遂自立為女帝；即喀德鄰第二（Catherine II, 1762–1796)。帝本德國產。一七四三年出嫁時僅十四歲。既入俄羅斯遂改奉希臘教焉。在位共三十四年。為人雖放蕩詭譎，然勤於政事，且知人善任。故國基穩固，得承彼得大帝之志，盡量輸入歐洲文化。

喀德鄰第二 喀德鄰第二對十八世紀之文學及科學的進步，頗富興趣，並決欲提高俄羅斯之文化，以示不弱。彼極欽慕當日之哲學家及改革家。嘗與福耳丹耳（Voltaire)及其他耆宿通信，討論其改革之計劃。當百科全書之作者狄德羅（Diderot)貧困時，彼曾助以資斧，並邀居宮中，以示崇敬。但女帝對於佃奴制度獨無改革，反禁止佃奴向政府訴苦。因之佃奴景況較前益困，而人數亦愈增。旋又將教會及寺院之資產收為國有。於是教士亦須仰賴皇恩以圖存。君威浩大，從此無不頂戴尊從矣。

俄土戰爭 其時波蘭及土耳其內亂頻仍，無時或已。喀德鄰乘機干涉波蘭內政，國益危。土耳其大驚，遂於一七六八年向俄宣戰。女帝先以重兵鎮壓波蘭，分水陸兩道，進攻土耳其。重佔彼得大帝時代得而復失之阿速夫，更進佔摩魯達維亞（Moldavia），窩雷啟亞（Wallachia），及不加勒斯多（Bucharest）。海軍則由波羅的海出地中海。一七七〇年，大破土耳其艦隊。一七七四年七月，俄獲全勝。割據要地，並迫土耳其承認克里米獨立。一七八三年，女帝吞併克里米為俄土，築礮臺於海濱，以資防護。土憤與戰，復敗，一七九二年與俄議和，承認克里米及得尼普爾河畔之地歸俄有。

瓜分波蘭 雖在俄土交戰之際，喀德鄰固未嘗忘懷於波蘭。一七七六年乘波蘭衰頹，合德，奧兩國實行波蘭第一次分割。俄得都納（Düna），及得尼普爾兩河以東之地。德奧亦各分潤不少。因之波蘭祇餘舊有領土四分之一。一七九三年俄，德，奧，實行波蘭第二次分割。俄得波蘭東部服爾欣尼亞（Volhynia）及立陶宛（Lithuania）東部。女帝乘波蘭衰弱，更強迫承認所提之條件：即（一）俄軍得自由出入波蘭，（二）將來若有戰爭俄為波蘭軍隊之指揮，（三）嗣後波蘭與外國締結條約時，須先經俄許可。一七九五年為波蘭第三次分割。俄得立陶宛西部及庫爾蘭（Courland）地方。俄羅斯大帝國因以完成，而波蘭帝國則與世界歷史暫告離別矣。

第二章　十九世紀之回顧

第一節 專制政治之改革及其恢復

亞歷山大第一　亞歷山大第一（Alexander I, 1801–25）乃喀德鄰第二之孫，於一八〇一年繼其父保羅（Paul, 1796–1801）為帝。銳意維新；裁撤污吏，改組政府，卹憐佃奴，減其擔負。對西歐政治則設法參與。當各國聯合對付拿破崙時，亞歷山大亦躬與其役。維也納會議（Vienna Conference）席上談判重大問題。迨會議告終，乃更聯合西部歐洲各國之君主，組織神聖同盟（Holy Alliance）以維持基督教之道義。聲威之盛，於斯可見。

政治之新設施　亞歷山大第一既欲維新，故對波蘭及芬蘭等屬國，務求寬厚。一八一五年，俄屬波蘭成為王國。俄帝許其制定憲法，得以自主。惟仍隸屬於俄帝之下。俄帝組織議會，以規定立法及租稅；並任命波蘭官吏，治理內政；編組波蘭軍隊，以鞏邊防。對芬蘭亦然。許芬蘭有組織議會，治理內政，修訂法律，鑄造貨幣，及設備軍隊等權；無異獨立國家。俄羅斯與芬蘭之間不過僅為身兼二主之俄帝所維繫而已。

反動政策 歷代俄帝之主張自由維新者，最後常仍趨向反動。亞歷山大第一亦難例外。彼因感於當時禍亂繼作，辦事棘手，遂一變初衷而反對維新。彼得格勒地方之兵變，駐德使臣之被暗殺，秘密團體之增加，及波蘭完全獨立之宣言諸事，均足使之深信奧相梅特涅之言。梅特涅嘗曰：「自由主義者，乃革命及無政府之先聲也。」於是聯合舊黨反對維新。命官吏盡力抑制新黨。凡雜誌，書籍等檢查極嚴。甚且禁止出版。大學教育，嚴加限制。波蘭議會之權利範圍，亦為縮減。至是俄國之政府，遂變本加厲，完全採取壓迫政策矣。

十二月之叛 一八二五年，亞歷山大第一逝世。亞歷山大無嗣。其弟君士坦丁（Constantine）應繼帝位，惟礙於其妻為波蘭女子，故讓與其弟尼古拉（Nicholas, 1825–1855）。國內革命黨乘機主張廢除專制，以君士坦丁為立憲君主。軍隊響應者頗多，咸呼「君士坦丁萬歲！憲法萬歲！」時在一八二五年十二月間。故史家咸稱之曰：「十二月之陰謀。」奈以組織未當，不久即敗；其領袖或被殺戮監禁，或被放逐西伯利亞。事乃寢。

尼古拉之專制 尼古拉第一者，俄羅斯之模範皇帝也。身強嗜武，視政府如軍隊，務須整齊嚴肅。故以批評政府政策，為不服從官長；以進行自治，為圖謀叛亂；均嚴行禁止，不令發生。但其為人正直，誠懇。待友尤忠信篤實。

於個人私德，固毫無可指摘者。尼古拉愛國心盛，極欲使俄羅斯為安樂享榮之國家。彼深信俄羅斯對世界具有重大使命，故反對外入之思想，主張保存國粹。且欲以維持專制政體及信奉希臘教義為發揚本國光榮之途徑。

尼古拉紀律 彼在位時有所謂尼古拉紀律（Nicholas System）者。其目的為盡力排除國內之維新主義，保持民族精神。彼深恐俄人為西歐思想所薰染，故外國書籍輸入時，或外國旅客入境時，必先經專員檢查。俄人非得特別允許，不能移住或遊歷外國。凡關於宗教及科學書籍，均須經員警及教士之檢查。任意發言或私誦禁書，均治以重罪，雖音樂譜集，亦必先經審定；蓋恐其音調或足為革命者之暗號也。大學教育尤加偵察。警探時赴講室，以防教員及學生之軌外動作。一八五三年，在此有五千萬人民之大國中，僅有三萬學生可受大學教育。其嚴厲亦可知矣。俄人之留學外國固已被禁止。即國內組織讀書研究會社，亦所不許。至官吏公然拆閱人民之私信，猶其小焉者。此種專制情形使人民幾無呼吸之餘地。二十世紀初年之革命非無由也。

壓抑波蘭 波蘭人處於侵略者鐵蹄之下，雖有自由之憲法，然究心不自甘；於是多暗地組織團體，以謀恢復其祖國。一八三〇年，華沙（Warsaw）之波蘭人起事，佔其城，逐出俄羅斯之官吏。設臨時政府，求援於歐洲各國。一八三一年一月二十五日，宣佈獨立。然歐洲各國畏俄之強，無敢應者。已而俄皇遣重兵入波蘭。亂遂平。尼古拉第一對波蘭因而更加嚴酷。廢除一八一五年之憲法，並於一八三二年明令波蘭劃歸俄羅斯之一部，與俄羅斯生存於同一旗幟之下。停止議會，並置俄國都督，治理一切事務。波蘭之官吏均易俄人。波蘭之文字亦改俄文。肇事之亂黨，處罪至殘酷。資產皆被沒收，亂徒咸置監牢；或放逐邊境，或被殺戮。移波蘭人四萬五千戶於頓（Don）河流域，及高加索（Caucasus）山中。波蘭人為避免俄帝之壓制，逃至西部歐洲為難民者，不計其數。此時波蘭雖受巨創，然波蘭人民無時不臥薪嘗膽思所以恢復祖國也。

俄土戰爭　尼古拉之外交政策有二目的：一為抑止國外之革命運動，一為消滅土耳其在歐洲之勢力。其時各國皆有劇烈之革命運動，推翻專制政府。獨俄羅斯無恙。尼古拉見國內君臣既能相安無事，遂參預國際紛爭諸問題。彼曾兩戰土耳其。一在一八二八年；一在一八五四年，即歷史上著名之克里米亞大戰爭（Crimean War）是也。俄帝野心彰明昭著，遂激動英，法兩國及撒地尼亞（Sardinia）之公憤。於一八五四年出而助土戰爭。俄羅斯軍隊大敗。其在克里米亞米島上之根據地賽巴斯拖堡（Sebastopol）為聯軍所佔。尼古拉大失所望，積憤而亡。時一八五五年事也。其子亞歷山大第二（Alexander II，1855–1881）即位，與敵言和。威盛一時之「尼古拉紀律」，因戰敗而受打擊，不久即與賽巴斯拖堡同失去矣。

第二節 佃奴之釋放

革新與進步 亞歷山大第二即位時方三十四歲。對於國家政治尚嫌幼稚，且乏經驗。其父素恨民治平等，而亞歷山大第二則性甚和靄，不喜軍事。彼決意以時代精神治理國家，不以遵守祖先精神為職志。彼自身雖非建設之政治家，而能聽從賢明政治家——羅立斯麥力科夫及德密特利密利廷（Loris-Melikov 及 Dmitri Miliutin）等——之諫議。故亞歷山大朝廷在俄史中成為革新及進步之時代。

佃奴之苦狀 亞歷山大第二因釋放佃奴，而享「開明君主」之美譽。中古時代，佃奴制度曾盛行於歐洲。但十四世紀時英、法兩國即已廢除。旋受法國革命及拿破崙之影響，此種制度完全絕跡於西歐。保存之者惟俄羅斯一國而已。佃奴之身體，絕對不能自由。無地主之許可，不准稍離境地。一如樹木果實之隨地生長。苟非地產變賣，絕無更換主人之希望者。一八五九年，俄羅斯約有二千三百萬男奴。其中約有一千二百八十萬為皇室之奴，屬於國有；餘約有一千零二十萬為大地主之佃奴。俄羅斯富翁之家資，非以土地房屋或其他動產之數量為平衡，而以所有之男奴數目為準繩。女奴則不認為資產。佃奴耕田須納費，或服務。

若服務，為佃奴者每星期為地主工作三日。地主如不需要佃奴服務時，可驅之赴城中為人工作，獲得金錢，再行納付。俄法規定地主可使佃奴做任何工作。地主亦可收為家用，且得自由鞭笞，逐放於西伯利亞或竟投之軍中。佃奴結婚必得地主之同意。地主若使佃奴與人在某時結婚，佃奴必須服從。地主即一地方之審判官。佃奴毫無權利，一切祇憑地主之指揮。佃奴嘗受三重壓迫。若付款遲時，受地主之鞭責；若付稅遲時，受官吏之鞭責；若犯罪時，受法官之鞭責。其地位之卑下困苦，實與牛馬無異。佃奴既處此種種壓迫之下，貧困益甚。每不足以自給。於是恆有搶刼，暗殺，放火等事；甚或起而作亂，以圖報復。數十年來叛變時起。雖政府防止極嚴，然結果仍有加而無減也。

釋放佃奴 俄羅斯之佃奴，與美國黑奴不同。蓋此輩佃奴與其主人皆屬同種。故熱誠之愛國者與博愛之慈善家，均提倡釋放。俄人恆視佃奴制度為俄羅斯國之污點。於十九世紀之始。即運動廢除之。雖專制如尼古拉第一亦未嘗不思改良。惟所慮者，釋放佃奴有害於地主之物權耳。亞歷山大第二即位後，即決意釋放。此非僅以亞歷山大為人慈善兼好自由之故，實亦因彼認廢除佃奴制度，自上倡行較諸俟下方興起為妥善也。俄帝以調查奴制全權付與農事委員會，並通令全國官吏，告以釋放佃奴之事實。此舉大受新黨之歡迎，即大地主中亦有讚悅附和者。幾經討論，乃於一八六一年三月三日下令釋放國內之佃奴。但其時被釋放者，僅耕種私田之奴隸。二年後，家蓄佃奴亦得釋放。迨一八六六年皇室佃奴恢復自由後，釋放之工作始告完成。

此聲名籍籍之釋放法令，殊值吾輩之注意。其要點如：（一）佃奴立即取得國民資格，得享所有權利；並脫離地主之羈絆，而隸屬於政府之下。（二）所用之一切宅舍，器具皆歸佃奴享有。（三）給與佃奴土地使得維持其生活。蓋釋放而不與以土地，佃奴又須另覓工作以謀生，勢必仍至依賴先前之地主。故俄帝有言曰：「釋放而無田地，則將增加地主之權利。」旨哉斯言。

釋放後之佃奴　佃奴應得田地，既如法定；但田地如何分配始能公允，卻為難決之問題。全國地主田地，半給與農民，政府又慮地主損失過大，故設法補救。規定農民有繳納地價之責。其價先由政府代付，由農民分期償還。年納特稅，共付四十九年。政府所定之地價，常較其真價為高。以是所謂農民釋放，實恃農民自己掙扎而得。蓋彼輩仍須以己力所得，作釋放之代價也。彼輩絕非願為「國家之佃奴」。所願者，實乃不費償金而享有田地之自由人也。故佃奴每有鑒於政府之待遇，不願釋放者。怨言時起，羣思作二次釋放運動。各地常有叛亂發生，但政府均用力戡平焉。

村落　地主雖交出其領土之一部份，然佃奴個人仍一無所得。田地之所有權屬諸村落（Mir）之全體。凡納稅及分配田地，均由此村落負責。俄羅斯風俗，若於法定期中，有村民三分之二之請求，即可重新分配於各戶。此種村落為各家家長所組織。舉年長者為領袖，負代表本村與中央政府交涉之責。農民耕植，播種，收穫之時間，均須由村部定奪。農民若離村外出，必須得村部之許可；否則沒收其家產。若村中人口增加時，各人所分得之田地，必須減少。生活之機，遂亦因之而減。是以農民所有之地，較初時分配所得相差遠甚。農民貧困，社會動搖。政府遂不得不下令准農民私有田地，並得自由離其村落，求工作於他處。村部制度，遂漸廢除。

第三節 政治維新及革命運動

政治之改革 亞歷山大第二德政甚多。既釋佃奴，復從事於司法及行政制度之興革。昔日司法事宜，向操之於普通官吏，審判既不公開，又尚武斷。一八六二年亞歷山大第二下令司法獨立。倣西歐各國制度改組法庭。編修法律。指派檢察官吏。採用陪審制度。保障法官地位。公開司法訴訟。當時陪審制度雖經實行，而國事犯仍須特別裁判。幽閉獄中，殘酷如故。

地方議會 城市生活，因工商業之發達而進步；鄉村情形，因釋放佃奴而增繁。於是地方自治應運而生。

一八六四年俄帝遂下令於各省區設立地方議會（Zemstvo）。由大地主與市民及農夫之代表組織之。議會得規定地方上之稅則。舉凡地方事業，如鐵路，橋樑，建築，教會，學校，及貧病或罪犯救濟等事，均由此種議會議定。其他如地方上之法令亦均委任議會之常務委員會辦理。其權甚大。

波蘭叛亂 總之亞歷山大第二之大改革為一八六一年之釋放佃奴，一八六二年之改組法庭，及一八六四年之建設地方議會。此外更仿德國制度創辦中學教育，分文，理等科。尼古拉時之嚴令，盡行廢除。大學生之數目因以增加。書籍，雜誌，亦復得暢銷。不意一八六三年，波蘭人復行叛亂。俄帝遂遣兵平之。俄羅斯舊黨羣起詰責。語以波蘭之劇變，純由帝寬政之過失。若再任西歐思想輸入國內，則將發現更甚之流血慘劇。帝為之動，乃轉入舊途，一變從來之自由主義，厲行專制政治。束縛出版自由，監督學校教書，廢止與希臘教義相違之科學研究。並不准省市地方議會有何政治之評論。省長對其議案可加以否決。尼古拉時代之密探制度，亦行恢復。惟亞歷山大第二末年有一改革事業，即改編軍隊並仿德國採用徵兵制是也。

虛無主義之激昂 時國內有知識者因政府專制，漸發生一種反抗之精神。其著者有虛無主義派，為赫景（Alexander Hertzen, 1812－1870）等所倡。崇拜科學及理智，讚揚高等教育及西歐各國之物質文明。對於國家教會及種種惡劣舊習，極端反對。大文豪屠格捏夫（Turgenief）於一八六二年出版之小說父與子（Fathers and Sons）中謂：「虛無主義之信徒，對任何威權，必不屈服；無論有何報酬之原理，亦不肯採納」。自虛無主義信徒方面觀之，俄羅斯一切組織均須破壞，以建設新的好的社會。

無政府主義 其次則為社會主義之傳播。今所論者，非如西歐國家之勞工政黨，乃為巴枯寧（Mikhail Bakunin, 1821–78）所提倡之無政府社會主義。俄羅斯社會主義者，不但向工人宣傳，且向農民宣傳。彼等提倡推翻政府，教會，及家庭。惟彼等不能利用代議政治或其他和平方法，故不得不採取暴動策略。

恐怖主義之勃興 亞歷山大第二愈採反動政策，政府愈壓迫社會主義者及虛無主義者，則革命運動愈形激烈。漸有一般熱忱改革者出，以為除與俄帝及其僚屬——官吏，貴族，及教士——爭鬭外，別無他法。恐怖主義者（The Terrorists）因而成為革命運動之第三種勢力。其間有虛無主義者，有社會主義者或無政府主義者，亦有無所信仰而祇恨不公之法官及稅吏者。恐怖主義之中樞為一秘密委員會。是會於一八七八年組於彼得格勒（即聖彼得堡。一九一四年改今名）。設立印刷所，實驗室，以製造炸彈等品。黨員絕對服從黨令。三年之間暗殺顯宦六人，密探九人。黨員方面被絞斃者三十一人，被監禁者八人，自殺者三人。

但恐怖黨人並不稍餒。多次謀刺俄帝，惟皆未得成功。

俄帝至是大驚，雖欲委託寵臣抑壓而無效。政府中人咸勸皇帝讓步，以平革命黨之心。俄帝不得已，於一八八一年三月十三日，下令由大臣及名人組織特別委員會，以改革行政。然為時已晚，補救無及；當彼允許立憲之日，中途被刺而死。此俄帝多年抑壓民意之結果也。

第三章　歐戰前之政治及工業革命

第一節 獨裁政治之維持

維新俄帝亞歷山大第二慘死後，其子亞歷山大第三（1881－1894）繼位。其尚武精神。有如其祖尼古拉第一。惟幼年教育不良，故對西方文化，仍事反對。且生性頑固，即位後堅欲避免乃父之解放傾向。彼謂若救俄羅斯於革命及無政府現象，捨俄羅斯之天賦靈資及俄羅斯人之世襲榮華——專制政治，斯拉夫民族主義與東希臘聖教外，鮮能奏效；英，法，各國之代議政治無能為力也。因是維持專制政體，力行俄化；以擴張斯拉夫族及希臘教之勢力。舉凡工廠之創設，鐵道之建築，資本之儲蓄，鄉民之移住，城市中產階級及勞動階級之發生——西歐工業革命之大批輸入——咸足使俄羅斯專制帝國雜以西方之自由主義。維持專制，實行俄化，及俄羅斯工業革命；凡此三事，皆亞歷山大第三之卓績，值吾輩研究者也。

亞歷山大第三 亞歷山大第三首先取消其父之末次命令，報復暗殺叛徒，並宣告於世界曰：「上帝命吾輩有健全之政府，……深信專制之威權，吾輩即用以抵抗一切侵害；以謀全體國民之幸福。」彼能實行此種專制政策，多賴性情相投之二人為助。此二人者，即普雷味（Plehve）與坡俾多諾塞夫（Pobedonostsev）是也。

坡俾多諾塞夫 坡俾多諾塞夫（Konstantin Pebedonostsev, 1827–1907）洞悉法律。曾充莫斯科大學法學教授，亞歷山大第二之法學教師，希臘教會之掌教。此於亞歷山大第三有巨大影響之人物，極力提倡反動思想。演講著作之中，無時不斥西歐各國政治社會之組織為乖謬，且謂此制度絕難實行於俄羅斯。彼認為議會乃野心家之爭持地，新聞紙乃散佈謠諑之工具，通俗教育富危險性，君主立憲純係「癡人說夢」，陪審制度徒足鼓勵人民詭辯。此反動思想家有言曰：「苟人民之代表皆為聖賢，則代議政治將為最優之制度；但代表之人格，每多卑劣，故代議政治終為最劣之制度。」故坡俾多諾塞夫深信政府之要務，為保守專制，並使人民崇信希臘國教。

普雷味 亞歷山大第三既為坡氏之思想所左右，遂命坡氏總理宗教事務；於外更有普雷味（1846–1904）為之策劃國政。人民稍有反對即處以鞭笞，監禁，放逐等刑。於是在亞歷山大第三時代，革命宣傳，遂暫潛伏。

俄帝之專制 亞歷山大第三得普雷味及坡俾多諾塞夫二人之助，遂思所以能統一帝國行政及獨裁之方。首命欽派之大地主管理昔日完全自主之農村。以前其父許與省議會及市議會之權利，漸形縮減。復修改議會編制法，增加貴族及官吏之代表，而減少農夫之代表。凡議會通過各案，該地方長官得以否決。亞歷山大第三反對通俗教育，而令教會掌管初等教育。昔日外國僑民所享之特權，逐漸取消。當時彼惟熱心於擴充中亞西亞之俄羅斯領土；至外交方面，彼因俄羅斯在歐洲南部之勢力日漸衰頹，皆由德國幫助奧國所致，故遠棄俾斯麥及德國。而以此極端專制之俄羅斯帝國與極端共和之法蘭西民國相提相挈，發生密切之友誼關係。

專制政治在俄之遺毒 俄羅斯因亞歷山大第三維持專制，受莫大之弊害。俄帝雖或明智，而對數萬萬人民之需要，毫無所見。即尊嚴之命令，恐亦不能遍行全國。一切事務，彼皆信託於三數大臣，及軍事，財政，司法，行政等長官。在偌大之帝國內，雖具奇才之皇帝，恐亦難得防止稅吏，警官，及邊吏之不勝任或腐敗情形。然亞歷山大第三者，固非奇才之皇帝也。況少數富裕貴族，壓制多數貧困農夫；武人跋扈，官吏貪污，國家之行政，焉能不紊，財政又焉能無弊乎？故與其謂亞歷山大第三之壓抑政策，致此結果，寧謂為俄羅斯專制之流弊也。官吏衹知阿諛求榮，地位愈高，其弊亦愈甚。正如法國革命前之狀況；因不勝任而造成腐敗，又因腐敗而造成不勝任。但俄羅斯人民受政府之壓迫而不敢言，其苦尤甚矣！

俄羅斯維持專制之原因　吾人研究俄羅斯之現代史，不得不問此種西歐各國早經廢棄之專制政體，何以在俄羅斯獨能歷代相傳而無斷。是否因俄羅斯之民族特性使然，亦宜審察。關於第二問題，吾人不能不承認俄羅斯之繼續專制，由於人民之默許；蓋人民果有堅決反抗之意志者，固不難效仿法國一七八九年之大革命也。但於此民族特性之外，猶有數事足使俄羅斯繼續專制政治者。第一，統治官吏為數頗多，權勢甚大；既受皇室之眷養，當然盡忠於帝王。第二，人民深信希臘教。視教會如護符；視皇帝為教會之擁衛者。故宗教思想深印人民腦筋。政府因以得助。第三，缺乏普通教育。初等教育均為教會所包辦，當然忠心於皇帝。他如人民之散漫，財政之困乏，均足阻礙教育之普及。政府甚或摧殘教育。亞歷山大第三死時（一八九四年），鄉村之不識字者，竟達百分之五十至九十；而城市中亦不下百分之四十至六十五。此種現象歐、美各國皆無有也。第四，統治官吏之壓迫手段，使人民敢怒而不敢言。任意逮捕，監禁，放逐，殺戮等刑，使人民皆生畏心，裹足不前。解放運動，遂無從發生。第五，教會及官吏，灌注農民一種思想，謂：俄羅斯帝國乃一廣大之快樂家庭。皇帝乃人民之國父，以其慈愛之心，為人民謀幸福。第六，十九世紀之俄羅斯，始終為一農業國家。人民受環境影響，皆主保守。對政治之劇變，漠不關心。且俄帝歷破蒙古，瑞典，土耳其，波蘭等國之侵略，又有彼得大帝，喀德鄰女帝，及亞歷山大第一等，皆為英明之主，功績昭著；故覺俄羅斯之榮耀，皆專制皇帝所賜與，乃不加反對。

此外更有較甚之緣因在即俄人之愛國心及好勝心是也。智識高尚者如普雷味及坡俾多諾塞夫等皆懷此念，而讚揚專制。彼等及其他智識優良之俄人，均思民治絕難使偌大之俄羅斯治理有條；專制則不僅為執政之利器，且可使俄羅斯永久統一，而能盡力於宗教上及文化上之使命。此即大斯拉夫主義，亦即亞歷山大第三之俄化野心也。

第二節 十九世紀末葉之俄帝國

十九世紀末葉之俄帝國 吾人欲瞭解大斯拉夫主義之意趣，及俄帝亞歷山大第三與尼古拉第二之俄化步驟，必先明瞭俄羅斯帝國於十九世紀末葉之版圖及其人民。

（一）俄羅斯帝國之中心為大俄羅斯（Great Russia——昔日之莫斯科維公國及其屬地）一八九七年共

有五千萬人口，皆屬同種。講斯拉夫之大俄羅斯土語。且信希臘教。惟境內頗多信舊教者，常成一派；雖為法律所禁止，然其潛勢力終難消滅。

（二）小俄羅斯（基輔，烏拉蘭）——Little Russia——包括俄羅斯西南部之草原，及得尼普爾河流域與喀爾巴阡山脈（Carpathian Mountains）以東之一部分。人口約有二千萬。用俄羅斯語言，並信希臘教。惟其土語與大俄羅斯異。平民所習文學亦各不同。希臘教外，尚有多數猶太人散居各城，信奉異教。即奉希臘教之俄人亦有兼奉羅馬天主教者。甚為複雜。

（三）十八世紀喀德鄰第二所併吞之立陶宛公國（Lithuania）。其中一部有五百萬人，用白俄羅斯語言，信奉希臘教；另一部，有二百餘萬斯拉夫族之立陶宛人，仍用其土語，服飾，並信羅馬天主教。此外則為少數之猶太人及波蘭之地主。

（四）南俄羅斯（Southern Russia）。為得自土耳其國之領土。其居民多為大俄羅斯之殖民，——哥薩克人——及蒙古人，與其他亞洲土人。皆信希臘教。比薩拉比亞（Bessarabia）為一八七八年得自羅馬尼亞（Rumania）之領土。其人民雖信希臘教，而語言習俗，一仍其舊，且與猶太人雜處其間。

（五）沿波羅的海之各省（愛沙尼亞，里窩尼亞，庫爾蘭，）皆為十八世紀得自瑞典及波蘭者。其人口可分為二：農夫多芬蘭人；上等階級及城市中人，多為德國之移民，仍用德語，且奉德教。彼得格勒城，雖沿波羅的海，但自建都以來，人物薈萃，大非昔比。大俄羅斯之語言及希臘教之信仰與他處無異。

（六）高加索（Caucasia），於十九世紀併於俄羅斯。份子頗雜。有基督教徒，亦有回教徒，皆善戰。故始終保守其原有之國民性，不稍變異。

（七）俄羅斯之疆域，漸越倭爾加河（Volga）及烏拉嶺，經亞細亞洲而達太平洋，俄羅斯人居此者約六百餘萬。本地土人約八百餘萬。其語言及宗族各不相同。其信仰則有回教，有佛教，有拜物教，極形混雜。

上述各地之外，猶有二大部分：一為（八）波蘭王國，一為（九）芬蘭公國。波蘭自一八六三年叛亂後。遂為俄帝所併吞。其人口約一千萬。信奉羅馬天主教之波羅人，佔四分之三；餘則為猶太人，及俄羅斯人。波蘭人臥薪嘗膽，圖謀獨立，彼輩不但痛恨俄人，且排斥盤據各處之猶太人。

芬蘭自一八〇九年與俄合併之後，仍似獨立國家。俄帝統治全部，並設參議院與眾議院，代表各種階級，討論國政。一八九七年，二百一十萬人口之中，大半皆為業農之芬蘭人，沿用芬蘭習俗其上等階級多為瑞典人，用瑞典語言。彼等皆信路德新教，對俄羅斯之侵襲，異常反對。

第三節 俄帝之野心

大斯拉夫主義 十九世紀末葉，俄人極力提倡「大斯拉夫主義」。其時德、意二國之國家主義頗盛，故俄羅斯之一般文人學者及政治家咸稱頌斯拉夫族之偉大榮華。凡斯拉夫族人，彼輩皆設法聯絡，以廣其勢力，大斯拉夫主義約有二義：第一，彼輩擬使俄羅斯帝國內之全體人民，均用大俄羅斯之語言，及其制度；——簡言之，即俄化帝國之全部是也。第二，則為向國外伸張俄羅斯之勢力——東至亞西亞，西抗德意志，南入巴爾幹。因此大斯拉夫主義者，每於布加里亞（Bulgaria），塞比亞（Serbia），蒙特尼格羅（Montenegro）等弱小民族，與其宗主國土耳其或奧大利有所爭持時，必表同情，而予資助。其目的不外冀於成功時，獲取相當之報酬也。大斯拉夫主義者，深信俄語，希臘教，農村制，專政四事，為俄羅斯之國粹；力主傳播全國。俄羅斯人愛專制政治，即為愛國。無專制則大斯拉夫主義者，固難實現其全國衹有「一種法律，一種語言，一種宗教」之理想也。

俄化野心 欲在俄羅斯帝國實現大斯拉夫主義，其方法捨「俄化」莫屬。尼古拉第一及亞歷山大第二時代，雖或蓄意侵略，然手段終屬緩和。至亞歷山大第三始銳意施行，對被壓迫人民之痛苦及需要，毫不顧及。警務部長普雷味氏嚴禁集會，箝制輿論。聖教會總監坡俾多諾塞夫非但嚴懲希臘教之叛徒，即對偶然改奉希臘教之異教徒，亦須詳細查究。俄帝不惜三令五申，以行「俄化」。波蘭之中等教育，完全採用俄制。波蘭之文學。均用俄文教授。波蘭人不得參與政治。自一八八五年至一八九七年，禁止以土地售於外人。白俄羅斯及立宛陶二地之宗教，亦皆「俄化」。天主教徒大受壓迫，俄羅斯政府否認彼等之婚姻及子女為合法。小俄羅斯之著作不許刋印。即演唱背誦之用土語者，亦必嚴禁之。沿波羅的海各省，於一八八五年以俄語為國語。若無聖教會總監之許可，不得建築路德教堂。大學講授，禁用德文；地方法院，痛遭抑壓；出版須禁檢查；即沿用德文之地名，亦必改為俄文。凡僑民能於高加索及西伯利亞地方傳播並保持俄文及希臘教之威嚴者，政府咸加獎勵。於是「俄化」之成績，乃益著焉。

壓迫猶太人之苛酷　帝國內之人民多感壓迫之困苦。猶太人首遭其創而俄羅斯近代史上遂貽莫大之玷污。散處歐洲之八百餘萬猶太人中，居俄羅斯者，越五百餘萬。此輩猶太人昔日皆屬波蘭，或立陶宛，小俄羅斯，及比薩拉比亞等處。此數處向稱為猶太人區域者也。今俄帝欲行「俄化」，對此信奉異教，講說異語，採用異俗之民族，更當反對。猶太人中一般盤剝重利之徒，及誅求無厭之商人，素足引起俄人之憎惡。故亞歷山大第三得利用民眾心理，百方壓迫。一八八二年遂通令禁止猶太人之購地，或經營酒商。普通職業多排除猶太人。即中等教育，或大學教育，亦須加以數目上之限制：初定為全部學生百分之十，旋更改為百分之三。

佩爾（Pale）為猶太人惟一之法定住所。猶太人已失其擇地居住之權利，一切悉聽政府之命令。住城市者不得移居鄉村，而居鄉村者又須服從無數苛律。排猶太人之暴徒，每假政府之威勢，焚毀房屋，屠殺無辜。猶太人處此環境之下，備受摧殘。於一年（一八九一）之中，逃往外國者，竟達三十餘萬。是為猶太人僑居美洲之先鋒。

尼古拉第二 一八九四年，尼古拉第二（Nicholas II，1894—1917 年）繼其父亞歷山大第三之帝位。年僅二十六歲。曾遊歷西部歐洲各國。頗具才幹。時人皆望其能以進步精神，改造當日之惡劣環境。乃即位未久，遂宣言曰：「吾誓將效仿吾父，盡力維持專制君主之原理。」議會代表之來請願制定憲法及創設國會者，叱為「獃愚之夢想」。尼古拉既非如其父之堅毅果斷，又非如其祖之活潑自由；不過一小有才能，略具手腕，而恆為反動派所利用之常人耳。

侵略之企圖 尼古拉第二時代，波蘭，立陶宛，及波羅的海各省更多怨言。排斥猶太人之法律，嚴厲施行。屠殺事件，層出不窮。一九〇三年，基西尼夫（Kishineff）地方之慘案，死者數千人。西歐各國無不震驚。然其主使者，即俄帝信任之普雷味是也。同時復向國外施行其俄化政策。西歐方面，與法蘭西聯盟；近東方面，於巴爾幹諸國，發展其勢力；遠東方面，則無時不注目於中國之滿蒙，並欲以高麗為俄帝之屬土。一九〇四年之日俄戰爭。即大斯拉夫主義者野心之表現也。

同化芬蘭 芬蘭為一八〇九年兼併之領土。當時曾強其承認俄羅斯皇帝為其大公。雖專橫如亞歷山大第三，猶允其保存舊有之國會及立法之權利；乃至一八九九年。尼古拉第二竟欲施行「俄化」。遣俄人往治內政。改編芬蘭軍隊，直隸於俄羅斯之軍機大臣。除純粹地方事務外，並奪其立法之權。是年八月，復派大斯拉夫主義之忠實信徒普雷味，充駐芬蘭內務大臣。其專制程度，可謂極矣。

第四節 工業革命及其影響

工業衰頽之緣因 俄羅斯之經濟大變遷，始於十九世紀末葉，即所謂工業革命者是。俄羅斯之變遷，所以較西歐諸國獨後者，非以其缺少天產，蓋彼有多量之煤鐵蘊藏地中也；亦非以其缺少勞働，蓋彼有繁眾之國民足充工人也。然其遲緩之緣由果安在哉？曰，在缺乏資本，與政府之守舊，不肯開闢利源耳。

振興實業 此地大物博之帝國，為應世界之潮流，將西部歐洲發明之機械及盛行之工廠制度鐵道等，引入國中；以變數百年來之農民生活，而與列強相抗爭。俄羅斯對於建築鐵道甚為努力。初僅以政治及軍事為目的。迨路成，煤、鐵、礦山皆得開採運輸。因而工廠獲利良多，驟然發達。當一八八六年至一八九九年，鐵之出產，每年增至四倍，較法國所產者尤多。他種商業之發達，不相上下。工人之數目當一八八七年為一百三十一萬八千人。至一八九七年，則增至二百一十萬人。旋復增至三百萬人。工業出產品之價值，十年之中，增至三倍。此種驚人之工業振興，半由勞工低廉，半由鼓勵外人投資之所致。鐵道建築，並駕齊驅。一八八五年時，俄羅斯帝國共有鐵道一萬六千一百五十五英里；一八九五年，共有二萬二千六百英里；一九〇五年共有四里零五百英里；至一九一三年，則增至五萬一千英里矣。

轟動全球，工程最大之西伯利亞鐵道，亦於一九〇五年竣工。歐洲人之旅行者，自哈佛爾（Havre）經過巴黎，柏林，莫斯科，哈爾濱，可達海參威。自是俄羅斯之移民，多東向而來西伯利亞。與中國日本之貿易，因亦增加。

工業進步之阻礙 俄羅斯工業革命，雖未將農民生活完全推翻，然其影響所及，頗勞專制君主之躊躇。資本家及勞働階級皆求政府之保障與援助。普雷味則盡全力以阻止俄羅斯之工商業發達。蓋彼以為工商業之發達，足以產生有害於專政之勞動階級與中產階級，而同時減少屈服於專政下之農業社會也。但其時潮流如此，普雷味無以為力；於是有維特者出，向眾號召，工業發展上遂留一線曙光。

維特　維特（Serguis Witte）先為鐵路局長。一八九三年亞歷山大第三任之為財政大臣。尼古拉第二時代，繼任此職。約共十年。招引國外投資，發展內部鐵道，國庫收入頓增，彼更提倡海外殖民，制訂保護稅則，以發展國內之實業。同時又倡議立法，保護工人。擴張一八八六年頒布之工廠法令內容，強迫實行。政府官吏對於勞資爭持須善意調解。礦工條例及工人保險規則，亦均經頒行。

然維特政策，頗遭譏評；主張專制政治者，莫不深恨。一九〇三年，俄帝遂罷貶之。反動派乃大得活動。往昔普雷味預料之結果，今日均成事實；蓋工業革命所產生之新勢力，確有礙專制君主之生存也。

地方會議之主張　昔日反對專制君主之舉動，在普雷味及密探監視之下，曾稍斂跡。至二十世紀初年，遂又暴發。就人數觀之，其反對之烈者為大地主，及農民。彼等深怨俄帝任維特之意，專重工商業之發達，而疏略農業。彼等在地方議會中，頗佔勢力，因羣起詰問。維特不得已終須徵求議會之建議。然地方議會泰半皆反對已有之制度，請求設立國會，言論自由，保障人權。此皆貽反動派之口實而足以使維特引退者也。

工人受馬克斯主義之影響 工業既興，工人亦眾。激烈者如哥開（Maxim Gorky）遂向新起之無產階級宣傳馬克斯社會主義。一時談者蠭起，各大工廠無不有其蹤跡。

一八九八年，城市之中即有社會民主黨之組織。其目的除希望政府立憲，人民自由外，尚希望工人能據政府之要津，以謀全體工人之利益。此外於鄉村之中，尚有社會主義革命黨。其組織較為完備。凡政府之抑制人民，或吸收人民脂膏以自肥者，彼輩必擇尤暗殺。恐怖主義及暴烈舉動，遂復流行於俄羅斯矣。

自由主義 其時國內反對政府之第三種勢力，即由於新自由主義之創興。一方面商界中人與工廠主人，俱信限制君權，及建設代議政府，為改良經濟之方法。一方面開明之貴族及激烈之智識界領袖，如密利可夫（Milyukov）等，咸表同情於西部歐洲之制度。一九〇二年於德國刊印出版品。一九〇四年組織自由主義者大同盟，遂成政黨。

解放運動 波蘭人，猶太人，芬蘭人，立陶宛人，及波羅的海各省之德意志人，愈受大斯拉夫主義之壓制，愈思努力於反抗工作。凡反對政府之俄羅斯人，彼輩必設法與之聯絡。猶太人多加入社會主義黨。波蘭人多加入自由主義派。芬蘭人則努力於憲法之制編，及排斥俄羅斯人之干涉。

普雷味及其他忠於專制之大臣，為應付一般反對之勢力，壓抑手段，遂再接再厲。普雷味（1903–1904）威聲遍全國。搜查私宅，非法逮捕，任意放逐，箝制輿論，無所不用其極。凡有反對俄羅斯嫌疑，及帶社會主義色彩者，政府必逮捕而監禁之，不稍赦也。

第四章　遠東政策與日俄戰爭

第一節 俄羅斯與近東

十九世紀末葉，俄羅斯之外交政策約分為二：一為保障巴爾幹之斯拉夫勢力；一為向太平洋方面作積極之侵略。關於第一政策，苟無國內所有民族之擁護，難以為力；蓋當日之目的，與亞歷山大第二之欲衛護巴爾幹弱國之目的異，而同時歐洲列強羣相嫉視，深畏俄羅斯勢力之擴張也。是以東侵亞洲之政策，勢更緊張。

俄侵布加利亞　先是巴爾幹之弱小國家，得列強援助，漸脫土耳其勢力而獨立。俄羅斯因有功於布加利亞（Bulgaria），遂百端思逞，橫行干涉。一八八三年，布王亞歷山大不甘為俄羅斯之傀儡，頗遭俄帝恨。布加利亞與東魯米利亞久思聯合，而俄羅斯從中阻梗。煽動暴民，陰謀叛逆布王亞歷山大。

於一八八六年迫之退位。繼位者為斐迪南（Ferdinand），一親奧大利之新王也。俄帝甚憤。斐迪南以政權託於大臣斯端布羅夫（Stambolov）。斯氏乃愛國之士。繼亞歷山大志，力排俄羅斯勢力。俄則仍事鼓惑。斯端布羅夫竟遭刺殺。斐迪南不究叛黨，與俄帝尼古拉修好議和。

尼古拉之詭謀 俄帝在巴爾幹之蠻霸行為，頗引起西歐各國之深憂；即巴爾幹之斯拉夫國家，對之亦失好感而生畏懼。其待波蘭人之苛虐，尤足使弱小民族寒心。尼古拉第二之野心，遂不得展。惟此時尚發生一事，頗為常人所忽略者；即尼古拉第二之詭謀是也。當一八九七年希臘與土耳其爭持時，尼古拉第二密令駐土公使，故意發生危險。俄使傷後，電告俄京。俄羅斯遂動員出師，以便攻取土耳其附近海峽。幸諸臣極力反對，卒未成功。然尼古拉第二時代，俄羅斯外交之欺詐詭謀，至此遂畢露矣。

俄法同盟 俄羅斯因近東關係，一變其與西歐之外交政策。俄政府對法蘭西共和國初甚厭惡。俄羅斯之革命者又常寄跡法國，故欲俄法修好，事實上頗多困難。但一八七八年柏林會議結果，俄羅斯大受挫折；及布加利亞王亞歷山大被挾事件，布人遣使乞援於法，法不之應。時德已暗助奧國，俄遂孤立；法獨不應，故俄深感美意。法國更助俄開發富源，借與國債。俄法關係，益形密切。尼古拉第二即位時，法國派員往賀，帝親赴巴黎，備受歡迎。法大總統亦赴俄都答禮；

卒於一八九七年正式宣佈俄法同盟。

此政體迥異之國家所以終能有今日之聯盟者，蓋以法所患者德也，俄所患者奧也。德，奧，意，在外交上既成立三角聯盟，則法，俄自不能不另組一團體與之對峙也。

海牙和平會議 歐洲既有三角同盟，與俄法同盟之對抗，列強均暫持武裝和平態度，汲汲以擴張軍備為務。一八九八年，俄軍機大臣鑒奧大利忙於增兵，深憂俄羅斯難以應付。於是尼古拉第二納大臣維特之諫，倡萬國和平會議。以一八九九年五月十八日開會於荷蘭海牙。其目的則為限制各國之軍備，減輕國民之負擔。歐洲政局，得以苟安。

第二節 視為轉機之遠東政策

強俄勢力之東漸 俄羅斯自近東發展感受障礙後，遂變計而為東方之經營。亞細亞洲北部之浩大平原，中部之多山國家，向為半開化民族盤踞，俄羅斯所久覬覦者也。東向直達太平洋佔西伯利亞，威脅滿，蒙，及高麗；東南則侵略土耳其，波斯，及中央亞細亞諸部落，惟以英國阻撓，未達印度洋。

侵蝕滿蒙 西伯利亞地廣而荒，俄羅斯之所以佔領者，實因欲得較優之海港。然野心未足，於海參威勢力養成後，復垂涎於滿，蒙，高麗；蓋思出黃海以稱雄太平洋耳。一八九五年俄人在滿洲及高麗之勢力頗大。此二地幾入其掌握。日，俄戰後，始放棄其特權；因別圖進展而侵蒙古。商民，兵士，移住其間。我國政府，置若罔聞。至一九一三年，外蒙古幾為俄之保護國矣。

阿富汗事件 英國為俄國侵略中央亞細亞之惟一阻礙。然一八八二年，英專力佔領埃及，繼以蘇丹遠征，俄趁機乃為合併木鹿運動。一八八四年，誘木鹿四部落，詣俄請降。俄即照准，遣兵佔領其地。於是英，俄大起交涉。兩國戰機甚為迫切，即所謂阿富汗事件是也。已而雙方怠於戰爭，遂和平解決。英國讓步，俄羅斯遂得累年肆意蠶食。至一八八七年，阿富汗之木爾加布河（Murghab) 流域，全為俄領矣。

波斯 英俄關係。波斯者，亞洲西南之一古國也。十九世紀時，北遭俄羅斯之壓抑，東南遭英吉利之威迫。迨二十世紀之初，俄羅斯之勢力，益形擴張。其商民之在波斯者，皆受一九〇二年俄波商約之保障。故俄之資本家前往投資者，為數頗多。一九〇〇年，波斯借俄羅斯之債，竟達一千二百萬元，即其明例也。俄之資本家復獲得建築鐵道之特權，威勢因以更張。但英吉利商民之經營，於波斯南部及亞丁灣（Gulf of Aden) 者，咸畏俄將盡吞波斯，而有英商之進行也。故一九〇七年八月三十一日，英俄正式協約，劃波斯北部為俄之勢力範圍，而以其餘為英之勢力範圍，互相尊重對方之利益。

中日戰爭　東亞新興之日本恃其淫威，於一八九四年大敗我國。進兵滿洲，逼我承認高麗之獨立，並割據旅順口及臺灣。遼東半島中之旅順及大連兩港，本為俄羅斯久欲染指之地，今為日佔去，殊不甘心；遂聯合歐洲各國起而干涉。

俄法德三國之干涉　是時法在雲南，雅不欲再肇事端；又與俄為同盟國，其助俄固宜。德法為世仇，法與俄合，恐俄人助法制德。其勢不能不參入干涉之以示親俄。三國代索遼東之舉，因以成立。時俄人已洞悉日本之虛實。陸軍留守於遼東，海軍遊弋近臺灣。精疲力盡，勢難再戰。其機可乘。俄人密遣太平洋艦隊，積極備戰。德法二國，亦莫不然。倘戰釁一起，海路斷絕，遼東之日軍，決難生還。日皇怵於眾怒難犯，不得已將二港交與中國。清廷加付賠款三千萬兩與日本。孰料遼東雖假外力而復歸中國，日後竟為中俄密約之資料，及各國租借軍港之先導耶！

道勝銀行　俄羅斯固以長於外交名於世者也。其對中國尤汲汲不忘；無奈羣強環視，計不得售。乃先餌誘我國代借外債。先是清廷自中日戰後，既耗軍費，又賠鉅款，國庫空虛，理財乏術；不得不添募外債。然俄之財力有限，不似英，法，美之富庶，遂運動法國之銀行家，代辦一萬萬兩之借款。更設俄清道勝銀行，以操縱華北之經濟。

中俄密約　一八九六年俄皇尼古拉第二行加冕禮，各國皆派專使往賀。清廷亦循例派遣。俄使堅欲李鴻章充任使臣，清廷許之。及李抵俄都，俄政府即面索助華退還遼東之報酬。加冕之日，復勒令李鴻章簽字，贊成俄政府預訂之計劃。當其開議之始，俄人恐外國之干涉，破壞秘密之條約，乃假託籌借國債之名，使內務大臣任其事。所訂條文，極形苛刻。關於鐵路，則俄人獲得滿洲之築路特權。關於礦務，則黑龍江及吉林長白山等處所產五金之礦，准俄國開採。關於軍港，則許俄租借膠州灣，得停軍艦；旅順口，大連灣不得讓於他國。但亦許俄停泊軍艦。關於兵權，則俄兵得駐鐵道近傍，以資保護。諸如此類，不一而足。關係中國絕大之事，今竟斷送於樽俎之間，可勝浩歎！

滿洲　閱二年，俄羅斯強向清廷租借旅順口，大連灣，訂期二十五年。於是俄羅斯遂得其多年希望終歲不凍之海港。旋藉此為根據，將建新俄羅斯於滿洲。翌年，忽欲置關東省於遼東半島頒行治民律，稱哈爾濱市為首府。又經營其所握之東清鐵道權。每十里必建屋，駐哥薩克兵。雄心逐逐，已不視滿洲為中國之領土矣。

中國拳匪之亂　中國歷受歐人侵略之橫暴，遂有排外思想之醞釀。一九〇〇年，拳匪亂起，焚教堂，殺教徒，勢甚猖獗。英俄等八國聯軍來攻。七月間，俄，日軍隊克天津；八月，聯軍陷北京。俄之軍隊，淫掠無忌。雖曰勝利，名譽掃地，迨訂和約，俄租借旅順口，期限為九十九年，並獲大宗之賠款（一三〇，三七一，一二〇兩）。西伯利亞鐵道亦得伸長至旅順口。

高麗 俄羅斯猶進兵未已，其時內務大臣為柏左坡拉左夫（Bezobrazov），遠東之一探險家也。遠東政策，旋竟操諸柏氏一人。遠背尊重高麗領土完全之條約，強佔租界。其後又奪得鴨綠江流域中之林業權。俄軍於拳亂平定後，仍徘徊滿境，迄未撤退。其佔領野心，不難窺破。一九〇二年，礙於列強之督責，與清廷締結交還滿洲條約，願將滿洲之主權，交還中國。軍隊則於十八個月內，分為三期完全退出滿洲。然撤兵第一期不過略減人數，至第二期不獨不撤退，且於吉林省極力增加。英，美，日，三國羣起質問。俄人不得已，乃轉向高麗進展矣。

英日同盟及其精神 當俄羅斯霸佔滿洲之時，日人汲汲自危，日使小村壽太郎在北京屢與英公使相提攜，以示友善；蓋三國干涉遼東以還，日本以英國並未參加干涉，故願與之接近。及拳匪起，乃誘英國託日本出兵，故英國首相曾函其友，謂能出兵至天津救西人出險之國，惟有日本，且擔保日本無他意，為之籌備軍費。英日友誼，於是頓形密切。其時英國對極東政策，亦甚積極。但無進取意，若能與俄羅斯之勢力均衡，已可云足。不料俄既囊括滿洲，復在西藏一帶，蠢蠢欲動。使節往還。英為之憂。西藏者，英所認為己之利益範圍也。俄既如此，不得不速結同志，以謀對付。由是英，日二國，實際之同盟遂成。一九〇二年一月三十日，締結條約。兩國承認中國及高麗兩國之獨立。兩同盟國約定，兩締約國之一方如受第三者攻擊，他一方之締約國，須直接援助。倘使一締約國向第三者攻擊，他一方應守中立。

英日同盟之意義 英日同盟之精神，名義上為保守中國及高麗之獨立，實則恐英日兩國在中國及高麗之利益，為俄羅斯所侵害。故必締結同盟，以抵禦之。其約文中，首述締約國之利益，因他國侵略，或因中國、高麗內鬨，而受損害時，得以獨斷執行必要之手段。其處心之毒，可以想見。非特此也，遇有締約國之一方與第三者交戰時，對方應援助本方。消極方面應停止接濟敵國。一旦太平洋中，日俄若有戰爭，自易操勝券也。揆其真意，亦無非畏法德之助俄羅斯耳。

俄法擴張盟約 英日同盟之效用，原在維持東亞之和平。故同盟條約發表，各國多無異議。惟俄羅斯以英日同盟，足使遠東之勢力，變為孤立。前途發展，不無阻礙。故將昔年為歐洲政略所結之俄法同盟關係，實用於遠東方面。三月十二日，特宣告擴張盟約之內容，謂俄法二國在遠東之特別利益，因第三國侵略行為，或中國內鬨，而受侵害時，兩國政府得取防衛之手段。至此俄法同盟與英日同盟，針鋒相對，均衡其在太平洋上之權勢矣。

第三節 日俄戰爭

日俄宣戰 拳匪之亂雖終，而東亞仍密佈戰雲。自俄羅斯佔據旅順口及擴張其在南滿洲之勢力後不特能制中國於死地，即日本立國之基礎，亦必因其控制黃海，日本海而為之動搖。故一九〇二年，英日同盟後，即與俄羅斯直接交涉。從此中俄爭持之滿洲，一變而為日俄爭持之滿洲矣。日本屢次提出抗議，迫俄退讓滿洲，尊重高麗之領土完全，而交涉迄無要領。乃於一九〇四年二月五日，與俄羅斯斷絕國交，命駐俄公使下旗歸國，即日開始戰爭。

實力之比較 時俄羅斯政府極形腐敗，國內且常有革命之舉動。旅順口與鴨綠江距歐洲俄羅斯之東境，有三千英里之遠。處此萬里不毛之荒原，其交通機關，則惟一線單軌之西伯利亞鐵道。至於日本自明治維新後，立志圖強；中日戰爭，日本費無數金錢，耗無量血汗，經二年之艱難辛苦，所得之遼東半島，因三國干涉不得已而讓出。臥薪嘗膽，每思報復。其海軍以俄海軍為標準。故優於俄羅斯。今者戰場距離殊近，呼應較便，當更勝俄一籌。

鴨綠江之激戰 日本自開戰以後，先敗俄羅斯之海軍於旅順口外，俄軍遁入港中，不敢輕出。日軍乃得乘機於仁川上陸，擊沉停泊該地之俄艦二艘。旋率聯合艦隊，由高麗趨鴨綠江。輜重隊冒彈丸，趕造渡橋，日軍次第渡河。五月一日行九連城總攻擊，佔領摺鉢山，攻克腰溝，馬溝，榆樹溝；石城亦破；九連城全陷。是役為日俄陸軍第一次激戰。勝敗攸關全軍，士氣勇毅百倍。於是難攻易守之九連城一戰而歸日有。乘勢乃向遼陽進發。

日本海戰勝利 日本大本營作戰計劃之重要點；一出雄師團至關東州，一制黃海，日本海之海上權。為欲達此目的，遂實行封閉旅順口，使俄艦不能出港。然俄艦屢圖脫逃，皆被包圍擊敗。海參威艦隊，雖亦來戰，但均潰散。於是極東俄羅斯之海軍力，大受損失；海上權全歸日本所有。

當鴨綠江戰捷之後，日本第一軍即略鳳凰城等地。第二軍亦陷金州。九月破遼陽。俄軍大驚。集守奉天。俄皇諭告大將苦魯派鐵金（Kuropatkin）速恢復遼陽，以救旅順之急。日軍仍猛禦之，於沙河附近。兩軍死傷枕藉，其情至慘。

旅順之投降 其時日本大將乃木希典圍攻旅順口，旅順俄軍以勇毅之軍隊，精利之武器，嚴守太平洋之第一天險要塞。屢以猛烈礮彈，殪滅日軍將卒無算。日軍仍奮往直前，終得逼進戰線內，於十二月杪連佔雞冠山，二龍山，及松樹山。至翌年一月一日，旅順口之俄羅斯軍隊力不能支而降。

奉天之役 此後陸軍之大戰，惟奉天會戰之一役。依日將作戰計畫，戰線可四十餘里。兩軍總數達八十五萬，大礮二千五百，蓋一大戰爭也。三月間，日軍以全力攻奉天，陷焉。是役也，日軍死傷總數，達四萬二千二百名。俄軍死戰場者，約及三萬；被掠擄者，四萬以上。其激戰情形，概可想見。苦魯派鐵金以戰敗辭職。大將黎尼維齊（Linevich）代之。以恢復敗軍秩序，不遑作戰；日軍乘機追進，又佔地多處。

俄海軍之覆滅 當海參威艦隊破滅，及旅順圍急之時，俄羅斯政府決意派遣波羅的海艦隊，遠赴東方，以解旅順之圍。一九〇五年五月中，抵高麗海峽，過對馬海峽。數小時間，其軍艦之被日本海軍上將東鄉平八郎擊沉者，達二十一艘，捕獲者七艘。至是俄羅斯之海軍，可謂全軍覆滅矣。

泡子茅和約 俄既敗績，日亦不利於久戰。美國大總統羅斯福根據海牙和平會議約章之規定，設法調和。兩國政府皆應其勸。斯時日本恃其戰勝，欲凌俄國，將要求賠償軍費。然俄羅斯以日軍雖勝，但未進俄境一步；且深知日本精銳士卒悉盡，庫支空虛，豈肯甘拜下風，以戰敗者自居耶。故日俄談判，日方頗難順利。兩方公使先後抵美國 New Hampshire 省之泡子茅（Portsmouth）。九月五日，和約告成。俄羅斯承認高麗之獨立，撤退滿洲兵，海參威幹線作為非軍事鐵道。由俄羅斯保管。此外並割讓樺太島（Sakhalin）南部之地，又讓與旅順，大連租借權，及哈爾濱以南之鐵道。此次雖為日俄間之和約，而實際上則多涉及中國。遼東半島隱為日本之勢力範圍。吉林，黑龍江二省，仍不能脫俄羅斯之關係。然日本既抗過強俄得列世界強國之林，雖耗巨金，死將士無數，亦足償所失矣。

第五章　一九〇四年後之解放運動

第一節 日俄戰爭以後

戰爭之影響　一九〇四年二月五日，俄羅斯與日本之戰釁既起，國內維新黨人，多以此種戰爭原於官吏處置之失當，頗為不滿。赴戰兵士，多思逃竄；但軍法森嚴，祇得肩槍攜彈，遠涉遠東。兵變刦掠，時常發生。海軍有中途反戈助革命黨以起事者；惟勢孤力微，卒未有成。其時軍隊尤腐敗異常。軍需及紅十字會基金，多飽入高級軍官及皇室貴族之私囊。人民雖怨而不敢言。迨日本戰敗俄羅斯之陸軍，殲其海軍，圍攻旅順口。俄羅斯帝國之軍事基礎，全行動搖。此種戰爭失敗之恥辱，政府腐敗無能之表徵，均足使革命黨人得機宣傳，推翻專制政體。數月之內，人民議論紛紛；出版言論，皆得一時之自由。民眾復持械遊行於彼得格勒及莫斯科等處。且高呼「停止戰爭」，「打倒專制政府」。然政府方面，固未料戰爭之結果竟如斯也。

普雷味及其被刺　其時內務大臣為普雷味，俄羅斯人所切齒痛恨者之一也。彼自一九〇二年得權後，始終施行苛政。吾人固已知其殺戮維新黨人之殘忍，壓抑芬蘭人之嚴酷，及唆使暴民屠殺猶太人之苛虐矣。然彼於日俄釁起，屢戰屢敗，人民憤激之際，猶不稍自覺悟。公共之聚會也，必嚴禁之；新黨之集議也，必放逐之；國人益忿恨不平。一九〇四年七月二十八日，遂有莫斯科大學畢業生某，拋擲炸彈殺普雷味於途中之舉。俄民皆大歡喜。革命社會主義黨之中央委員會宣告世界民眾曰：「吾黨誓死推翻專制政體。今次殺普氏者，即為吾黨。所以暗殺之者，則為普氏壓制太甚，不許人民有絲毫之自由。」其結論謂：「吾輩之暗殺舉動，絕不違背正義。若在文明自由之國家，採此方法者，吾輩必極反對。然在俄羅斯，君主專橫若斯，人民又毫無權利得以矯正腐敗之政府。故今日之出此，實乃利用革命勢力而與專制政體一決戰耳，不得已也。」

尼古拉第二傾向自由　俄帝尼古拉第二之態度，漸趨緩和，一洗普雷味時代之苛虐政策。九月間，令米耳斯啟（Mirski）任內務大臣。新大臣曾宣佈方針，略謂：俄羅斯今日雖仍不宜遽採立憲政體，然地方議會則應與以較廣之言論，及行動自由。善良之政府，當視人民對政府之信仰心如何而定。此項議論頗受維新黨人之歡迎。於是出版獲得自由，人民可發表輿論，及各項請求。一九〇四年十一月，各地方議會得推選代表，集會於彼得格勒，以討論國家之急務。其他團體，亦能作如此討論。諸如律師，文人，學者，市議會，及各種專門人才，皆批評當時政治社會之腐敗，並請求改良。此種自由情形，為俄羅斯歷史上空前之現象。數月前當普雷味時代，此種集會非但必令解散，且其參與會員，亦當嚴重懲治。

維新人物之請求　就報章或雜誌上發表之言論觀察，維新黨人之意見頗為紛歧。然亦有數點相符合者，彼等俱要求俄羅斯應以法律治國。以前之慘刻員警制度，應即取消。彼等要求西歐人民所享之公民權利；即信教，言論出版，集會，結社，公判等等之自由。彼等更要求政府准許人民應有參與地方政府之權利。政府須建設國會，制訂國家之法律，並組織憲法會議，以編造根本憲法。後二項之要求——組織憲法會議，編造憲法，國會制訂法律——比較上為最重要。但無論如何要求，俄羅斯皇帝絕無允諾之意。是以人民怨恨難釋，加以日俄戰爭不利，激憤尤甚。

國內之騷擾　是時俄羅斯軍隊，正為日本戰敗；故國內之秩序大亂。後備軍之逃往德意志及奧大利者有之，被逼而開往戰線者有之。及奉天南部失守，兵士復被逐北退。狼狽情形，足使國內不安。其時商務受戰爭影響而虧損者甚多。失業之工人，更不可勝計。加之收穫欠豐，民生益困；焚毀房屋，罷工，暗殺等事，常有發現。

紅禮拜日 革命運動，繼續不息。戰爭愈烈，革命之呼聲亦愈高。一九〇五年一月二十二日，發生一極可怖之事；即世人所傳之「紅禮拜日」是也。時有多數工人，由一急進派之牧師名干朋（Gapon）者領導，齊赴彼得格勒之皇宮，以便於俄帝之前，親陳民瘼；蓋若輩對其廷臣無信任心也。不意哥薩克兵驅散鞭擊，而禁衛軍竟實彈射擊。人民死傷無算。

一九〇五年間，騷擾混亂之事，幾無日無之。米耳斯啟措置未當，反動派又起誹謗。內務大臣一職於二月間更易布立昆（Buliguin），昔年之舊觀，再次復活。政府方面，仍事慘殺與壓迫。革命黨方面，則報以暗殺與暴動。工人同盟罷工之舉，時有所聞；農民則焚燒貴族宅舍。海陸軍之兵變，亦層出不窮。俄皇之叔塞澤阿斯大公（Grand Duke Serzuis）素主專制，於二月十七日亦被暗殺。此時俄羅斯幾陷於無政府之狀態矣。

一九〇五年八月宣言 俄帝為緩和反對思潮起見，不得已於八月十九日宣言，召集人民渴望之國會。限一九〇六年一月以前開會，由全帝國內之人民代表組織之。但關於君主之權利，勿准討論。此宣言仍使赤心革命者失望；蓋此國會，名雖代表全國國民，實則不過一立法之諮詢機關。其選舉皆操於人民所痛很之貴族手中。工人與從事於專門職業者，皆無選舉之權。國會之會期，並無一定。選民人數之少，出乎意料。僅就彼得格勒一地而論，其人口在一百五十萬以上，能有選舉權者，不過九千五百人而已。

同盟罷工 革命黨人既不滿意於俄羅斯皇帝之辦法。遂繼續努力，以求貫澈原有之主張。惟徒手人民，勢不能與政府之齊全軍隊抗，故唯一辦法厥惟同盟罷工，以強迫政府順從民意。一九〇五年十月，俄羅斯同盟罷工發生，國內鐵道，航路，停止行駛。交通立即斷絕。旅客祗得繞行於大道或河流之中。商務停頓，商人不能貿易。凡大工廠皆行罷工。商店除售賣民食者外，一律罷市。大城之中，煤氣，電氣，來源斷絕。藥房在政府承認革命之前，不售藥品。大學學生罷課。律師罷業。司法機關亦祗得停止工作。新聞紙亦中止出版。其紊亂之狀，有不堪言者。

十月宣言 此種狀況，足使社會發生危險，但能促政府之反省。俄羅斯皇帝迫不得已，於一九〇五年十月三十日，宣言允許與國民以言論信教及集會之自由，擴充選民人數，至永久選舉法，則當取決於將來之國會；最後並謂以後未經國會贊許之法律，不能發生效力。人民代表對官吏之行動，得有監察權利。維特即任總理大臣。二十年來人民所疾首痛恨之坡彼多諾塞夫卒被罷免。人民稱快。

人民要求憲法會議之結果 但員警及貴族，仍欲施行以前之慣例，——解散集會，戕殺平民，任意逮捕。——人民方面，對俄帝允許各事，本不滿意；蓋彼輩所望者，尤在憲法會議之成功，以確定人民應有之權利自由，而不為員警等再來蹂躪。俄帝不許。十一月間，遂復有罷工事件發生。新加入之團體甚多；郵差及電報司機乃其顯例。海陸軍兵變，及羣眾毆擊猶太人等事，時常發現，為西歐各國所譏誚。莫斯科及其他地方，屢有巷戰。政府一面雖不許組織憲法會議，而一面又下令進行選舉國會議員。政府更允許芬蘭得享昔日之權利，以安其心。然俄羅斯終不免內鬨。反動派極欲奪回已失之威權；維新派則思如何防止舊勢力之恢復。其時暴虐政治，在俄羅斯固未嘗斂跡。一九〇六年，報館之被封者，達七十八家；記者之被捕者，五十八人。百姓之被監禁或放逐於西伯利亞者，動以萬計。俄羅斯境內一大部分，均已頒行戒嚴。凡此諸端，皆為尼古拉第二於十月宣言，允准人民得享自由權利後，所發生之事也。

帝國參政院 俄羅斯皇帝已允許召集國會，以為制訂法律，及監察官吏行動之機關。但未及實行，遽而變卦；忽下令組織帝國參政院，以為立法機關之上議院。其議員則為貴族廷臣，或與舊勢力常相接近之人。法律之成立須經參政院與國會共同之贊許。此種制度猶如西歐各國之兩院立法制。

革命運動之衰微 十月黨。一九〇六年之革命潮流，益形澎湃。惟以種種關係，其實力反較消滅。一九〇五年九月，日俄戰爭媾和後，前敵之軍隊均調回國內，以鎮壓後方。俄羅斯人民經過兩年之戰爭，及國內之混擾，咸思太平，極欲發展商務，以維持社會之秩序。是時，革命份子漸趨瓦解，終日黨爭，精力徒耗；非但社會民主黨及社會主義革命黨，意見紛歧，各樹一幟；即自由主義之維新人物——從事於專門職業者及地方議會議員——亦因憲法問題別為數派。其著者有民主立憲派（Constitutional Democrats）領袖為密利可夫教授。此派主張急進，世人稱之為青年黨（Cadets)。對俄羅斯皇帝之允許自由命令，認為不滿；要求第一次國會，應制定憲法，建設一完全平民化之議會，以便執行最高之立法職權，並監督君主及廷臣之行為。又有十月黨者(Octoberists),為保守自由主義派。其黨員多為地方議會之議員。對俄羅斯皇帝之十月宣言，並無異議。彼輩以為國會之設立，乃為約束專制政體，非欲取而代之也。青年黨人之目的，在根據平民政治之原則，建設立憲政府。十月黨人之目的，則為根據神聖皇帝之允許，而建設立憲政府。就大體論之，青年黨人主張波蘭自主，以為俄羅斯應採取聯邦式政府。十月黨人則受大斯拉夫主義之影響，欲行愛國之俄化政策。

反動派之團結 各大地主見鄉村秩序紊亂，頗為驚駭；深恐將來國會組織成功，將沒收若輩之財產；故聯絡反動之皇族軍隊中之官員，及守舊之大斯拉夫主義者，共同合作，以阻止最近頒布之法令，並維持其威嚴酷厲之專制政體。反動派合組「俄羅斯人民大同盟」。於一九〇六年起始活動。

反動派之恐怖主義 自一九〇四年至一九〇五年，俄羅斯本有革命黨之恐怖主義，暗殺廷臣，剷除奸吏。今日則有反動派之恐怖主義「俄羅斯人民大同盟」，僱用暴徒，組織黑百黨（Black Hundreds)，專以殲滅維新黨人，騷擾村鎮及虐殺猶太人為快事。

第二節 國會之權限及其產生

限制國會權利 司托里濱為相 是時革命勢力，既日漸散漫，而反動勢力又逐步加增。政府遂乘此機會，恢復其舊日之權利。一九〇六年三月，俄帝下令組織帝國參政院，以充國會之上議院後，即正式宣佈其方針：國會不得討論國家根本大法，與立法機關之組織法；指揮海陸軍及決定外交政策，乃俄帝應享之特權；國會散會期間，各大臣得頒行臨時法律；交涉借款事宜，應歸財政大臣負責並規定，國會若不將新預算案通過時，政府得以當年之預算案，繼續施用。至一九〇六年四月，俄帝受黑百黨及反動派之包圍，罷貶維特，而以保守之反動派名哥立米金（Goremykin)者繼相位，以司托里濱（Peter Stolypin) 充內務大臣。司托里濱者，新閣中之健將，一九〇六年至一九一一年間，著名之官吏也。一九〇六年七月，繼任總理大臣； 竭力周旋於專制政府，及國會之間。一面拒絕主張廢除國會之反動派，一面對革命者之犯罪，嚴重懲辦。

第一屆國會 議員派別之分配 第一屆國會之選舉期為一九〇六年三月與四月。至五月六日遂舉行成立典禮於彼得格勒之冬宮。議長為著名法學家墨魯塞夫(Maromtzev)。開會日，俄帝尼古拉第二親自蒞場訓話；勸勉各議員努力恢復俄羅斯之文明，並擴張其威權。但本屆國會議員，雖非由人民直接選舉，而反對政府者竟居多數。五百二十四個議員中，有二十人為十月黨黨員；一百八十五人為青年黨黨員；一百人為勞動團體 (Labour Group) 份子；餘則為國內之民族上及宗教上之代表。反動派及社會主義革命黨均未當選。前者因贊助人太少，後者則因反對欽定之代表法，故不加入。

人民之要求 其時議員之希望甚奢。首先要求俄帝大赦政治犯。某議員曾演說曰：「俄羅斯國第一次代表大會之第一主張，應注意於「為國犧牲之志士。」但政治犯之被赦者，僅其一部而已。其次要求改良帝國參政院之組織，蓋皇帝既有權操縱此第二院，則人民議員之工作，隨時有被取消之虞。其次要求大臣應對國會負責，俾人民得實行其監督官吏之權。其次要求國內之戒嚴法，宣佈解除；並通過議案，廢止死刑。最後議員為謀農民之利益起見，更要求土地之屬於國家帝族及寺院者，須允與農民永租，以免農民之屢被壓迫。」

國會批評政府 國會開會兩月有餘；議員爭辯斷斷，辭意精密。農民以此而享盛譽者頗多。議員對於政府之劣跡，大肆批評，毫無顧忌。會中恆起波折，各大臣之地位，不若昔日之尊重。然帝國參政院與俄羅斯皇帝，多方阻梗，務期破壞。

解散國會 國會中爭論之點，即內閣責任問題。國會要求內閣對國會負責，以便人民真正參與政治。但俄帝堅持拒絕，會議因而停頓。民眾大起恐慌，秩序紊亂。農民之激烈者，要求國家立將國土無條件的分配於農民。俄羅斯皇帝見大勢不利，遂毅然於一九〇六年七月解散國會，認為絕對失望。並謂：「國家之代表，今棄其本職，捨立法事業之討論，而涉及彼權限範圍以外之事，殊屬違理。且地方官長之行為，皆受朕命；國法之缺陷，僅朕一人能有修正之權；今國會亦欲干涉，焉得不解散之。」故訂一九〇七年三月七日，重召新國會，以解決糾紛。

威堡宣言 議員於國會解散後，多赴芬蘭之威堡（Viborg）。共發宣言，反對解散國會。宣言之署名者，達二百三十人之多。彼輩鼓吹國民，「力爭人民代表之最高權力」；且勿服務軍隊，或繳納捐稅。凡未經國會通過之債務，概不承認。但人民非漠不關心，即畏懼皇權；故宣言雖出，而結果毫無。政府乃變本加厲，凡署名於宣言者，暫時褫奪公權，不准當選為第二屆國會議員。然歷時未久，此輩為民眾爭權利之人，竟被放逐或被斬決矣。

第二屆國會解散 一九〇七年三月五日，第二屆國會正式成立。其意念亦不能與政府一致。國會與內閣之意見，瞬即離異；惡感愈烈。政府卒捕議員十六人，並宣佈其他散播革命傳單者之罪狀。於是議會復受打擊，頗遺反動派之口實。政府乃防患未然，於一九〇七年六月十六日，解散國會；下令於九月進行新選舉，於十一月再次召集。

俄帝之意見 同年六月，俄羅斯皇帝上諭謂，兩屆國會皆未能真正代表人民；蓋以「選舉法之不完善，足使一般不能代表人民利益之人，當選為議員也」俄帝復宣稱，祇有彼一人能創制或廢馳法律；因「上帝曾與吾輩最高之君主權力；俄羅斯之命運，皆屬天意」。

新選舉法 編制法律須經過國會之通過。此乃各國立法之常規。今俄羅斯竟違背此立憲精神，獨自改正代議制度，並違反民治原理，按階級與家產限制投票資格。然考此新選舉法之由來，不外二大緣因：（一）減少俄羅斯以外民族之代表人數；（二）增加有地產之貴族代表。波蘭代表人數由三十七減至十四；高加索代表由二十九減至十；至於得選派代表為國會議員之城市被裁減者，亦有二十處之多。國會議員額數，茲僅餘四百四十二人。其選舉方法，較昔複雜。將人民分為四個階級——地主，商人，農民，工人。每一階級得舉複選人若干，組織議員復選機關。由此機關再產生國會議員，但代表之分配法頗欠公允；蓋地主佔復選人百分之六十，農民佔百分之二十二，商人佔百分之十五，而工人則僅佔百分之三。選舉事宜完全操之於官吏。各處傳播保守主義。凡反抗政府者，咸遭壓迫，極難當選。於是希望能於一九〇七年十一月十四日召集之國會，全為保守舊黨所包辦。間有二三維新黨員，亦不過寥若晨星；政治上無有勢力也。

政府之反動政策 司托里濱時代之政府，頗著力於國內之秩序問題。反革命運動乃益激烈。一九〇六年至一九〇七年間，恐怖主義者曾殺害官吏，約四千一百三十一人。一九〇八年約一千零九人。司托里濱與之對壘。一九〇七年，因政治關係而被懲禁者約二千七百餘人，殺戮者約八千餘人。一九〇八年經軍事裁判，處決死刑者達八千餘人。其被放逐邊境者，達一萬四千餘人。其時有老革命黨員，名蔡克夫斯基（Nicholas Tchaikovsky）者，因三十年所犯之罪，而被監禁；旋經英美二國友人之保釋，始得放出。一著名之女革命黨員年已七十，亦被放逐於西伯利亞之荒原，可謂酷矣。反動派之恐怖主義者，為「黑百黨」。若輩排斥猶太人，並激起暴動，以逞其志。芬蘭亦滿佈反動勢力。一九〇九年諭令芬蘭議會停止管轄其軍隊勢力，並宣稱芬蘭大公應遵從俄羅斯政府之意志。一九一〇年俄羅斯政府擴張國會之權利，得制定關係芬蘭內部事體之法律。芬蘭之自由，因而摧殘殆盡。歐洲各國議會羣提抗議，謂此種辦法有背自由平等之原理，足證當時輿論之一斑。同年，國會曾通過一種規定，波蘭選舉權之法律案，而為帝國參政院所拒絕。俄羅斯政府據憲法中「緊急之際」，一條為基礎，以俄帝之命令宣佈此種法律案為法律。於是國會以二百零二票對八十二票彈劾司托里濱。其時國民之恨司氏，不亞於恨普雷味。多次暗殺皆未果。卒於一九一一年九月十四日，當司托里濱在基輔一戲園中時，被刺身死。刺客名波格洛夫（Bogrov），猶太人，素充律師。司托里濱死後，繼其位者，為科科夫塞夫（Kokovtsev）；乃當代著名之經濟學家，亦反動派也。

第三屆國會之成績 第三屆國會之壽命，不過五載，於一九一二年六月停止開會。自一九〇七年，國會曾通過數件極有價值之議案。其一，為一九〇九年通過者，乃承認一九〇六年十一月俄帝之命令，許農民得享有其所分得之土地，並免其繳價。以前之村落公產制度，因而廢止。此項議案，有如亞歷山大第二（一八六一年）釋放佃奴令之裨益平民也。其一，為涉及工人保險計劃之議案；其一，涉及地方司法制度之改良；另一，則涉及如何以希臘教會管理小學教育。總之，此第三屆國會逢關於大斯拉夫主義之提案，必援助而使成功。立法排斥猶太人，並立法阻止波蘭人之民族運動。其尤甚者，則為一九一二年國會通過議案，贊成增加五萬萬盧布之特別支付，以建設新海軍。

第四屆國會 一九一二年十一月二十八日，第四屆國會召集開會。社會民主黨佔十四名，與上屆在國會中所佔額數相等。工黨佔十名，較前減少四名。其他各黨派地位，無甚變化。關於內閣提出之干涉波蘭一案，第四屆國會曾與帝國參政院稍有衝突，不久即解。政府嚴禁運酒，並主張延長軍隊服務年限為三年零三個月（昔為三年）。國會均表贊同。至一九一四年二月，尼古拉第二以七十老翁哥瑞米金（Goremykin）代科科夫塞夫為總理大臣。於是俄羅斯之政治組織乃得平衡，亦可標以「專制皇帝治下之君主立憲國」矣。

芬蘭問題 一九〇五年芬蘭之革命，對於俄羅斯之專制政策不無打擊。一八九九年之憲法經俄帝廢弛後，芬蘭人幾無日不思恢復其自由。一九〇五年十一月，實行同盟大罷工。火車，輪船，電話，郵局等，均停止工作。首府赫星法斯（Helsingfors）除販賣食品店鋪仍照常開市外，其他商店皆一律罷市。俄帝尼古拉第二以日俄戰爭及俄羅斯內部革命運動之影響，不得已，允許芬蘭人恢復昔日之憲法，並廢除自一八九九年至一九〇三年間之一切苛刻條例。此一九〇五年十一月事也。

芬蘭新議會 芬蘭重起糾紛　自是芬蘭乃恢復自由，組織其自主之政府。一九〇六年五月經俄羅斯皇帝批准改良代表制度。昔日之四級議會，今改為單一議會。由議員二百人組織之。採用普選制度；無論男女，達二十四歲者皆可投票選舉，亦得被選為議會議員。其第一次選舉時期為一九〇七年四月。二百議員之中，有社會黨黨員八十人，女子十八人；別開生面，為俄羅斯破天荒之新紀元。然一九〇八年芬蘭又起糾紛。芬闕議會之權限問題，及芬蘭與俄羅斯之關係問題，先後而起。俄羅斯政府因芬蘭對帝國之支出無何擔負，而國家立法若不使各地一律遵行，則有危險；故對於芬蘭之軍事及財政均欲直轄。芬蘭人則堅守憲法所與之權利，不肯稍讓。是以至一九〇九年之末，芬蘭一隅幾完全變為自主之國家。

第六章　歐戰與俄羅斯大革命

第一節 俄奧交惡及其影響

歐洲之局面　自柏林會議以還，歐洲境內幸能保持一種岌岌可危之和平者，垂三十六年。此時期中，各強國間雖無戰爭；然固已互相傾軋，互相猜忌，其未即以兵戎相見者，幾希。俄帝尼古拉第二，自一八九九年召集萬國和平會議於海牙後，聲望隆隆日上，洋溢寰宇。至一九〇七年復召集第二次和平會議。全世界之獨立國，幾無一不有代表參加。惟各代表皆因外交關係而來，未嘗有世界共同之見解為其思維之指針。普通民眾，更不知世上有此等會議之舉行。列強咸畏此後若有戰爭，耗費至鉅。故欲藉此減輕其代價。非不得已時，務以創設之國際新法緩和之；不使戰爭衝突之發生也。

英俄邦交 二十世紀初葉，俄羅斯之外交方面，固有俄法之同盟矣。其目的先不過為謀商業上之聯絡，攻守時之助援；俄羅斯人對之無甚注意。迨俄羅斯革命事起，俄法同盟遂成其導線，國內新黨黨員多仰給法蘭西之輔助焉。其時英法修好，感情漸洽；英人以此遂能在俄羅斯自由營商。日俄戰爭時，英國雖為日本之同盟國，然因斯戰本為俄國人士所反對，故英之商業，得以無恙。

俄德關係 惟德意志深為俄羅斯人民所怨恨；蓋德意志乃唆使尼古拉第二實行遠東政策，而自身則乘機代俄羅斯以侵蝕巴爾幹者也。德皇甘言籠絡，佯倡親善。一九〇四年之俄德修正稅約，毫不顧及俄羅斯之利權。一九〇五年七月，德帝威廉第二百方諂諛，俾得俄國之援助。其時德意志欲奪世界之海上權，故訂約聯合俄法，以抗英國。然俄之外交，素稱乖戾；故未為德意志所愚弄。斯時俄羅斯與英國，使節往返，頗欲修好。英國對俄羅斯之解放運動，亦甚關懷。俄羅斯國會之解散，尤足引起鄰邦之同情；為表示好感起見，英國與俄羅斯訂立協約，以解兩國在波斯之糾紛。波斯北部向為俄羅斯商業所壟斷，今則劃為俄之勢力範圍。其南部則為英之勢力範圍。中部則兩國互享其利。獨波斯領土之完全，兩國允為尊重焉。兩國並同意，彼此不干涉西藏。惟阿富汗則劃為英國之勢力範圍。此時英俄親善，幾為俄羅斯人民全體之意見；蓋若輩相信，聯合英法乃稱雄於巴爾幹及排除波蘭人與猶太人之門檻也。

俄奧交惡 當此之際，與俄羅斯不睦者，祇奧大利一國。奧經營巴爾幹，以伸張其勢力。然無往不與俄羅斯衝突。後以波斯尼亞 (Bosnia) 與黑塞哥維那 (Herzegovina) 二省之動亂，惹起俄土戰爭。以柏林會議之結果，奧大利遂得波黑二省之統治權。名義上雖仍屬土耳其，而實際上奧已駐兵參政。自是俄之勢力為奧所奪，巴爾幹半島殆入奧之範圍。然又恐俄人議其後，故結德奧同盟以防之。厥後日俄戰爭，俄以甫經大創，瘡痍未復；唯注意戡定內亂，以蘇民生；對外之策，有所未遑。奧遂於一九〇八年，宣言正式合併波黑二省。南下之基礎遂定。然最為阻梗者，則塞爾維亞。蓋二省中之居民本屬南斯拉夫種，而塞爾維亞又本欲聯合二省，及蒙特尼格羅國，以建一南斯拉夫大國者也。

巴爾幹戰爭 一九一二年十月，希臘與布加利亞，塞爾維亞及蒙特尼格羅四國聯盟，進攻土耳其。聯盟軍隊屢戰屢勝，不數日塞爾維亞軍隊侵入馬其頓，阿爾巴尼亞北部，直抵亞得里亞海岸。十一月八日，希臘軍隊侵入薩羅尼加。布加利亞，道遠行遲，不得已進佔亞得里雅那堡城；追逐土耳其軍隊，以抵君士坦丁附近之地。土耳其敗後，乃與巴爾幹諸國締停戰之約，遣代表開和議於倫敦。割馬其頓與克里特（Crete）諸地以與同盟諸國。然巴爾幹諸國，互相猜忌；對於分配領土，意見頗深；而斯時羅馬尼亞又欲與布劃定新界，事遂更繁。布加利亞卒向希臘與塞爾維亞宣戰。布以四面受敵，力不能支，乃締約息兵，自是塞爾維亞幅員，視戰前幾增兩倍。奧大利經此戰後，亦受損失；故深不慊於現狀，而亟思破壞之。然塞人初不以此而自足，彼苦戰所得亞得里亞海岸一帶要地，經奧大利之阻撓，竟復讓出，而建設新國，曰阿爾巴尼亞者。俄羅斯向視巴爾幹斯拉夫族諸國，如長兄之撫弱弟，其不甘坐視奧大利之阻撓塞爾維亞，理所當然。惟國內工黨時常鼓噪，內憂正多，雖欲置喙，徒喚奈何！

各國積極備戰　當一九一三年時，各國莫不厲兵秣馬，躍躍欲試。德國國會議決增加非常軍費一千兆馬克。法國聞之，殊感不安，將國民從軍現役年限，自三年改為二年。俄羅斯自日俄戰爭失敗後，本積極改良軍隊；當奧大利合併波黑二省時，俄以設備未竣，竟屈於德帝之一紙調和。由是國民益憤，與政府以擴張軍隊之良機。一九一三年七月，逐列國之後，亦通過新陸軍預算案：縮短現役年限。當此之時，箭在弦，刀出鞘；列強大戰，固意中事也。

歐戰之導火線 一九一四年六月杪，奧大利政府舉行陸軍演習，於波黑二省境內。皇儲斐迪南（Francis Ferdinand）大公與其妻，親往檢閱。歸時息於波斯尼亞首府，薩拉業服（Sarajavo）。途遇兇徒，被刺而死。歐洲時局乃急轉直下。戰雲密佈。奧大利以為塞爾維亞之當局，實有暗助此種陰謀之嫌疑；故須負此次暗殺之責任。雖奧大利所遣調查員之報告謂無實證可以加罪於塞爾維亞政府，而奧國政府仍竭力誅求，務使此事變為戰爭之導線。七月二十三日，奧大利致最後通牒與塞爾維亞，限於四十八小時內答覆。塞爾維亞之答覆，實際上已不啻完全屈服。時英國外交大臣格雷（Edward Gray）亦極力斡旋，謀召集一列強會議；而奧大利卒於七月二十八日對塞宣戰。

俄羅斯宣戰 先是奧塞宣戰前，奧大利即通牒各國，謝絕調停。然俄羅斯向以扶助友國獨立為名，焉能袖手而旁觀。況俄羅斯歷年求得海權之心甚盛，若塞爾維亞果為屈服，必成奧屬脣亡齒寒，巴爾幹諸國皆將不保；則俄人出海之望，豈非永決？昔年柏林會議，俄已屈從，積恨在胸；正所謂舊仇未復，新怨方興；若不乘機一呼，何以洗前此之貽羞乎？故毅然動員，積極備戰。德國以聯盟關係，遂於八月一日，助奧與俄宣戰。世界上之空前大禍，乃猝發矣。

第二節 俄羅斯參戰

俄羅斯內部之團結 當奧，塞絕交之先，俄羅斯屢有革命事體發生。此為數十年來，俄國心腹之患。七月四日同盟罷工。工人聚會，要求自由。與警士激戰於街巷之間，雖有死傷，未或稍餒。舉凡電信，鐵道，均被隔絕。政府雖加嚴禁，毫無效果。不數日間，蔓延至莫斯科各大都市，勢不可遏。然至奧塞絕交，羣眾動於大斯拉夫主義，粗暴行為，不撲自滅。國民愛國，有如是者，誠可欽佩也。惟歷代俄羅斯政府概取壓抑政策，屬國如波蘭始終未肯心服，遇有機會，難免不叛。是以俄帝於戰爭起後，即許波蘭自治，以緩和之。波蘭人遂亦力戰。

俄軍侵入東普魯士 一九一四年八月，俄，奧，德，既互相宣戰，俄遂分兵兩道：一入德國之東普魯士，一入奧國之加里西亞（Galicia)。其目的則在攻德軍之背，與英，法聯軍遙相呼應。時德軍注力於攻法。蓋法為西歐重心；克法，不啻功成也。俄遂得機襲擊，以大隊人馬，勝德軍於袞賓能（Gumbinnen) 附近地方。俄遂入東普魯士。德民逃竄，狼狽不堪。德帝憂之，遣大將興登堡為東方集團總司令。出兵於和恩斯田（Hohenstein) 及坦能堡

（Tannenberg）等地，開始攻擊。八月之杪，戰勢益烈。俄羅斯將領意見不合，未能互相援助，遂大敗。死傷無算。德軍既勝，復進攻阿來（Al1e）河畔及馬薩林湖（Masurian），逐俄軍出東普魯士。所幸俄羅斯軍隊之入侵奧大利者，較為順利；在加里西亞境內所向披靡。九月三日，攻克勒謨堡（Lemberg），更北援俄之中央軍，連破多城。二十一日，取惹羅斯蘭（Jaroslan），奧軍大窘。相與潰遁。於是加里西亞東中兩部，遂為俄軍所佔有。是時俄軍五師，進逼普贈密斯爾（Przemmysl），屢攻未克，奧大利之危機因以脫過。然俄軍於加里西亞挫敗奧軍，牽制德軍之西進，以濟英，法之眉急，為功甚偉。

波蘭方面之戰爭 其時西陸戰場，德軍失利，未達破法之願。東陸之奧又敗於俄，失加里西亞之大部。腹背受敵，德意志頗難應付。於是變其戰略，而攻波蘭。奈俄軍強勇，德軍攻略未遂。俄羅斯乘勢猛追。德奧同盟軍，因皆敗退。十一月上旬，俄軍再攻普贈密斯爾城。對壘月餘，毫無進益。但在加里西亞之奧軍，卻為俄軍戰勝，大敗而逃。

俄土戰爭 土耳其國勢，日以陵夷。北迫於俄，南制於奧。君士坦丁扼歐，亞交通之門戶，而為強俄所覬覦。政治經濟，概仰外人之鼻息。歐戰爨起，極思有以振作；遂毅然加入同盟方面，與英，法，俄聯軍斷絕國交。惟壤地交接者，祇俄羅斯一國。俄，土向為世仇。故於十月下旬，便起始攻守。十一月上旬，俄軍主力漸次進抵挨爾斯倫(Erzerum)之東北。土軍守禦堅固，不能下。十二月下旬，薩里喀米斯(Sari Kamish)地方，發生較大戰爭，互有傷亡。俄軍先負後勝，卒將土軍追至土國本境，此後兩軍雖有戰爭，而無關重要；蓋兩國已無交戰之決心，其目的不過互相牽制以緩西陸之進攻而已。

一九一五年對德之戰況 一九一四年十一月中旬，俄軍重劃戰線：北自東普，東南至羅馬尼亞國境，以對待德奧。與德會戰處共有二：一在東普魯士，一在波蘭。東普方面，戰線達百餘哩。德將興登堡從容指揮，於二月上旬敗俄軍，入俄境。俄軍狼狽潰遁，泰半皆降德軍。是時興登堡復遣兵駐瓦薩之南。一月下旬，德軍猛襲俄軍陣地，俄雖應戰亦力，而不克持久。至八月五日瓦薩遂陷。

俄羅斯之新作戰 俄軍之圍攻普矰密斯爾也，迄無結果。至本年三月，城中糧絕。俄軍乘機猛攻。二十一日，遂克全城。同時俄軍與奧軍復交戰於匈牙利東部之布柯維納(Bukowina)俄未得利。另一軍則戰於喀爾巴阡(Carpathia)山脈以南地方。地勢險要，兩軍苦戰不休，相持月餘，為俄所佔。德奧聯軍調軍來援。遂為克復。德奧乘勝來救普矰密斯爾，及勒謨堡，均為恢復。八月下旬，奧軍再對俄軍開始攻擊。會塞爾維亞戰事迫急，俄軍往援，此方戰爭遂暫中止。俄皇尼古拉第二乘機下令親任海陸軍大元帥，以壯士氣，軍容乃振。

海戰概況 俄羅斯之海軍遜於德奧者多多。大戰之前，就驅逐艦一項而言，俄羅斯不過共有七十一艘，而德意志一國，則有一百四十九艘。其實力之懸殊也可知。一九一五年之秋，波羅的海方面，俄德交鋒。惟以地勢關係，德艦運用弗靈，而俄軍衹主防守，不事進攻，故無大戰。其次則為里加灣方面之海戰。一九一四年至翌年三月，德艦隊先來攻四次。雙方劇戰。德艦隊負傷而退。八月十日德國復水陸並進，攻里加灣。十八日破之，佔領要塞。然俄軍反攻時，德乃氣餒，旋即退出灣外。至黑海方面，俄土兩國亦曾發生戰爭。至一九一五年初春，俄人獲得黑海海權，與英法海軍攻擊達達尼爾海峽以莫大之助力。

一九一六年之戰蹟 一九一六年三月下旬，俄羅斯陸軍在里加灣南方一帶，對德轉取攻勢。但前線德軍勢盛，遂未成功。六月上旬，俄軍於羅馬尼亞國邊境開始總攻擊，以促羅馬尼亞之奮起。是時，德奧二國以俄軍久敗，不甚重視。未料八月中旬，俄軍竟深入德奧國境。其勢洶洶，同盟軍固無如之何也。

第三節 戰時之內政與三月革命

戰時之內政 當一九一四年戰爭初起之時，俄羅斯之專制政府，已暴露其腐敗無能。俄帝尼古拉第二之昏聵，一如其先之君主，迷信專制，壓抑人民，無所不用其極。惟自前線加里西亞戰敗後，國內輿論大譁，國會遂能藉以活動，聲勢漸長。固非政府所願，然至此已不能不虛與周旋。是時俄帝親征，宮府之中悉為皇后及其嬖臣名拉斯普丁（Rasputin）者所把持。二人朋比為奸，均竭力反對改革事業。其勢力瀰漫於全國，雖俄帝之意志，亦須先經若輩之考慮，而後可以實行。處此污濁政府之下，貪官污吏在在皆是。萎靡不振之氣象，佐以偷惰卑鄙之風習，於是戰爭之設備，大受影響。其兵士之被遣入陣者，既乏礮火之掩護，更無適當之設備。兵隊調遣，類以貨車載運。北地嚴寒，兵士惟有戰慄而已。

國會攻擊政府　一九一六年冬，國務總理為斯都默（Sturmer），乃一營私舞弊之小人，而甘為拉斯普丁做傀儡者也。倒行逆施，怨聲載道。國會乃以單獨講和問題，及交通機關整理問題等，攻擊政府。斯都默見眾怒難犯，辭職引去。繼者為特洛波夫（Troboff），素抱愛國主義，為拉斯普丁之敵。然環境惡劣，反動派依然置喙；且前閣員中由拉斯普丁薦舉之內務大臣普洛托坡坡夫（Protopopoff），仍屹然不動，厲行其專制政策。特氏堅欲罷免普職，而皇后一再向俄帝保舉。普洛托坡坡夫遂得蟬聯，而特氏毫無權力；悵然辭去。在職之期，不過一月有半耳。

權奸之死與政府之昏迷 一九一六年十二月三十日，拉斯普丁在彼得格勒之讌會中被刺而死。兇手為皇后之姪壻，及國會中之一保守黨黨員。蓋皇后與其嬖臣之狼狽，雖皇族至親，亦皆恨之入骨也。帝國中之秩序，雖試謀恢復；然為期已晚，無以為力。加利進（Gal1itizin）維特洛波夫組閣後，遷延至一九一七年二月二十七日，始勉強召集國會。而政府仍謀壓服民眾，命各地方議會及各城市所組織之紅十字會聯合會停止工作。並添配員警，逮捕工人。彼得格勒一地，有三十萬工人對於政府舉行含抗議意味之同盟罷工。當此之際，各地倉廪空虛，民有飢色。雖通都大邑，亦莫不以食物缺乏見告。官僚復操縱指揮，藉以漁利。於是政府之信用，一落千丈。國會遂羣議補救之方。奈政府猶執迷不悟，不肯允許，反令停會。議員不服。革命之導火線，遂肇於斯矣。

三月革命之發端 三月之初，情勢愈急。三日，彼得格勒宣佈戒嚴。七日，紡織工人及其他工人，突然發生同盟罷工。要求麵包之呼聲，遐邇咸聞。「和平」「停戰」之聲浪，亦甚囂塵上。各種工業，均行停頓。九日，工徒數千人遊行示威。高呼革命。軍警憲兵，干涉四散。同時國會之反對政府，愈加激烈。質難當局，並決議「國會與此貪污政府勢不兩立」。首相加利進謁帝於戰地。迫帝下詔，解散國會；然國會處之泰然，置若罔聞。

革命之經過 三月十一日為星期日。彼得格勒之街衢，滿集市民。手執紅旗，唱革命歌。事前政府將戰場上之鐵甲汽車調回，用以鎮壓。至十一日，則由員警及哥薩克兵用機關槍等，向羣眾轟擊。一時老幼男女，紛然逃散。屍血狼藉，滿目淒涼。次晨禁衛軍中著名之服林斯基（Volynski）聯隊，加入革命黨。其他隊伍，亦均取一致行動。築壘市巷，以備官軍。政府至是遂無能為力矣。

臨時委員會 其時一般社會主義者，將羣眾組成蘇維埃（Soviet）——農、工、兵代表會——革命組織，因以完備。京城各處，皆舉行大規模的遊行大會。雖俄帝最親信之禁衛軍，亦不願若輩被派來攻擊叛民之使命，而加入民主主義之軍隊。於是兵工被佔領，員警不問事，各要塞多被襲取，而革命同志亦被釋放。員警總局之秘密文書，均被焚棄。下午三時，國會組織臨時委員會，任維持秩序之責。委員十二人，各黨均有代表。國會議長羅齊安科為委員長。午後七時，召集蘇維埃第一次大會於議院。並發宣言，以後每工徒千人，可出一人於該會，共襄國事。傍晚，國會臨時委員會連接他處軍官之電報，表示服從該會，並願效勞。三月十一日，議長羅齊安科本嘗電請俄帝，更迭內閣；十二日復電達俄帝，促其覺悟；皆無回音。

臨時政府之成立 十四日市內稍呈平靜之象。憲兵警士雖仍多小鬪，居民商店，雖仍有懼心，而陸海軍大部投入革命軍。首相及前各大臣多已被拘。基礎漸固。國會臨時委員會乃組織臨時政府。擁李渥大親王（Prince Livov）為主。聲譽卓著之社會革命黨黨員克倫斯基（國會議員兼蘇維埃之副會長）即當日閣員之一也。

陸軍新令 三月十四日夜間，各大臣開會時，蘇維埃代表前往參謁。次日，蘇維埃表示擁護新政府。但須依普通，平等及直接無記名之選舉召集憲法建國議會。所有地方執政機關，均須以同樣普選方法重新選舉。軍人得參預內政。蘇維埃復要求政府，副署陸軍命令一紙。此陸軍命令，乃足以殲滅軍官勢力者也。此令原限於京域之隊伍，然為期未久，各地軍隊，均得傳誦，此新革命政府所發之命令。軍隊之精神及教練，自是遂渙散矣。

俄帝退位 臨時政府成立後，民皆歸心。俄帝尼古拉第二接電，急甚。然大勢已去，悔之無及。國會決議罷黜俄帝。當尼古拉第二首途返查斯科西羅（Tserskoe Selo）宮時，路為之塞，不得過；轉向卜斯可夫（Pskoff）市，知勢難挽回，於十五日遂下詔退位。讓帝業與乃弟邁克爾（Michael）大公。未幾廢帝尼古拉第二及皇后並侍從等，皆被監禁，不得自由矣。

俄皇朝與世永決 蘇維埃及兵士咸不願皇室之復興。克倫斯基等向邁克爾大公詳述斯旨。邁克爾本人亦宣稱苟無國民一致之表示，則不願繼承帝位。於是俄羅斯之君主政體，與世遂告永訣矣。論者曰：俄羅斯君政之推翻，固不由於守在京都之國會，亦非由於遠處瑞士之列寧(Lenin)及遠處加拿大之托洛斯基（Trosky)，亦非由於駐守彼得格勒之同志；蓋皇室之衰敗，皆因政府自身之腐化無能，及皇后與其嬖臣拉斯普丁之貪污專橫，有以致之也。

第七章　革命後之俄羅斯

第一節 臨時政府下之俄羅斯

三月革命之性質　俄羅斯歷史上之新紀元既已啟幕，則吾人宜研究其年來之革新進步。自臨時政府成立後，國內一時稍定。政府名義上雖以李渥夫為首揆，而事實上則不啻外交大臣，立憲民主黨領袖，密利可夫之內閣。俄羅斯在專制皇帝鐵蹄之下備受政治經濟之壓迫，故此次革命尚含有經濟上之意義。而政府不察，祇認為人民想望民主主義及努力歐戰之表示。於是新政府之第一種行動，即為一九一七年三月十八日新頒布之政治改革計劃。此計劃之要點，則為釋放政治犯，言論自由，出版自由，結社自由，同盟罷工自由，廢除社會上宗教上及民族上之限制，普通選舉，與召集憲法議會。

新政府之新政策　三月二十日，臨時政府向列國聲明仍繼續以前主義，絕不單獨媾和。至二十一日，通令赦免政治犯和宗教犯，並恢復芬蘭之憲法。未幾新政府取消限制猶太人之法律，並承認波蘭自治。政府廢除死刑，設戰時所得稅，沒收皇室和寺院之土地。至於分配土地於農民，及婦女參政權問題，則俟憲法議會決定之。

各黨之暗潮　其時政府勢力，約分三派：一為內閣；一為國會之執行委員會，羅齊安科領之；一為蘇維埃，克倫斯基領之。遇事牽掣，行政主張不能一致。關於戰局，則外交大臣密利可夫仍主繼續戰爭，而克倫斯基則主張非戰。時前敵戰士及一般民眾，均感糧食缺乏。頻年戰爭，早生厭心。在野黨從而鼓吹，漸與蘇維埃取一致行動。民間要求「無割地，無賠款」之和約。與臨時政府為難。

布爾希維克派　當此之時，革命家列寧自瑞士歸抵彼得格勒。列氏要求即刻開媾和談判，並要求協約國陳述若輩戰爭之目的。街衢遊行，層出不窮。俄羅斯人民自由言論，無所顧忌。牆壁滿貼標語。民氣頗盛。至五月三日四日，社會民主黨之一支，曰布爾希維克派（Bolshevists）者，組織反對政府之大遊行，打倒主戰之閣員。然此種計劃，德意志政府實與同謀。於是主戰最力之軍務大臣革奇可夫（Guchkov）因有增無已之抨擊，乃於五月十三日辭職。未幾密利可夫亦於媾和之聲浪中，繼之而去。十七日革命領袖托洛斯基由加拿大返俄。於是布派之勢力，益形濃厚。

新聯合政府　密利可夫及革奇可夫辭職後，蘇維埃對應否參加新聯合政府問題，頗起爭議。最後由克倫斯基主張，以社會黨各派加入內閣，以期與政府調和。遂由四十一票對十九票之大多數通過。新閣中之人物，雖為非社會主義者佔大多數，——屬於立憲民主黨之閣員七人，屬於十月黨之閣員二人，——然內中之社會主義信徒，卻有六人之多。足證新黨努力之結果矣。惟是彼得格勒蘇維埃雖贊成新閣，而在托洛斯基指揮下之布爾希維克派則極力加以反對。

內部之紊亂　至此，勞動者假蘇維埃之組織，與政府及資本家對抗。要求減勞働時間，加勞動工資。又以紙幣價落，百物昂貴，工廠倒閉，金融停滯，經濟界大起恐慌。而各地農民復奪國有土地，人心渙散，秩序大亂。政府威權掃地已盡。至七月一日，民眾又舉行大規模之示威運動。工廠中與兵營中之羣眾，結隊遊行，途為之塞。民眾所持之旗幟及標語，多為布派所製造。內有「打倒資本主義的政府」，及「全權歸諸蘇維埃，保證憲法議會之安全」等。足證此次運動之精神矣。翌日，政府召回前線兵卒，鎮平後方。克倫斯基仍倡對外一致，以統一國內之說。且親巡戰場，人心再振。

七月暴動　然軍隊中設備極不完全，供給皆不如法。

而兵士復缺乏精神，遂為德奧軍隊戰敗。布爾希維克派更得乘機活動。立憲民主黨諸閣員，不得已相率辭職。七月十七日，民間舉行一種革命之遊行運動。羣眾圍繞中央行政委員會所駐之辦公室，要求逮捕閣員傑洛夫（Chernov）及截列特利（Tseretelli）——皆社會主義者——。並解散中央行政委員會。當局調兵鎮壓，互起衝突。暴動遂平，而騷亂中所殺死之士女，則逾五百人焉。

克氏內閣 七月二十日，國務總理李渥夫辭職。克倫斯基繼之組閣。閱二日，蘇維埃行政委員會議決將最高國權付與克倫斯基內閣，致使布爾希維克派羣起反對。克氏便起始壓迫布爾希維克派之報紙。雷厲風馳；托洛斯基等激烈份子，悉被拘禁。若輩之罪名，則為受德國蠱惑，促止戰爭；而造成七月之暴動。列寧幸先避走，未為所捕。然前敵軍隊，仍愈趨愈劣。八月三日，克倫斯基復因與閣員意見不和，辭職擬去俄都。乃臨時政府以及各政黨領袖，咸主挽留，以鞏固政府。克氏遂留任，組織新閣。

莫斯科會議 累年兵燹，民不聊生。新閣成後，皆大歡忭。惟列寧領率之布爾希維克派仍本其革命精神，始終奮鬬。克倫斯基遂於八月二十六日在莫斯科召集全國非常會議。蘇維埃協作社，市區，工聯，國會，和各省區等代表，蒞會者達一千四百餘人。布爾希維克派力言此次會議之主要目的，不外鞏固一種完全保守的組織，以解散蘇維埃。更依此堅實之立足地，而反對布爾希維克派。故此次會議，不獨不能聯絡各種勢力，以和衷共濟；反足使各種勢力，愈趨分裂。

科尼樂夫叛亂 有科尼樂夫（Kornilov）將軍者，曾出席於莫斯科會議。報告軍隊及軍律廢弛狀況，並陳述改造整頓之方法。未及採用，而德軍即從海陸兩面，猛烈攻破里加（Riga）地方。大有進迫都城之勢。克倫斯基乃電科尼樂夫將軍，促其援助。將軍不聽。自稱總司令。欲奪政府實權。克倫斯基免其職；遂叛，率兵襲京都。未成被獲。克倫斯基遂為陸軍總司令。

全俄民主會議 科尼樂夫失敗後，中產階級及立憲民主黨之勢力，大受打擊。蘇維埃勢益增加。布爾希維克派乘機攻擊政府。蘇維埃漸受其影響。竟能支配選舉票中三分之一。遂大倡共和制度採用之論。並要求召集第二次全俄蘇維埃大會。溫和派反對。執行委員會乃用妥協方法。於九月二十七日召集全俄民主會議。新聯合政府因運而生。閣員之屬於立憲民主黨者八人；屬於社會民主黨者五人；無黨籍者二人。布爾希維克派則未與焉。

臨時國會 內閣既成立，克倫斯基仍充內閣總理兼總司令。與憲法會議召集之前，先開臨時國會。此一九一七年十月八日事也。會中約有三百四十四人為勞動階級代表；有一百五十三人為中產階級代表；布爾希維克派前曾選出五十三名代表。至對於此次臨時國會，彼輩則認為政府與資本階級自由主義者提攜之表示，故相率退席。

第二節 第二次大革命

一九一七年冬之經濟狀況 俄羅斯領土遠跨歐亞；面積之大，農林之富，礦山之饒，世所罕匹。然自革命以來，連年轉戰，內政不寧；舉凡產業，全歸荒落。國內紙幣充塞，物價增高，生活必需品之供給減少；私人將土地與產業售押於外國銀行。奸商投機買空賣空。聯合政府與蘇維埃均不能禁止之。國家養兵竟達一千五百萬人之多。因之民窮財盡，流為盜匪乞丐。考莫斯科一地，物價之高，一九一七年較一九一四年所增不啻二倍。工人工資之增高，則較物價增高為益速。處此工資暴增，百物昂貴之際，政府猶能支持者，乃恃濫發不換紙幣之一法耳。金融因之始而紛亂，繼則影響各業。全國擾攘，不可名狀矣。

國債之繁重 非特此也，是年十月，國債共達七百億盧布。其中長期內債，約一百五十七億盧布；長期外債，約二百五十億盧布。（內法國最多，佔一百五十五億盧布；英國及其他國則佔一百餘億盧布。）短期借款與紙幣公債，約二百八十餘億盧布。俄羅斯經濟之恐慌，可見一斑。即就國債之利息與還債金而言，年須四十五億盧布。

較一九一六年全年之歲入，有過無不及也。

布派勢力之澎漲 三月革命及科尼樂夫叛亂之後，布爾希維克派之勢力，日見增加。此時各黨派逐漸開始分為：布爾希維克派及反對布爾希維克派。社會革命黨及社會民主黨之一支緬希維克派（Menshevists)，均贊成繼續參戰，擁護臨時政府；頗思將經濟組織中之根本改革，留與國會解決。至此蒸蒸日上之急進的布爾希維克派則主張：（一）反對臨時政府，（二）一切權力給與蘇維埃，（三）沒收土地及實業，（四）反對帝國主義的戰爭，（五）設置武裝民團。此時俄國政黨中之能號召民眾者，卻惟布爾希維克一派而已。

全俄大會之召集 布爾希維克派既得多數民眾之援助，於是要求召集第二次全俄蘇維埃大會一事，不復延遲。蘇維埃中央執行委員不得已，定期十一月七日召集會議於彼得格勒。事先布派領袖固嘗開會討論進取問題。列寧極力主張要統治已瀕於無政府狀態之革命武力，須奪取政權，然後即可命令調動軍隊應戰。先將土地歸還農民，後將主要產業使其社會化。俄國土地廣漠，氣候酷寒，各國於酣戰之際，必不能妨礙蘇維埃革命也。故此次全俄大會之召集，正布派預備奪取政權之機會耳。

蘇維埃日 布派定十一月四日為「彼得格勒蘇維埃日」。是日，大隊男女，遊行示威。其標語則為「打倒克倫斯基政府」，「停止戰爭」，「一切權力歸於蘇維埃」。

向為克倫斯基所信賴之軍隊，全體議決贊助布爾希維克派。暴徒復佔領彼得及保羅礮臺。翌日，軍事革命委員會任命許多委員，掌管車站，並負責維持電信，交通。赤衛軍及水兵佔領電報局，和他種機關，並預備奪取國家銀行。同時中央執行委員會及軍事革命委員會總部斯莫爾尼學院（Smolny Institute）變成礮臺。

首都革命 十一月六日，克倫斯基要求臨時國會，贊成對於布爾希維克派採用壓制手段。當晚政府從彼得霍夫（Peterhof）士官學校召集礮兵隊。並集立憲民主黨及一般職官於冬宮。布爾希維克派則防守通達首都之一切道路，並派員各處宣傳。遇政府軍隊，則勸導服從。一夜之間，布派遂佔有都城中多數重要機關。

臨時政府之顛覆 臨時政府所在地——冬宮——於七日漸次被圍。下午一鐘，革命領袖托洛斯基在彼得格勒蘇維埃會中宣言，臨時政府即將推翻。在全俄大會議決正式辦法之前，一切權力均由軍事革命委員會負責。當晚第二次全俄蘇維埃大會的預備會，正式開會。一般勇士以中央執行委員會名義，進逼冬宮；而向冬宮轟射大礮。各總長悉被捕。克倫斯基微服出奔。僅以身免。於是臨時政府完全消滅。大權悉歸於軍事革命委員會。臨時國會，隨亦解散。

全俄大會之特色 然猶有一事值吾輩之注意者，即第二次全俄蘇維埃大會之特色是也。開會之日，布爾希維克派所佔議席最眾。足有百分之五十。其次則為農民團體，社會革命黨左派佔多數。與會代表皆為年富力強之青年。水兵代表來自波羅的海艦隊；兵士代表來自前線；工人農夫不在少數；間有文雅學子，皆為左派分子。半老農夫，或老年之社會黨領袖，皆被屏去也。會中列席代表多來自北方及中部幾省。此數處以窮苦半無產階級之農民為最多。且熟練之工人，管理城市；飢荒之逃兵，治理鄉村。至土地肥沃之東南各省，與西伯利亞一帶出席之代表，比較實佔少數。故第二次全俄大會特別表示北方及中部各省工人與農人革命精神；他處人民之感覺饑饉與厭惡戰爭者，自易表同情而起響應也。

第三節 共產黨專政

新俄之新政 自臨時政府傾覆以後，一切權力即刻轉入軍事革命委員會手中。此新興勢力之第一命令，為廢除死刑，與公佈軍事委員會之重行選舉。新蘇維埃會長托洛斯基通電全國，報告革命經過情形。列寧復宣佈此後應取方針三項：（一）前線立刻停戰，結束軍事，作為搆結和約之一種先聲；（二）使農村土地委員會暫管地主財產，然後分配於農民；（三）工人管理工廠，並講求現在國內經濟危難之救濟法。

人民代表委員會 布爾希維克派乘機實行無產階級專政。選出人民代表委員會，以組織勞動者及農民之政府。此會完全為共產黨——（布爾希維克派自後便改稱此名）之黨員所組成。革命最有功之列寧被舉為委員長。托洛斯基被舉為外交總長。新政府雖已成立。而反動派及緩和革命派，頗事攻擊。一般智識階級之人民，起初皆不肯與此種制度通力合作。技術工人，書記，電報生，打字人，及其他人等，以怠工方法對付政府。中央與各省間之交通，因之而斷絕者，為期甚久。

社會恢復原狀 其時新政府發表工人管理工廠之命令，無異一紙空文，不生效力；蓋實際上工廠中之工程師，受有產階級賄賂，相率罷工。工人遂亦停工，更以管理食物分配機關，不能供給工人溫飽，故工廠並無工人實地管理。迨人民委員會提出銀行國有，與取消外債二案，經蘇維埃中央執行委員會通過後，私人銀行悉被赤衛軍佔領。款項不得攜出。因此罷工者失其接濟。智識階級無援可恃，乃復職上工。他如銀行，工廠，均復原狀；政府遂獲全勝。

鎮平舊勢力 同時緬希維克派及社會革命黨出席第二次全俄大會之議員，與依地方區域選舉之蘇維埃議員聯絡，一致組織委員會；定名曰保護國家與自由委員會。以斯莫爾尼學院為會所之布派蘇維埃，起而與爭。蓋一以地方區域選成之蘇維埃為工具，一以產業工人蘇維埃為工具；二者皆欲一決雌雄而奪取政權也。十一月十一日，開始巷戰。結果，反對派悉被解除武裝。反抗分子或被捕禁或被放逐。反宣傳出版物統被摧毀。翌日克倫斯基親自率哥薩克軍隊進攻彼得格勒，相傳兵力雄厚，數逾二萬。先佔查士科塞羅地方之電報臺。克倫斯基與保護國家與自由委員會本有聯絡。預定裏應外合之計，無奈內部發動太早，致遭失敗。今既兵臨城下，工廠工人所編成之赤衛軍，遂與力戰。卒迫哥薩克軍敗退潰散。然彼得格勒工人所以能戰勝軍隊而奏凱旋者，概因布派士卒多於敵人，更加精神團結，不若對方之散漫故也。

憲法會議　勞農政府於京都內外武力抵抗事鎮平後，遂轉而注意於憲法議會。十一月二十五日，全俄開始選舉此議會議員。而選舉結果，社會革命黨員實居多數。布派不及三分之一。開會期為一九一八年一月十八日。會中布派提議推舉革命女英雄瑪麗（Marie Spiridonova）為議長。未成，終選社會革命黨領袖傑洛夫充任。

平民權利宣言　全俄蘇維埃中央執行委員會委員長斯浮德洛夫（Sverdloff）隨即宣讀，「作工的與被侵掠的平民權利宣言」（Declaration of the Rights of the Toiling and Exploited People）並且要求議會予以通過。此種宣言隱示一切權力歸於蘇維埃。憲法議會以是始終不與通過。一月十九日投票取決時，竟被否決。布爾希維克派無可奈何，遂以憲法議會為有產階級之反對革命黨，於二十日遣水兵司令前往解散。於是俄羅斯之憲法議會，曇花一現。乃壽終矣。

國是大會 未幾，復有國是大會（Great Convention）之召集。參加者多各省工、兵、農、蘇維埃代表，及承認蘇維埃為俄國最高機關之憲法議會議員。一月二十三日正式開會。閱三日，遂將「作工的與被侵掠的平民權利宣言」通過。並作為蘇維埃共和國憲法之基礎。宣言共分四款。首訂俄羅斯為一工、兵、農、蘇維埃共和國。俄國之行政，盡屬於蘇維埃；並謂蘇維埃共和國乃自由民族之結合，自由民族共和國之聯邦。宣言復稱土地為全國人民之財產，根據平等原則，交給做工人民使用。國內生產，分配，運輸等機關，及田地，均歸國有。取消俄皇政府之外債，廢除密約，進行議和。宣稱亞洲民族自決，並承認芬蘭，波斯，及亞爾美尼亞（Armernia）獨立。總之，此宣言之精神，在反對封建制度，且主張以經濟平等為基礎，而實施政治上之自由。自以為乃二十世紀之新產物，開歷史上之新紀元也。

俄德和約 於時國內土崩瓦解之勢，岌岌不可終日。而東歐戰場之俄軍，已無力與德奧軍隊抵抗。布爾希維克派固夙昔反對克倫斯基繼續戰爭者，乃提出俄德單獨媾和之議。一九一七年冬，由俄，德，奧，土四國，遣派代表，在俄之布勒斯特里多佛斯克（Brest-Litovski）地方，開始媾和談判。會議多時，不能解決。至一九一八年春，始談判妥洽。遂於三月三日簽訂俄德和約。俄國隱忍屈伏。凡土耳其領土之被俄佔領者，須即退出；而俄國領土之被德，奧，軍隊佔領者，則大都不復為俄有矣。俄羅斯放棄芬蘭，波蘭、立陶宛、愛沙尼亞、烏克蘭等地任其獨立後，計損失領土七十八萬平方公里；喪失人口達全俄人口三分之一；並損失實業機關三分之一；煤鐵出產四分之三。今日俄羅斯在歐洲所餘之領土，幾與彼得大帝以前情形相髣髴，不比往昔俄羅斯之豪大而豐裕矣。自是俄都彼得格勒已失其政治上及軍事上之重心，故政府遂遷都於莫斯科焉。

第八章　建設中之蘇俄

第一節 革命政府之設施

新俄憲法　新俄羅斯（俄羅斯社會主義聯盟蘇維埃共和國（Russian Socialist Federal Soviet Republic) 之憲法，成於一九一八年七月十日；乃經第五次全俄蘇維埃大會所通過者。其主旨在規定蘇維埃掌握大權，並化國內之土地，天然產物，銀行，及工廠等為社會所有。其性質則為無產階級專政——（Dictatorship of Proletariat)。國內之最高主權操之於全俄蘇維埃大會。由城市蘇維埃代表（二萬五千選民舉一代表）與地方蘇維埃會議代表（十二萬五千居民舉一代表）組織之。由此大會產生一不滿二百人之中央執行委員會。於大會停會期間，中央執行委員會負指揮全國政務，並議決人民委員會之人選與進行計劃之責。凡以勞力而做生產工作者，或任海陸軍兵士者，無論男女，若其年齡滿十八歲時，均得享有投票權，及被選為蘇維埃代表之權。宗教民族及居留期限，則無涉也。

反對勢力 自一九一七年十一月革命之後，蘇維埃政府恆受各方面反對派勢力之攻擊。別其主因，可分為三：（一）舊俄皇室之黨羽，希圖復辟；（二）協約國及捷克斯拉夫人反對蘇維埃政治，遂挑撥俄國舊人物去作反抗運動；即世人所稱之白黨者是；（三）左派社會革命黨與無政府黨反對蘇俄所訂之俄德和約，組織俱樂部。赤衛軍圍襲射擊，無政府黨員死傷極多；餘悉被捕。及後，左派社會革命黨亦被封禁；故聯合反抗當局，以復政治上之勢力。

反動派之活動 一九一八年八月，有被解散之憲法議會議員，集於薩馬拉（Samara)；力圖組織新政府。立憲民主黨黨員亦組織「俄羅斯復活同盟會」。皆思恢復其早年之地位。但均未成功。十月間，反布爾希維克派諸政黨，更組織一全國會議；集會於東俄烏發（Ufa）。選「執政」五人，負責理事。同時有農民運動，及革命運動首領。名蔡科夫斯基（Tchaikovsky) 者，組織北伐政府。主張恢復地方自治，並主張普通選舉，向德宣戰，及廢除俄德和約。

謝米諾夫 舊黨謝米諾夫（Semenov）將軍，與駐紮滿州之赫威（Horvat）將軍等，建設新政府於貝加爾湖之東部西伯利亞。黑海艦隊司令柯爾加克（Kolchak）亦與焉。昔日曾為俘虜之捷克斯拉夫兵五萬餘名，組織成軍，預備進攻。日本及協約國軍隊，亦相與在海參威（Vladivostok）登岸。七月十六日，蘇俄政府以發覺廢帝尼古拉第二有復辟之陰謀，於業卡忒麟堡（Ekaterinburg）處帝死刑。事前，捷克斯拉夫兵雖欲援救，然為期已遲，固難為力也。至十一月二十日臺尼金（Denikin）將軍所統率之哥薩克軍隊，驅散烏克蘭國會。於南部俄羅斯又組織一反對布爾希維克派之政府。

革命領袖之雄略 此種反動，皆未成功。其失敗緣因，則各處相同。蓋反動勢力之增加，雖足使此蘇俄政府受莫大之刺激，而實則使其團結益堅；固無損也。吾輩於此不得不佩服革命領袖之才幹與毅力焉。夫列寧率少數黨徒，置身於革命事業，百折不回，卒達目的。且執政者多為曾受美國共和制度所薰染之猶太人。彼輩在昔日俄皇壓制之下，皆不得展其長才者也。如托洛斯基創始赤衛軍，蕩平反革命派，統一全俄，厥功甚偉。俄國歲入，大半移作宣傳費用；既能消滅反對思想，又能激動協約國之民眾。然共產黨之手段，則惟製造「恐怖」，以威嚇其敵方。當時官吏之被殺者，為數甚夥。反對派亦採此法。一九一八年八月三十日，員警總監烏立斯基（Uritsky）遭暗殺。未幾，社會革命黨員都拉加坡蘭女士（Dora Kaplan）謀刺列寧。未成，黨羽悉被捕禁。故此後各工廠，軍隊及學校等處，咸設秘密偵探；蓋防反對派之再起也。

反動派失敗原因 自反對派方面觀之，其失敗緣因，首在內部不和。其將帥人物，自柯爾加克以次，均不為全部所信賴。與新黨之全部抱有熾烈之勇氣者，相差甚遠。且黨派紛歧，內部常缺一致之精神，易被攻破。猶有進者，協約國會令舊黨與新獨立各國——如波蘭、芬蘭、愛沙尼亞等——聯絡，共擊蘇俄政府。苟舊黨許諸國以俄國恢復而後，承認其獨立條件，則不難攜手共助蘇俄政府。乃計不出此，仍守其陳腐頭腦，封建思想；固執所謂國權之論。諸國失望，盡行解體；協約國之計劃，卒歸泡影。諸國遂捨舊而近新，此又反對派政治上失敗之原因也。是以一九一九年十月，于登尼其（Yudenich）將軍，雖直迫彼得格勒之近郊；一九二〇年十一月蘭吉爾（Wrangel）大將，雖率重兵北伐，威勢澎漲；而終為托洛斯基之軍隊所征服也。

蘇俄經濟之困難 當此之時，俄羅斯之經濟現象，已萬分恐慌；蓋自政府採用共產制度以來，土地雖分給農民使用，而政府徵收其生活上必需以外之剩餘穀物。一切生產機關，皆為國有，國營。國民對於工農生活上必需品之分配，皆有一定。藝精而勤者，以為吾雖勞苦，所得不過如是；彼藝疎而惰者，亦以為吾雖偷閒，所得亦不為寡。因是羣趨於怠業，而無振奮之精神。加以歐戰及革命之紛亂，工農出產，遂為銳減。人心動搖，危機四伏。一九二〇年十月十五日，農民代表三千餘人，要求政府明確限定農民之義務，並改良農民政策。一九二一年三月，克朗斯泰（Kronstadt）水兵，忽起革命；其最大原因，即係農民對於徵收穀物之不滿，及要求貿易之自由。民間之怨聲，由此可見一斑。加以連年饑饉，餓殍遍野。窩瓦河（Vo1ga）流域及東南烏克蘭盡成邱墟。蘇俄政府岌岌可危，乃毅然於一九二一年七月採用新經濟政策矣。

新經濟政策　一九二一年三月十五日，全俄蘇維埃第十次大會中，列寧曾發表宣言，謂：「吾輩不宜妄評社會主義即是福星，資本主義即是禍水；須知在此種小生產之下，若不能利用大產業，則資本主義之發展，仍難倖免。……今日之急務，為擴張生產；而實際上，全國民眾之怠惰，貧窮，工作缺乏，種種困難，達於極端。故吾輩不得不犧牲一切而求生產之增進，以應民間之需要也。……」觀此，可知政府改行新經濟政策之決心矣。其制唯何？曰：（一）准許私人經營小企業；（二）國有之企業，工廠，森林，土地，等得租給私人經營；（三）推銷國貨招商承賣；（四）協同合作，即聯合資本主義團體，以適於經濟目的，並勵行利權政策，誘致外國資本，以開發資源，振興實業。故新經濟政策者，容許財產私有之「國家資本主義」也。

新經濟政策之果 自新經濟政策實施以來，俄羅斯之產業，蒸蒸日上，即國營之企業，亦日益進步。此亦見列寧之善變。惟此後之新時期，則不免矛盾之現象；蓋共產黨乞求資本家之投資，以濟俄羅斯之眉急；俾日後亦得為共產黨活動之標的。自他方面觀之，資本家及各國政府，亦願利用此項機會，以發展實業；且望投資後，能改造其共產主義。新經濟政策施行後，發生一新中產階級；與法蘭西一七九五年時之商人，初無所異。故共產黨員每以此而生畏懼，政治首領亦因之而起衝突焉。

蘇俄之法制 司法方面，蘇俄亦有新異之建設。一九一七年十一月革命期間，本設有革命裁判所，以審判臨時之特別事件。迨內亂平息，國基奠定後，政府遂漸注意法制問題。然其憲法明訂廢止土地之個人所有權，且一切土地農村經濟企業均屬國家所有，聽國家之支配，故私產制度，完全取消。人民訂立契約之能力，亦與俱逝。於是人民間之糾紛，祇由民眾審判官根據無產階級之意識，及共產主義之權利觀念，分別加以裁判。初無所謂民法或刑法也。但自新經濟政策實施後，於一定範圍之內，承認私人企業。其間關係繁雜，不能再任法官之意思為轉移。遂於一九二二年，草訂新民法四百五十三條，外補充條例五條；由全俄蘇維埃中央執行委員會公佈，翌年一月實行。他如勞動法，刑法，商法，法院編制法，亦均先後頒布而施行焉。

新教育設施 蘇俄之一切設施，雖或為世界各國所批評；然其教育制度與教育設施之改良，則鮮有人持異論者。俄皇時代，教育事業，概為政府，教會，地方自治團體，及私人經營。至蘇維埃政府，則將一切教育事業——除美術、簿記、速記學校外——統歸政府掌管，禁止私人經營。其教育主旨，在養成共產主義之信徒，且為能勞動而從事生產者。政府努力於普及初級教育。凡少年之年齡適合者，皆得免費入學。故一九二一年，初級小學竟達八萬三千處；就學兒童六百八十萬人。較歐戰前，學校增加百分之三十，學生增加百分之七十；可謂盛矣。惟因財政困難，師資缺乏，一九二二年後，遂日就衰落。至此，政府不得不一變昔日之多量政策，而為務實政策。理論空說減少，注重工程實學；且選派留學生赴國外研究科學焉。

宗教之改革 俄羅斯人民受宗教思想之薰染貫注，已數百年矣。其信仰之篤，為他國所不及。且政教不分，互相利用。俄人教育幼稚，思想單簡；雖種深毒，猶不自知。臨時政府時代，曾召集宗教會議，恢復「總主教」，以實行政教分治。及第二次革命後，憲法明訂教會與政治分離，學校與教會分離，並沒收寺院財產。根深蒂固之教會，至是遂受莫大之打擊。俄羅斯之教會，慣於偽造聖蹟；以蠟製之軀殼，冒充聖徒之遺體。藉愚良民，而斂資財。今則被黨眾揭破內幕，發起反宗教運動，牧師僧正之被戮者，實繁有徒。會俄國有所謂精神基督教者，以精神的信仰為指歸；提倡宗教之改革，反對舊教之詐偽。且有請求中央執行會允許於教會中，設置共產黨秘密機關者，將來精神宗教之日盛於俄羅斯，固意中事也。

第二節 蘇聯與世界

蘇俄之鄰邦 俄羅斯境內，民族繁多。其政俗，語言，亦各有異。於一九一七年十一月革命後，紛紛獨立，建設新國。計西境有芬蘭，波蘭，愛沙尼亞，立陶宛，拉脫維亞，白俄羅斯；西南有烏克蘭；高加索方面有喬治亞 (Georgia) 阿美尼亞，阿才培疆 (Azerbaizan)；中亞細亞方面，有布哈拉 (Bakhra)，基發 (Khiva)；西伯利亞方面，有遠東共和國等。諸國各自為政，皆不相涉。波蘭始終為共和國。一九二〇年與蘇俄曾有劇烈戰爭。波蘭勝；訂和約於利加。然與蘇俄固仍立於反對地位也。烏克蘭、喬治亞等先為共和國，旋改建蘇維埃政府。布哈拉、基發則衹採用蘇維埃式政府，而不奉行社會主義。他如立陶宛、愛沙尼亞等，則先建蘇維埃政府，而後改為共和國者也。

結好友邦 蘇俄自歐戰以後，重以內亂。財政異常支絀；領域瓦解，經濟更難發展；兼以連年外患，而國際貿易又不能不辦；欲達此目的，捨聯絡各共和國一致對外，別無良策。故對於同屬蘇維埃政體之各共和國，極力拉攏。先後締結同盟條約者，有白俄羅斯、烏克蘭（皆一九二〇年）及後高加索各共和國——喬治亞、阿美尼亞、阿才培疆（一九二一年）。蘇俄政府兼掌各該共和國之軍事，財政，交通，郵電，及國際貿易等事。蓋各該國歲入頗少，財政上有不得不從此向以盟主自居之蘇維埃俄羅斯也。

蘇聯之組成　一九二二年三月，喬治亞、阿美尼亞，及阿才培疆互訂條約，組織後高加索（Transcaucasian）社會主義聯邦蘇維埃共和國。同年冬季，日本在沿海省撤兵，停止侵略；遠東共和國遂與蘇俄合併。舊日疆域恢復泰半。社會主義大聯合之議，甚囂塵上。至十二月二十五日，全俄第十屆蘇維埃大會開會時，通過另訂聯盟條約，建設大聯盟國家之議案。事前各邦均已接洽妥當，故十二月三十日，即召集第一次蘇維埃聯盟大會，通過聯盟成立之宣言，及聯盟條約草案；並選舉代表，組織第一次聯邦中央執行委員會，負草訂憲法之責。至一九二四年一月三十日，開第二次蘇維埃聯盟大會，批准憲法。蘇維埃社會主義共和國聯盟，遂正式誕生矣。

聯盟蘇維埃大會　此種聯盟，純為各邦之自由結合；蓋一九二四年七月七日在莫斯科公佈之聯盟憲法中，有各共和國得自由退出聯盟，且得變更其各該國領域之規定也。聯盟之統治機關，甚為單簡。約分六級：下自各村，各鄉，各縣，各省市，各聯盟共和國，以至聯盟中央政府，皆僅設蘇維埃大會，及執行委員會二種機關。聯盟蘇維埃大會，由省蘇維埃大會及市蘇維埃大會代表，共二千一百二十四人，組織之。其中有議決權之議員，一千五百四十人；無議決權之咨詢委員，五百八十四人。有議決權議員之支配方法，則蘇俄佔百分之七十七，而烏克蘭祇佔百分之十六，白俄羅斯祇佔百分之二，後高加索祇佔百分之五而已。此會每年開會一次。閉會時，由聯盟中央執行委員會代行其權。委員會每年開會三次。閉會期間則由聯盟中央執行委員會幹部會，總攬其權；故中央幹部會者，聯盟之立法，行政，及管理之總樞紐也。

列寧逝世 列寧氏，集俄羅斯革命運動之大成，推翻封建政府，提倡世界革命。聯合弱小民族，誓與資本主義決鬪。進行以來，頗有成績。其內政，亦井井有條，日趨富強。採用新經濟政策，修好友邦，皆其老謀。惟此革命領袖，以多年策劃，頗費精神；日久積勞，遂成痿疾。一九二四年一月二十一日逝世。時年五十有四。俄人哀痛異常，如喪考妣。羣議以彼得格勒改名為列寧格勒（Leningrad），用當紀念。

蘇俄之外交 夫蘇維埃俄羅斯自成立以來，其外交策略果如何乎？蘇俄樹立之目標，本為內謀共產制度之實行，外圖世界革命之完成者也。奈反革命之禍亂甫平，而經濟之恐慌又起；勢不能不先謀自給，以固國家之基本。政府遂鼓勵資本，與物品之輸入，並謀列強之承認與親善，以恢復其舊日之地位。計自一九二〇年迄今，先後恢復邦交者，達二十餘國焉。然俄羅斯本以尋求不凍海口為歷來之外交政策者。乃西挫於英，東敗於日，皆不得逞其志。歐戰起時，首先奮其利爪，思略巴爾幹，再出地中海。乃大革命起，卒未成功。歐人多額手相慶，以為一時可無憂慮；豈料新俄利用其主義宣傳之新武器，既不放棄昔日南下之政策，反進行愈厲。如土耳其，如波斯，如阿富汗，先後俱折入其勢力。蓋其政策不復如俄皇時代作露骨之侵略，而在標榜民族之解放運動；足以喚起世人同情，而協拒資本制下之帝國主義也。

各國之反俄防線　首當其衝者，為帝國主義色彩最深之英國。歐戰時，英國以俄國與德國單獨媾和，憤其背約；遂不惜聯絡法國，實行武力干涉。其後英法國內經濟困難且干涉無效，衹得改絃更張，於俄境各邦造成反俄防線，以為思想及經濟之封鎖。但未幾，各國復與俄羅斯修好。此一九一九年至一九二四年事也。迨至共產黨宣傳日烈，資本主義各國，莫不受其影響；而英國尤感不安。於是又有第三次對俄防線之建設。波羅的海四國——芬蘭、愛沙尼亞、立陶宛、與拉脫維亞(Latvia)——及波蘭等國皆與焉。惟當時西歐資本主義各國，以大戰結果，財政困難，且分贓未均，互相傾軋，不肯稍讓。共產主義之宣傳，世界革命之企圖，自可乘隙而入；英國有鑑於此，遂百計聯絡，以鞏防線。洛加諾(Locarno)會議(一九二五年英、德、法、比、意、波蘭六國)即其例也。

國際新局面　德意志自俄德和約以來，與俄修好。且為首先承認蘇俄之國家。於洛加諾會議後，加入國際聯盟。頗欲離俄而與西部諸國親善。俄以為慮。至一九二五年十月，俄德雖締結通商條約，而德則虛與周旋；實則日與西歐諸國接近，置俄於不顧。俄憤甚，逐利用法國與波蘭，以控制德國。法、德固水火不相容者。而波蘭則因洛加諾協約無保障萊因方面之領土，亦不滿於德者。故俄遂與之協定，且陰促法俄之親善焉。義大利為法西斯主義發源地，與俄羅斯共產主義針鋒相對，絕不稍容。惟以並非比鄰，故直接無甚衝突。果有戰爭，意之助英，固意中事。美國為英國之債主，自不願英國之淪亡；故一旦英俄有事，無論俄法與俄德關係如何，英必聯合美，意，以抗俄也。

西歐宣傳之失敗　蘇俄之擔任西歐列強方面之共產宣傳運動者，為第三國際主席，齊諾維夫(Zinovjev)。然其結果，多以失敗聞。匈牙利之革命，三日而止；運動最力之德國亦無成效，且至興登堡之反動時代；英國、法國防備甚嚴，尤難進行；巴爾幹及波羅的海沿岸諸國，雖時有煽動，終為反對勢力所排擊。布加利亞及愛沙尼亞，則因屢次發生暴動，頗表不滿；今則此類小國，反成列強攻俄之先鋒矣。

東方政策 蘇俄既悟資本主義內部逐漸安定，向歐洲方面之宣傳，已受頓挫；遂將其宣傳工具，轉向亞洲而來。亞洲，固久已處於資本主義，帝國主義鐵蹄之下者也。大戰後，動以民族思想，各民族皆蠕蠕欲動，以復其自由。蘇俄即利用此機，牽制歐洲方面之排俄運動，以打破俄羅斯之孤立，而攫住列強之弱點。此眼光遠大之策略也。但行此政策必先獲得亞洲民族之信仰，故蘇俄先為民族解放之榜樣，宣言與資本主義奮鬪，主張民族自決。凡俄皇時代以侵略方法奪取亞洲各國之領土，悉數歸還。所強迫締結之一切不平等條約，亦均廢棄。對波斯，歸還裏海沿岸之舊波斯領土。對於土耳其、阿富汗及中國，則廢除一切不平等及秘密條約，並偽稱放棄中國之庚子賠款，以證明蘇俄無帝國主義之野心。披瀝其對弱小民族之誠意。於是專制俄皇之帝國主義，至此告一結束；而所謂蘇俄東方政策之企圖，遂開幕矣。

新新經濟政策 一九二四年以來，政府因國民經濟生活之必要，更擴大新經濟政策之內容。一九二五年四月，黨幹部即有通過新經濟政策擴充案之舉。內容為：（一）

土地租借之許可；（二）農村中勞力傭工之許可；（三）關於規定穀價之強使執行權，一律取消；（四）稅制之整理；（五）促進農產，提倡商業，以增進農村之生產，圖國家經濟更大之發展。旋經聯盟中央執行委員會批准施行；俄羅斯對於資本之經營，遂為更進一步之擴張矣。

斯太林 談俄羅斯之革命者，莫不識列寧，齊諾維夫，加美納夫（Kamenev），及托洛斯基四人。蓋列寧乃革命之正宗；齊，加二氏，皆為列寧之高足；托洛斯基則為列寧幟下非嫡系之首領也。列寧死後，齊、加二氏對托洛斯基相互競爭。其次年，托氏退後，一時蘇俄之大權，一若歸入齊、加二人之手。實則兩敗俱傷，未幾便轉入向在外國居住之斯太林（Stalin）手中。斯氏握蘇維埃民族政策之機樞，且任東方弱小民族之解放運動，主張勞動者及蘇維埃役員之給薪，中產農民之優待。其為人酷嗜專政，果斷勇敢；故世人咸呼之為「列寧第二」。

共產黨之內訌 一九二五年十二月，舉行第十四屆全俄蘇維埃大會。以齊諾維夫及加美納夫二人為中心，大唱反對中央委員會幹部派（斯太林及布哈林 Bukharin 等）之農民政策，及一般產業政策。於是共產黨內部發生內訌。然因該第十四屆蘇維埃大會，及一九二六年七月之中央執行委員，並中央監察委員會所成立之聯合會，最後以大多數承認幹部派之政策；而對於少數反對派，竟決議應加反對。同時將加美納夫及齊諾維夫等反對派領袖，所任之黨政要職，一律剝奪。內訌始告一段落。

反對派之主張　反對派與幹部派主張之差異，觀一九二六年秋間反對派之重要人物，托洛斯基，齊諾維夫，加美納夫，克魯卜斯加耶（Krupskaya 即列寧夫人）等人聯名遞交中央委員會之意見書，可知梗概。若輩主張，促進世界革命，蘇俄政府應採取積極政策，吸取外國資本。以無產者——非以農民——為基礎，使蘇俄工業興旺，而成一社會主義之國家。他如第三國際最近之策略，——與國外革命團體之投機分子妥協——反對派亦認為失策。對於黨之內部，反對派則主張民主制；反對斯太林之獨攬黨權。反對派之各支，彼此意見相同之點頗少。但彼等有一具體之相同要求，即取消密探彈劾之制度，而免除一切道德上身體上之恐怖，以冀實現民主主義。幹部派對之，則認為有背無產階級獨裁之原則；故主張「清黨」，以擯清異己之勢力。

反對派勢力之消滅　一九二七年夏季，反對派竟有軍官參加，勢力更大。五月九日蘇維埃大會時，齊諾維夫彈劾中央委員會之溺職，民氣緊張。類此之事，層出不窮。值此之際，蘇俄正在危急；蓋國際方面，英國對俄絕交，而俄之大使又有在華沙城被殺事件之發生也。旋即有一請願書發表，主張擁護黨之紀律，反對黨內分裂；惟望政府容納民意。嗣後反對派繼續活動，托洛斯基及齊諾維夫二人逐出中央委員會之議，甚囂塵上。此舉不足以寒反對派之膽，且組織較前益固。然曾幾何時，第二次大革命之英雄托洛斯基等，卒於一九二八年春季，放逐於西伯利亞及高加索之荒郊矣。最近資本主義之急進，官僚化之鴟張，日騰於報章，蘇俄之前途，究不知稅駕何所？而赤色專政之影響，固絕可注意也。

附錄

俄羅斯大事記

吾國與俄羅斯疆境毗連，關係至切。近人更多注意俄國問題，而書坊間對俄國歷史材料之足資參考者，竟付闕如。為此特於「俄國現代史」編次，將馬季甫與歐海拉二氏所著俄羅斯（Makeev and O'Hara: Russia）中之古今大事記迻譯於後。取其精華，刪其繁複，目的在使讀者知十九世紀以前俄羅斯之發達，固非偶然也。

八世紀——九世紀　此時之斯拉夫族人散居於得尼普爾河（Dniper）流域，及倭爾加河（Volga）與俄喀河（Oka）北岸。貿易中心及城市甚發達。文化三大中心：西北為諾弗哥羅（Novgrad），西南為基輔（Kiev），東南為摩達拉千（Tmutarakan）。歐洲北方人民漸移來。

九八七——九八九　斯拉夫人率歐洲北方人民攻擊野蠻民族。歐洲北方人因有商業城市之幫助，遂擴張其領土，其中最著者則為基輔王。斯拉夫人進至黑海及阿剌夫海岸。自諾弗哥羅至基輔間可以河流運輸。斯拉夫人傾向於阿剌伯文化，與拜占庭（Byzantium）聯絡甚密，採用基督教及希臘字母。

十一世紀　此時斯拉夫人仍分散於俄喀河與倭爾加河間地方。此區域內有很多都府城市應時成立。基輔國於本世紀之前半期掃清遊牧部落之南部，本世紀之後半期則有其他野蠻部落入寇。

一 O 五四　俄羅斯法律第一集（Russkaya Prava）出版。巡行武官——即各王公之從者（Boyars）居留各處為地主。

十二世紀　進住東北俄羅斯新建商業中心，曰蘇士達爾（Suzdal）與基輔及諾弗哥羅佔同等重要地位。世界貿易路線由東歐改為西歐。基輔漸衰頹。莫斯科漸形重要。俄羅斯諸王爭權。基輔國滅。斯拉夫人東侵。當此之際，家族制度（Veche）發達。神話詩及教會文學盛行。莫斯科更興盛。

十三世紀　拜占庭之衰頹影響於諾弗哥羅及基輔間之商業甚巨。近基輔之地域竟變為荒蕪。自蒙古人來侵之時，成吉思汗於卡爾卡（Kalka）一役戰敗俄羅斯後，直至十五世紀，基輔二字於俄史上幾已絕跡。此時俄羅斯東北部之中心如蘇士達爾，的威爾（Tver）及莫斯科漸形重要。諸弗哥羅人進行移居，北至白海，東至烏拉嶺。俄羅斯內部劃分為多數郡國。

一二三七——四〇 拔都汗（Batu Khan）入寇，俄羅斯西南部遭刼掠，東北部屈服韃靼人。諾弗哥羅之家族制度發達，諾弗哥羅乃一家族共和國，有王公為軍事領袖。俄羅斯東北部諸王得韃靼人之幫助。遂較家族制度下之政府佔優勢。瑞典人於攻克芬蘭後進取諾弗哥羅。德意志人居於波羅的海一帶。立陶宛（Lithuania）因俄羅斯南部衰頽，遂建設獨立國家。都府同盟（Hanseatic League）——德意志西北各大商埠所組織之聯盟——起始與諾弗哥羅通商。

十四世紀 韃靼人不許斯拉夫人住於俄羅斯之南部及東南部。莫斯科王為蒙古汗之順臣。因蒙古汗之提攜乃得稱大公爵（Grand Duke）。此後俄羅斯漸趨統一。俄人雖屢欲脫去蒙古人之羈絆。但未成功。最後始由德密崔頓斯闊（Dmitri Donskoi）率諸王戰敗蒙古人於庫立科夫（Kulikovo）。斯時教堂勢力漸長。

一三八六 波蘭與立陶宛新結聯盟。莫斯科西部因而大驚。諾弗哥羅人越烏拉嶺入西伯利亞以探求毛皮物品。

十五世紀 莫斯科王因蒙古人勢力漸衰獲益良多，旋即北向伸張其領域。莫斯科人在北方效法諾弗哥羅人向東移住，並越烏拉嶺以至西伯利亞。莫斯科王因不能於蒙古人手中獲得完全自由，遂仍持昔日名義上屈服之政策。因之遂能伸張其實力達於鄰邦。伊凡第三為王。（一四六二年——一五〇五年）蒙古國權傾覆。俄羅斯大帝國因以成立。經濟方面莫斯科較諾弗哥羅優勝多多。各郡之屈服於莫斯科者為數甚夥。立陶宛國亦漸強盛。未幾莫斯科人即有進取芬蘭灣之舉。

一四九九 戰勝立陶宛人。

莫斯科由郡改為國家。拜占庭叛教，不承認教皇主權。此二事造成一種新國家政教理論。教會方面盛稱希臘教中心為今日之莫斯科——羅馬第三。自伊凡第三與東羅馬皇帝之姪女佐伊葩梨樂格結婚後，莫斯科王更自尊為皇帝。教會變成若輩之忠臣工具。新興一種軍人地主階級即將來貴族之起源。俄羅斯西南部被波蘭人征服。

十六世紀 莫斯科國之領域益廣，莫斯科城為歐洲最大城市中之一。「可畏的伊凡」（Ivan the Terrible 一五五三——一五八四）當朝時乃與英國直接發生關係。莫斯科與歐亞二洲兼行通商。試佔波羅的海，而未成功。里窩尼亞（Livonian) 戰爭（一五五二年）。沿倭爾加向東方及東南方，並向斯特波士方面（Steppes) 擴張。殖民變為國家之固定政策。佔喀山（Kazan)。佔阿斯達拉千（Astralakhan)，因殖民關係遂建設多數城市及要塞礮臺。國家殖民政策多半為自由哥薩克人。農夫，及富冒險性之商人先行移住。

一五八一——二 政府用同樣方法向烏拉嶺東面殖民。伊爾馬克（Ermak）侵略西伯利亞。國內農夫之不能謀生者亦往墾殖，但其生活漸須依賴地主。地主則設法使農夫與土地不能分離而受其支配。向南方殖民事業半途受克里米汗（Crimean Khan）之挫折。克里米汗攻擊莫斯科國甚力。莫斯科險象環生。然蒙古人未能勝。莫斯科人遂轉而南攻。舊時貴族之勢力日漸衰頹。新興之地主階級及商人遂起而代之。

一五九八 農夫地位因地主之跋扈，益見低卑。俄帝波利哥度諾夫（Boris Godunov）之「革新」:（1）俄羅斯東正教之大僧正改為總主教；（2）禁止農夫遷移他處——佃奴。中部貧困異常。奮力墾殖俄羅斯西南部。

十七世紀 本世紀初半期概做內部發展工作：露列克朝（Rurik Dynasty）消滅。羣爭帝位。首為羅曼諾夫朝（Romanoff）米開爾（Michael）立為帝。（一六一三——一六四五）劇烈旱災。莫斯科政府極端禁止農夫之自由運動，更不許若輩任意遷居南方。

一六〇六——一三 亂世。農民，逃夫，及哥薩克兵之掙扎，富社會上及經濟上之意味。信偽教者及假信教者甚多。波蘭人，瑞典人相繼來侵。民族思想再興。莫斯科驅除波蘭人殆盡。更向東擴張勢力。移民於西伯利亞。哥薩克人佔據堪察加（Kamachatka）。本世紀後半期內將以前南方喪失之領土逐漸得回。亞列西斯（Alexis）朝內烏克蘭（Ukraine）脫離波蘭而歸併為俄羅斯之一部。俄帝統治之下設「秘事部 Department of Secret Matters」——即後日員警密探之張本。政府努力建設陸軍。新貴族漸漸發生。地主採用更嚴之方法，以使農夫與土地不得稍離完全束縛。制定俄帝「亞列西斯法典」——此乃根據佃奴制度所建之貴族國家的法律也。農夫聽斯坦加拉正（Stenka Razin）之指揮，羣起力爭自由。但因組織完備之新陸軍前往鎮壓，未克成功。教會乘亂時雖得回不少勢力，然未幾復屈服於國家之下。教徒分老崇禮派與老信徒二種。此時西歐影響漸及莫斯科。輸入專門的政治的及宗教的思想。

十八世紀 彼得大帝（一六八九——一七二六）即帝位。仿西歐辦法，建設常備陸軍及海軍。向東方及西方移殖直達波羅的海。但該處有瑞典人阻擋，勢不得不戰。於那爾瓦（Narva）地方，俄羅斯為瑞典戰敗。此「北部戰爭」之起始也。彼得復增厚兵力，於波爾多瓦（Poltava）戰敗瑞典。俄兵乃齊趨瑞典。城市有為俄兵刼掠者。

一七二二 俄瑞旋訂尼斯塔和約（Treaty of Nystadt）瑞典割地賠罪。俄羅斯領域為之一廣。一七一一年彼得遂宣稱為「所有俄羅斯之君主 Emperor of All Russians」。遠征波斯，侵蝕至裏海。「維新」呼聲日益增高。舊日之議會改為元老院。其職權頗不清晰；立法，行政，執行，司法，軍事等權兼而有之。此時員警制度漸趨發達。俄羅斯全部劃分為九行政區。由區長全權治理之。宗教議會由普通總主教教會管理。服從國家指揮。試行直接個人稅則失敗。農夫尤甚。國家鼓勵建設工廠並創辦平民學校。彼得大帝繼承者治理之下，貴族勢力逐漸增大。貴族獲得各種特權：教育利益並免盡當兵之義務。國家土地准許貴族使用，因而佃奴制度更行發達。苛稅及各種束縛使農夫之地位日益傾頽。帝國內之地方賦稅設法豁免，以促經濟統一。喀德鄰第二即位。

一七六九——七四 國家移民向南方及東南方進至阿速夫（Azov）海岸。墾殖新俄羅斯及北高加索。外交侵略政策：第一次土耳其戰爭結局為庫巧克（Kuchuk）和約；於是俄羅斯可逕達地中海，俄羅斯之旗幟亦得飄揚於克里米矣。

一七八七——九一 第二次土耳其戰爭因有結賽（Jarsy）和約而終了。

一七七二——九五 瓜分波蘭。俄羅斯得白俄羅斯及服爾欣尼亞（Volhynia），波多里亞（Podolia），烏克蘭之大部分。此外更得佔立陶宛及庫爾蘭之大半。瑞典勢力衰頽。普魯士勢力擴張。佐治亞（Georgia）內服俄羅斯帝國。

一七九六———八〇一 內國政策：貴族勢力增厚。俄帝國之行政區域重新劃分。（行政機關四十；新城市約計三百）。政府規定新省區組織。省政府中貴族掌握實權。省政府更掌員警及司法大權。經濟情形漸恢復。國家不再允許私人享有專利權。豪富貴族創設工廠甚多。一七九六年約有一百六十一處。中產階級如商人等均自謀利益，不問閒事。佃奴備受虐待。保羅第一（Paul I) 時代貴族之權利始加限制。中央漸行集權。喀德鄰第一時文化復興。備受西歐各國之影響及法蘭西哲學之薰陶。俄羅斯語言定為文字之標準。其時貴族亦漸知解放。智識階級乘機興起。共濟會亦應運而生。宗教方面黨同伐異。智識階級對於佃奴制度及員警制度則極力攻擊。

一七九九 第一次英俄聯盟成立。俄羅斯與他國聯合干涉革命的法蘭西。俄帝銳意擴充其領域。但俄人無移住新地者。

十九世紀 佐治亞與民格里力亞（Mingrelia) 合作。俄羅斯之外交政策並不以國民之利益為依歸。完全憑之於專制君主之喜惡，及若輩挽救歐洲險象與保衛舊勢力排斥新勢力等慾望以為衡。其顧慮最甚者，則預防法國之革命傳播於俄羅斯是也。

一八〇七 英俄聯盟於亞歷山大第一（一八〇一——一八二五）時破裂，而定的爾西特（Tilsit) 條約；此俄羅斯發覺所謂「拿破崙的大陸封鎖」之時也。當此之際，俄羅斯併吞芬蘭，直達多爾尼亞河（Tornea) 一帶地方。但許其有行政及政治自主權。

一八一二——一八三九 併吞比薩拉尼亞（Bessarabia 一八一二），伊麥里地亞（Imeretia 一八一〇），及後高加索之一部（一八一三）。未幾與法蘭西戰爭。俄兵至巴黎。旋有維也納會議及神聖同盟之組織。第二次瓜分波蘭。俄帝國遂至全盛時代。尼古拉第一（一八二五——一八五五）與土耳其戰爭（一八二六——一八二八）。並與波斯戰爭。俄均勝；割地謝罪。俄羅斯版圖遂大擴張，竟達多瑙河之北岸；黑海之高加索方面岸上，並達後高加索一帶地方。塞爾比亞（Serbia) 等地許其自主。希臘因得俄法英三國之輔助乃成獨立國(一八三〇)。倫敦條約成立。列強各國保障比利斯之中立。俄羅斯助奧國壓倒其國內之革命運動。克里米戰爭之後，訂巴黎和約。比薩拉比亞之南部歸土耳其。俄羅斯艦隊不得航行於黑海。在波羅的海方面俄羅斯不得於奧蘭島（Aland Islands) 建設礮臺。

內政方面：俄羅斯倡行實業資本主義。國內更有佃奴，教育，行政諸問題。元老院組織改變；使成皇帝下之惟一最高機關。

亞歷山大第一廢除准許貴族蓄奴章程。創設新大學四處。專制君主對法國革命主義深為懼恨。智識界受法國革命思想之影響，組織秘密團體。

一八二五 尼古拉第一即位時發生「十二月之叛」。

一八三〇——三一 波蘭叛亂。自此時起尼古拉第一乃採用最高壓之反動政策。但俄羅斯文學及藝術頗有進步。

一八六四 征伐高加索。領域益廣。亞歷山大第二（一八五五——一八八一）於普法戰爭時趁機在黑海伸張勢力。

一八七一 俄法聯盟破。一八六三年訂俄德同盟，以防奧大利及法蘭西。未幾又有德奧秘密聯盟以制俄。英俄二國在中央亞西亞發生利益衝突。亞歷山大第三（一八八一——一八九四）設計使俄羅斯脫離歐洲問題之漩渦而注力於東方。

一八九五 一八九〇年俄法修好。一八九三年遂成軍事協定並成立俄法同盟。

內政方面：克里米戰爭（一八五三——一八五六）證明俄羅斯管理制度及佃奴制度之失敗。其時知識界即做廢除此種制度之工作。觀於大文豪如托爾斯泰等之作品，可以知之。

一八六一 亞歷山大第二宣言反對解放佃奴。貴族反對土地改革事業。農民間怨聲載道。知識階級中之激烈分子遂鼓吹革命。貴族中之愛戴自由者亦主張改革司法及行政制度。提倡地方自治並召集全國代表會議。各大學及中學對政府皆有怨言。虛無主義漸發達。

一八六三 波蘭叛亂，國內多表同情。秘密團體增多，革命呼聲愈高。

一八七〇 聖彼得堡地方工人大罷工。

一八七三——一八八〇 知識界提倡「到民間去」運動。政府對人民之壓迫變本加厲。國內遂發生恐怖主義。

一八八一 亞歷山大第二被刺。亞歷山大第三（一八八一——一八九四）仍持壓迫政策。希臘教會之掌教——坡埤多諾塞夫——提倡反動思想，影響甚巨。國內常行戒嚴；民生不安。國民權利剝奪殆盡。

一八九〇 地方自治政府之權利大加限制；政府進而干涉地方自治會議之行動。

地方事業多歸中央政府直接管轄。西伯利亞鐵路起始建築。尼古拉第二（一八九四——一九一七）旋即位焉。

本文主要參考書

Bernand Pares: History of Russia

Kornilov: Russian History

Hayes: Political and Social History of Modern Europe

Skrine: The Expansion of Russia

Rose: The Russian Soviet Republic

The Current History

Encyclopeadia Britannica

A. Rambaud: Histoire de la Russie

Makeev & O'Hara: Russia

D.M.Wallace: Russia

歐洲近世史	何炳松
社會主義之思潮及運動	李季譯
歐美十九世紀外交史	有賀長雄
西洋近百年史	李泰棻
勞農俄國研究	李達
勞農俄國之考察	東方文庫
俄國革命史	朱枕薪
東方雜誌	商務印書館
勞農露國	川上俊彥

書信卷

致諸位同學札 *

諸位同學:

當我呼喚「諸位同學」四個字的時候。不由得想起幾年前在學校講臺上與諸君談論的情形，及在課堂裡與諸君相親相愛互相研究的情形。那種快慰，使我現在仍然追憶難忘。可惜今日天涯地角各在一方，不得常相聚首，彼此磋磨，幸而朋友們時有信來，得知母校年來的進步，及諸位同學的努力，遠處江南的我，聞之自然應該歡呼慶祝。

今年春天，在天津時曾得機與幾位同學晤面。那時談起學校的情形，都有同樣的熱望。對於同學的團結，亦都感覺重要。記得范士奎、劉明泉兄等曾以文科漸有精密之組織，為報告離校同學的資料，足證同學對此之注重。因

---

* 此信札載於《南大週刊》第 49 期，1927 年 11 月 23 日。

此我在那時便深深的領會：母校的同學不久將有更好的團結，更進步的團結了。最近，讀到出版部及他位同學寄來的週刊，見其中材料之豐富，組織之完善，尤為欣慰。敬祝母校師生永久合作下去，以發揚吾南開之精神。現在順便把我年來的狀況簡單報告一些，藉答徵求并慰遠念。

法律學習。受了十餘年小學、中學、大學教育之後，知識方面自然不好說一點沒有進步。不過總感到「不夠」！一年以前的同學都有一種做官熱，不才的我自慚學識缺乏，更加年幼，絕不願做此嘗試。因此便決意繼續研究學問，無奈家非富裕，放洋自屬夢想，於是到上海入東吳法律學院。此校原為東吳大學之一部，惟其英文名則為 Comparative Law School of China。從此名可知此校之設，在研究各國之法律也甚顯。此校之課程昔日多為英美法，而大陸法次之。今日則偏重中國法律，而英美法及大陸法次之。上海之著名法官如胡詒穀、鄭文楷、鍾洪聲、吳經熊諸先生及律師陸鼎揆、劉世芳、張正學諸先生一時耆宿，皆為此校之教員。外如董康先生及美國駐華檢察長薩賚德先生等在此亦均擔任功課。此校之程度與美國法律學校之程度相等。在此畢業後赴美繼讀一年即可得法學博士之學位。美國法律學校之入學資格為大學畢業。即得文學士或其他學士學位始可，故東吳法科亦有如此之傾向也。

此校雖為教會出資建設，但無任何宗教之意味。昔日長校者為美國人。今年春季我們曾組織一個收回教育權委員會，我也是委員之一。努力的結果終算達到目的。

學校為實習法律原則起見，每隔一星期舉行一次型式法庭 Moot court。學生做律師，做當事人及證人，教員（昔日法官或現任法官）做審判官。這一種方法行之數年，頗能引起學生之興趣。近讀校週刊，載有模仿議會之設立。一法律，一政治；一司法，一立法；可謂南北相呼應了。

教書生活。東吳法學院因須俟法官及律師公畢，故上課時間為下午四鐘半至七鐘半。晝間正可得機服務，俾能增長經驗。我在讀書之外亦就在浦東中學擔任政治學及經濟學。授課以來，幸尚能得學生之信仰，因以增加興趣，未致隕越，足慰遠註。浦東中學為東南四著名中學之一。本年春季有校董侵吞基金，師生曾有護校運動，上海特別市教育局曾派員維持。結果校外之校董會改組，校內之反動教員亦被剷除，總算正義戰勝。

旅滬同學。南開的畢業生或出校生之在上海者不下七八十人，而從無聯絡之機會。今年春季因凌濟東先生及家兄良釗來滬，我們都能常相過從。遂趁此機會提倡組織旅滬南開校友會。幸蒙多位師長及同學贊助，足能成功。暑假期內校長為遠東運動會事來滬，我們曾舉行一較大之宴會，極一時之盛，我們採用委員制。新近到鎮江去的徐叔謨先生亦是委員之一。

悼惜李君硯貽。今年暑假從北方到南方的同學非常之多，李硯貽也是彼時來的，他曾到我住所來過多次，相談甚為融洽。他到南方的時候抱了很大的希望，這原是因為他久居北方的緣故。還記得有一次我們從鼎元里出來，去吃冰淇淋，他還重述他預備回天津去做某種工作，或繼續讀書。我們談論的結果是勸他先觀察後再定奪。他的意志很可欽佩，不久便赴武漢。在那裏寄來的幾封信，都有憤激悲時的話。因此我們互相勉勵。現在青年時代最好還是預備，將來再一齊努力合作。嘗聞人謂李君性陰無禮；我敢說近年來的硯貽，絕不是那樣。他是一個有希望的青年，能協助的同志。不想他回到天津竟而仙逝了！惡耗傳來，深為惋惜！

以上拉雜寫了一些，終是「不盡欲言」。將來得暇，當再叙談。諸君課餘不吝賜教，尤為盼禱。專此，敬頌

學祺。

弟查良鑑

十一月二十三日

通信處：上海虬江路鼎元里三九二號

致某同學札 *

X X 同學:

週刊寄來，久欲裁答，奈兩校奔馳，殊乏暇晷，故始終未克如願。昨夜課畢，略草數行。然時已子夜；睡魔纏迷，未能盡所欲言，祇好俟諸異日而已。弟今夏曾蒙上海教育局派為浦東三委員之一，於校事稍為規劃。得聘昔日曾在中授課之何仲英及王侃如先生為教員。抑宗文君，現在上海，弟為之介紹於黃渡（上海鄰鎮）師範學校，充國文教員，聞頗順適。趙君遵於今夏由蘇州東吳轉入上海東吳法學院，每日皆得晤談，甚歡。楊周熙君，昔在大學預科肄業，曾在南方服務軍政事業，今復來滬，常來談敘，彼志高且勇，

* 此信札載於《南大週刊》第 49 期，1927 年 11 月 23 日。

誠有為之同道也。李硯貽之死，殊出意料之外，英才夭折，又失一國家棟樑！彼來滬後，曾來弟處暢談多次，相期異日協同努力；不想今竟如斯，噩耗傳來，多日煩鬱。

母校近日有何佳音？弟在申終日忙碌，晨興極早，夜眠甚遲；略較勞苦，幸賤軀無恙，足慰遠注……

弟查良鏞

十一月二十三日

致章益先生札 *

友三吾兄校長賜鑒:

多日未晤，維尊況嘉祥為頌。茲有懇者，內子曹雲先，近在社會部服務，需要經歷證明，伊之安徽大學及大夏大學教授證件，業經取得，戰後在復旦滬校之任教（廿七年至廿八年）聘書未曾帶渝，擬請吾兄費神賜予證明為感。

為禱專上

敬頌教安

弟查良鑑頓首

十一．十一

---

*按：章益（1901—1986），字友三，安徽滁州人。1922年，畢業於復旦大學，1924年，留學美國華盛頓州立大學，獲博士學位。1927年，回國，先後在復旦大學、安徽大學、教育部任教任職，其中於1943年至1949年，任復旦大學校長。1949年後，調任山東師範學院，聘任心理系教授，1957年，錯判右派，1979年，平反。此札寫於二十世紀四十年代。

致二哥札 *

二哥手足：

前天同時收到你兩封信，讀了又讀，真是高興。關於孟兒婚事的兩函，我已影印。分別寄孟、樹兩兒，當為座右銘。玆將致弟畫刻印本及致孟華畫刻印本各寄上一件，請查收。兩畫非惟文意深長，字亦挺秀可愛。我想你自己看看，也必覺得有趣。

---

*按：二哥，即查良釗（1896–1982），字勉仲，查良鑑之二兄。早年就讀南開中學，1918 年，赴美留學，1920 年，於哥倫比亞大學讀研，受業於桑代克、杜威。回國後，歷任北京師範大學教授兼教務長，河南大學校長，河南省、陝西省教育廳長，西南聯大教授兼訓導長，昆明師範學院院長。1930–1933 年，曾隨朱慶瀾從事救災賑濟。1949 年，奉命赴印度出席聯合國教科文組織召開的成人教育會議，會後滯留印度，受邀任德里大學客座教授。1954 年，赴臺灣，任臺灣大學教授兼訓導長，後擔任「考試院」考試委員，1982 年，病逝於臺北。

我認為現在中國人中有你這樣的文學修養、教育經驗，而又真心愛國愛民、存濟世之心者為數無多。我極希望你能利用在印的時間，將你三十餘年的經驗寫出來。使青年多得些教訓感應，一定有極大價值。服務他鄉，固然應該，看看學學，但那是人家的，也沒有全部時間放在他鄉里工作的必要。常看見有許多人做回憶錄，這不但是給世人知道自己奮鬥的經過，並且可以做為個人的檢討參考。希望你能計劃一下，將來書成，可以做為與大陸统一後，教育家、社會服務者以及有志青年的參考和模範。

你手中有無餘錢？我很想寄些錢，給你零用或製一兩套衣服。但聞印度匯兑限制很嚴。究竟情形為何？請你即刻查示，為盼。

你我對於國家和政府的觀念、熱愛，都似乎近乎「愚」的程度。我這次在國外兩年，知道大陸政府的一部分人確應負責，現在還可看出他們的行跡。有的人並無能力，祇靠攢營、聯絡，或者靠裙帶關係陞為大官，至今逍遙自在，對於國家前途，毫無關心。也許有些私念，希望政府別倒，他的希望是想到他的財產，何嘗想到民族的前途，或今日民生的痛苦。(他的主要財產實則老早都搬到國外來了!)

有靠山，辦事敷衍。職務是他享受炫耀的資本。抱著不做不錯的態度，真是氣人。可是老百姓又有什麼辦法？革命是要改進的，永遠是些老傢伙盤據，國家的希望在哪裡？美國這次新政府用了很多新人，真是民主的好精神。新人不一定是年輕的人，年紀雖大，衹要有能力、能愛國，請他來負責任，就會有新氣象。何況如美國新總統和參議員諾蘭都是年輕小伙，勇氣十足，哪有不進取的（前年我和諾蘭談過三次，我當時就覺得他氣度不同，沉著大方，就從相貌上講，他的前途誠不可限量。）！

中國如欲富強就必經科學與民主兩方面推進至為功。二十年前我對我自己一步一步的希望，都曾達到。我在法學院時，希望能做上海法庭法官，辦理華洋案件。後來希望回部任參事，可以有機會編擬法律條文，發揮自己的見解。領判權取消以後，政府給我機會任實驗法院院長。又任全國最大的上海法院院長。此時想想，當時年齡尚輕，亦不知怎樣領導幾百人的法院工作，另外還要管理大的監獄。我在上海集了很多自己得意的判決事件紀錄，可惜都沒有帶出來。

因為在重慶辦得轟轟烈烈，能以結識了傅孟真先生，他見面就叫我 worship。1949 年到臺灣後，他就約我到臺灣大學任教授。當時大陸撤退人員甚多，想任教授職位者不知凡幾。都不易成功如願。各新教授例需會議通過。議決後獨我的聘書先他人兩三星期發出，我對傅先生十分感激。

1950 年新政府成立，司法部林部長還未發表，他一再到家邀請我擔任政務次長並洽談。以我與政治無關的人，這種行動實在是一種榮耀。事情已經談過，我也應允。不意有一位一二十年的好友，會到林先生處說我壞話，破壞攻擊。這位沒行政經驗的林先生幾乎為此所移，態度立刻轉變，真是氣人！這事又不是我自己謀的，而此人所攻擊的不過是嫉妒心的衝動，何能輕信。倘若以是轉化，我認為名譽將蒙受損害。氣憤之餘，當夜偕雲先去看這位老友，說得使他表示慚愧！後來又大力稱讚我穩重，仍建議由我擔任政次。林先生罵那老友不是人。林和我是臺灣大學同事，真正在機關共事方係第一次。他後來屢次和人誇獎我，待到我年中，我想他這些話不致是虛偽的。

因為政次的關係，我這次才出國擔任毛案訴訟的實際主持人，我在美國和顧大使以及各位館員都能合作。訟案的節節勝利，「人和」實亦原因之一。至於美國律師個個處得都好，他們對於我去年冒險來墨，居然把毛犯捕獲一節，都稱讚，而且隨時予以鼓勵。祇惜墨國環境特殊，引渡能否成功當無把握。不過我苦幹傻幹的精神，是當局所明瞭的，也可以告慰於吾兄也。

上述的老友當時即恢復舊日感情，我心中早已忘記。我現在又有一個希望，認為將來與大陸統一以後，我可能再負更大的責任，那時我一定以改造新中國為一科學的、近代的國家為職責。同時要樹立政府威信，力行法治，達成真正民主的目的。證之以前種種，這種希望的實現非不可能，祝上蒼保佑並助其成功。

拉雜寫得許多。遙祝

快樂。

弟憙* 敬上

1953. 1.15 夜 11 時

---

* 按：憙，为查良鏞的乳名。

致樹兒札 *

樹兒：

這是密歇根大學法學圖書館。藏法學書籍十七萬七千餘冊，經常收受期刊一千餘種。建築宏偉，堪稱壯觀。余畢業時該館方始完工，僅在內讀書數日而已。今夏再度返校，已 quarter of a century 。歲月不羈，少年未多努力，於今對於國家不能多所貢獻，殊歉咎也。

鑑

四十三 . 六 . 廿九

---

* 按：樹兒，即查林傳，字樹華，1933 年生，查良鑑之次子。美國堪薩斯州立大學化學工程博士，寓居美國，2001 年病逝。

致唐君毅札 *

君毅我兄惠鑒：

多日未獲聆致，渴想良深。承賜寄大著輓梅、胡先生文，情義深長，至感欽佩。弟已誦讀再三，對兩公之德業更多一層印象。永念弗忘矣。專此，謝謝。

順頌台祺

弟良鑑拜啟

一九六二.六.十四

---

* 唐君毅 (1909—1978)，四川宜賓人。中國現當代新儒家的主要代表。1925 年考入北大哲學系，後轉入中央大學哲學系。畢業後歷任四川、華西、中央、江南等大學教授。1949 年赴香港，與錢穆等創辦新亞學院，任教務長、哲學系主任。1963 年，被聘為香港中文大學首任文學院院長。1975 年，任臺灣大學哲學系客座教授。其一生致力於人文精神的重建與發展。1976 年，出版巨著《生命存在與心靈境界》，乃其平生學思之綜化，其思想體系之完成。

致際昌先生札 *

際昌先生勳右：

日前聆教，獲益良多。本部近年對於行刑設施力求改進，特於年前呈奉核准於桃園縣龜山鄉購地二十餘甲，興建合乎國際水準之新型監獄一所，其內容規模宏大，約可收容受刑人一千名。明春一月，即將竣工落成，惟以經費有限，有關醫療衛生及庭園佈置、農耕等器材尚付闕如，亟待支援充實。

又金門法院暨監所，地處前線，建築設備向系因陋就簡，以致中外往訪人士詢及司法狀況，每感難以為對。年

* 按：際昌，乃樊際昌也，1898 年生於杭州，上海南洋公學畢業，考取半官費留學，赴美國華盛頓大學攻讀心理學。曾任西南聯大教務長，1948 年，去臺灣，任職於臺灣農村復興委員會，1964 年，退休後，先後在國立政治大學、臺灣大學受聘任教，1975 年 2 月 24 日病逝於臺北。

來本部頗思積極加以改建，庶可予人以莊嚴新穎之印象，同時亦可提高司法之威信。

竊聞貴會對於公共衛生以及一般社會醫療、農藝等機構暨金門地區之援助極為重視，敬請鼎力轉向貴會主管，洽請補助臺北、金門兩監獄之醫療、農墾等器材以及金門法院監所建築材料（詳附表）。則造福民眾，當無量矣。

謹函奉懇竚候

賜示專此順頌

勳祺

弟查良鑑 拜上

五十一年十二月十八日

致競兒札（一）*

競兒:

兩年來見到你一步步邁進，我心中有無限快樂。你在自由中國最好的學府畢業，是人生極值得自豪的事。服兵役擔任預官，增長經驗。熟悉個人與國家的關係，瞭解做人的意義，這些都是未來生活、事業的基礎。你在砲校第一階段所獲中隊第一名的榮耀，我一年多以來總在腦中轉來轉去，感覺高興。這次退伍，你又獲得總司令和校長所頒發的榮譽狀。當我接到手中展視的時候，馬上就想到你平時工作的勤奮忠誠。我自幼在學校中即有種種成績表現，

---

* 按：競兒，即查競傳，1956 年生，查良鑑之三子，臺灣大學法律系畢業，美國密西根大學法學院比較法碩士。1992—1996 年，臺灣民意代表，美國紐約競誠國際律師事務所合夥人、駐北京辦事處首席代表。

絕不敢承認親友們稱讚的出人頭地，不過永遠以之告慰我們的祖先。

你們在浸信會懷恩堂結婚的場面，隆重熱鬧，比一般在飯店裏舉行，不曉得要高雅多少，親友們為你們的祝福，十分可感。你們應珍視，應互勉。幸福的家庭業已興建，前途遠大，可以預卜。

學問深造，是人生的更光明的一頁，你有機會入美國最著名的大學，為多人所欽羨。接你來信知你已能適應，聞之甚為欣慰。讀書要用功，但不要過累。我平常叮囑你的話希望牢記在心中。隨時注意「勤」字，過兩三星期就會感覺許多外國同學不如我們了。

家中均安，勿念。瑣事已由媽媽及燕茜的信內說了，不贅。我出國事尚未定。日內正在研究接洽，再談。

父字

1980.9.2

致阮毅成札 *

毅成我兄:

賜鑒前聞。

貴體違和,不勝惦記。久擬趨府問候,祇恐無謂之週旋,反擾吾兄之靜攝。益以弟兼兩校事務,終日忙碌,殊乏暇晷,以致迄未如願。最近學校放假,得於昨午拜教。見貴體完全康復,快慰無似,祈善自珍攝,勿多勞心,是所企禱。

昨談及弟近年旅美事,茲將今春率團參加美國基督教福音大會所記兩段陳臺覽;另一篇「我沒有,我不能」短文,

---

*按:阮毅成(1904—1988),字靜生,號思寧,浙江餘姚人,阮性存之子。「五四」時期任浙江省立一中學生自治會評議員,與同學查猛濟等創辦《浙江新潮》。後留學法國巴黎大學,獲法學碩士學位。1931年,回國任中央大學教授。1938年起,任浙江省民政廳長。1949年,去臺灣,任《中央時報》社長、《東方雜誌》主編等職。1988年,卒於臺灣。

略記美名學者柯立爾博士之感概，亦併檢奉，一閱亡國之恨，豈分歧分子或沽名釣譽者所能瞭解耶？匆上 敬祈。

時綏

弟良鑑拜啟

一九八二.七.三

致朱撫松先生札 *

撫松吾兄部長勛鑒:

逕啟者，美國基督教福音傳播協會為美國極具潛力之宗教傳播團體，向以提倡正義為宗旨，對於我中華民國情感夙佳。一九八一及一九八二年舉行年會時，我國應邀組團參加，弟均謬任團長。會衆三千餘人。介紹時稱呼我國號，接待熱忱。我訪問團數次活動，均由其傳播系統二百餘臺電視為之播放；並將我國旗高揚於銀幕上，尤能引起華僑及一般美國人之鼓舞。本年一月卅日該會即將舉行第四十屆年會，意義更為重大。我宗教界應邀參加，近已籌

*按: 朱撫松(1915—2008)，湖北襄陽人。畢業於滬江大學，曾入倫敦大學政經學院深造。早年從事國民黨文宣工作。1949 年，赴臺，初任臺灣省政府參議。1952 年，調入「外交部」，1965 年之後，「出使」西班牙、巴西、韓國。1979 年，升任「外交部長」。1987 年，卸任。2008 年，病逝於臺北。

備就緒。此次舉雷法章先生為團長，弟被推為榮譽團長；將於元月廿八日啟程前往美京。預定華盛頓會後至紐約拜會各主要教會，藉可宣釋我國統一中國號召之用意。愚意弟此行尚可另作三項工作：

一、聯繫全美中華文化協會激勵其愛國活動。——此會原為于斌樞機主教所發起，在紐約區域曾起相當作用。近年弟被推選，並經馬蔣兩位秘書長勸勉，始允擔任主任委員，遙予領導。日常事務則由陳之祿神父及潘朝英立法委員以副主任委員身份分別負責。客歲雙十節慶祝會，中美參加者達三百餘人，曾由本會常務理事毛振翔神父參加，頗極一時之盛。弟以在國內接待外賓及其他事務所羈，未克前往。此次赴美擬與陳潘二君及理監事等密切聯繫，藉以推展會務。

二、美民主黨領袖之聯繫——佛洛立達州民主黨副主席 Hazel Evans 為弟舊識，前曾來臺，對於我國立場頗為讚許，卡特宣佈斷交後，弟於一九七九年一月至二月在美京，曾與之數次聯繫。若干方面皆承其熱忱介紹。（如與史東參議員及司法部貝爾部長兩度約談……）最近接其來函，謂友人佛州前州長 Asken 將競選一九八四年總統，弟似須乘機往晤，以建立關係。

三、以前由中美文化經濟協會理事長或東海大學董事長名義邀請來華訪問人士，本應不斷接觸，庶可協助大部保持關係，奈為時間及物力所限，未能進行。此次赴美倘能由北美協調會認為必要者，洽定數人前往晤敘話舊，諒對與我情感有所裨益。

以上所陳各點，吾兄若認為必要，弟願藉此次參加宗教團體開會之機會，分別拜訪。至赴紐約及佛州旅費，如蒙惠予補助，尤深感禱，專此，敬頌

勛綏

弟查良鑑拜啟

一九八三．元．十二

致晶兒札 *

晶兒：

我每天都在想念你們。我為你祈禱祝福。接你的來信知道考後亦曾小作休息，諒已恢復常態。我以前給你寫的信中都曾提到我對你考試的態度以及你應該持有的心情。凡事應認真，應負責，應量力。你有勇氣報考，我已是滿意。你能認真復習，謹慎準備，我以為精神可嘉。至於成功與否，可不計較。

我懂得美國法律之複雜深奧，那許多門課程都要考，真是談何容易。我去年二月看你用功的情形，十分安慰。你過的簡單生活，我也和你一齊住了兩三天。我當時就想到昔年我在上海的求學生活。每天晚飯就在小飯館中吃一

* 按：晶兒為三兒競傳之乳名。

碗麵或是吃幾個鍋貼，肚子吃飽趕回住處繼續讀書。還要準備第二天渡江到浦東中學教書。渡江後還有一段長距離，捨不得花幾個「銅板」坐人力車，自己徒步走到學校。從住處（虬江路）走到火車站，再乘公共租界電車到法租界。再換法租界電車到中國地邊界，然後走一段路換上海電車公司的車到六碼頭。隨著許多商人小工乘輪船渡江。雖然如此，我並未覺辛勞。每天晚飯之後買一個饅頭帶回家，第二天清晨，自己到外面熱水店買一瓶熱開水。回家後用熱水洗臉，並且把前一天的饅頭泡了，加一點糖當早餐。從未喝過牛奶。我一生早起勤勞的習慣，可說幼時在家中業已養成，在上海，又加強磨練。所以至今我雖已高齡，仍然每晨六時半至七時之間必會起床。從不遲起，更不遲到。

你的考試何時放榜？你現在盡可置之腦後，不再想它。現在就要加緊計劃今後的途徑。第一要決定留美抑或即時返臺。留美第一要把身份確定。你最近有無新的門路，那些 agent，不一定有辦法。可是也不能不找他們。你第一要先取得一個號頭，不可再如以前大意。如欲返國則也得先作打算。希望你把你的計劃隨時寫給我。Moser 及 Parson 二人未能幫助，十分可惜。Parker 介紹的 Visser？

你曾與之再接洽否？念之。

前幾天我又托余先生帶二百五十元，明知無濟於事，但是為父的一點心，暫且表示一下。最近我們訂購一戶公寓，五十坪，比現在32坪寬一點。現在的很小，雖然交通方便，但是我每天讀書寫文章或寫信都嫌不夠用。可巧杭州南路在臺大法學院附近（銅山街稍南）有一新建築可以先付一部錢，其餘大部分是貸款，但需一年半方可造好。那時將現住之房出售可以抵付一半。近年我每月小有餘款，買些食物、用品、應酬還可應付。這樣一來又負債，而無法償還，所以我近來不免憂愁。直怕影響健康（幾十年來我從未因任何事煩惱過）。你聽了也不必擔憂。我有信心，有福氣。我一向樂觀。現在仍抱樂觀。有人說一年半後新房建成時，可能已漲價。同時現住房屋屆時也許可多賣幾塊錢。貸款及利息或許可以順利歸還。如意算盤。

我對於金錢沒有興趣，自己亦不會理財，更不懂得經營。昔年的些許積蓄，抗戰時期多已捐獻。戰後一點積蓄，在金圓券時代均已化為無有！幸而我們保住了生命，到了臺灣。我此次赴美歸來，見者都稱讚我健壯（差不多每次見到友人都承他們誇獎，表示羨慕。以我每日的忙碌生活，真非一般人所能負擔。在我則無疲倦之感，反而覺得愉快）。

我平常能有力量乘計程車而不坐公車，心中已很滿意。乘公車必須排隊等候；上車之後還要擠著站立。公車臺階高，下車上車對年長的人十分吃力。多年來我能避免，時以為樂，我的生活態度是「知足常樂，隨遇而安」。所以總是心情愉快。這種態度不適合年輕人。因為缺乏進取心。我不鼓勵你們學。但是我也不主張爭名奪利。中外歷史告訴我們許多經驗，時時均應記在心中。

今年是我的整壽，能渡此大關而猶健康，我已很滿足，心中高興。關於慶祝承友好們談起。兩位哥哥也很熱心，我都感激。經過再三考慮，我現在決定絕不作壽，也不設宴招待親友。我向來覺得設壽堂，親友們鞠三躬道賀，太戲劇化，沒有什麼意思。更不喜歡牆上懸掛賀聯或臺上陳列著成千成百的賀箋。客人既不能全看，也無法欣賞。勞動親友，心絕不安。若趕上天氣不好而下雨，更對不起賓客。請客也不能周到。請的人難免引人破費，未請的人或有失禮。現在臺灣奢侈風盛，動一動就要花費很多，請客如乘汽車開銷勢必增加。我家自來勤儉成風，還是保持這好家風為佳。你的前途現尚未定。談不到返臺。重弟服役軍中不便請假，也談不上給我拜壽。何況我向來認為拜壽不一定限於生辰的一天。因此我決定生日避壽。到山高水秀的地方休息兩天，藉可思過，謝神保佑之恩！

我生日的一天，希望你們兄弟們都能吃壽麵。不管是中國式的炸醬麵、打滷麵、湯麵、炒麵，或西菜式的燴麵，衹要於吃時想到我，代我祈禱祝壽，我就心滿意足。你們兄弟妯娌都是大孝大愛。我深以你們自豪。孫女孫男都好，我們不靠任何財勢個個奮勉工作，心中永存國家同胞，今日家庭中，像我們這樣的不太多，也足以告慰我們的祖先了。

我十分想念家英，他聰明，長大了一定可成有用之才。我也極惦記他的習慣，絕對要注意：1. 不可常看電視，報紙常載電視可妨害視力。2. 別動電開關或瓦斯爐。3. 不可爬高以免跌跤。4. 不可偏食，必須吃各種有營養之物品，不可有所不吃。燕茜的菜做得很好，我每次都吃得很多，知道我喜歡吃稀飯，特別為我煮幾次稀飯，我十分欣賞。我以為稀飯作早點，比外國人土司雞蛋吃起來也不差。大嫂、二嫂每次都為我預備我喜歡的東西，我感謝你們妯娌們的孝心，再談，祝好。

燕茜同此

父字

一九八四 . 三 . 十五

致孟兒札 *

孟兒:

那天在電話中簡短談話，至為欣慰。你們的孝心好意，我極感激。我想關於我正壽事，就照我的決定，對我最好，我的心安。不驚動親友，你們亦不必遠道跋涉。還要請假，耽誤正經事務。我向來主張簡樸，這正合乎我的心願。

八十歲確是一個值得紀念的里程。從幼兒時代蒙父母之恩養育成人，不知費了尊長多少心血。論我一生，自幼即在戰亂之中長大。先是北洋軍閥內戰，隨後就是日本侵略。國際戰爭剛勝利，又有國內戰爭。在八年抗戰之中經

---

* 按：孟兒，即查朋傳，字孟華，1931 年生，查良鑑之長子，美國馬里蘭大學核子物理學博士。任職於美國海軍武器研究所，高級工程師。2003 年病逝於美國。

過許多危險。姆媽帶著你倆兄弟跋涉千里投奔後方，艱難困苦。八年之中我生命數度遭遇險境。戰勝病魔保持健康，全家都能平安，談何容易！我一向感謝神的佑護以及祖先的福蔭。若不是勝後驕傲，策略錯誤（潛伏間諜，整編軍隊，幣值紊亂……），蘇聯大力支持，友邦厭戰，退縮撤肘，哪致如此慘敗。一九四九年四月南京失守之後，我們若未來臺灣（買機票萬難），我的生命一定隨著亂潮犧牲（公務員、知識份子、美國留學生……）。現在已經一關一關的渡過，時常看見、聽見六十、七十的離去，如今能長途徑賽達到八十，實在有它珍貴的價值。我亦知道你們心中的高興快樂。所以我主張生日的一天郊遊，靜思、享樂、追念、奮進。自幼我就喜歡中國人的偉大思想，以長壽麵為賀。是日，我希望你們在不同的地方都吃麵，我已十分安慰愉快了。

近十天來我又在百忙中做了幾件有意義的事：（一）密西根大學同學會第八區會長 John H. Rinek, Director 夫婦來東方訪問。日本、南韓之後來臺灣。我是臺灣會長，接待他們在國賓大飯店宴敘會談，還陪著參觀故宮博物院（內部佈置較前更好）、國父紀念館、中正紀念堂……他們稱讚不已。他們兩人加入旅行團遊花蓮太魯閣看大理石……他想不到前幾年我領導的捐款給母校達十一萬餘元。（二）美主臨萬邦旅行團二十五人，星期日（4 月 15 日）我為他們證道二十五分鐘。聽者之中有一位在美國養有一千八百隻乳牛。（三）美民主黨喬州主席 Bert Lance 等五人，我接待盛宴，交談甚歡。忙中我還授課。青年們實在可愛，再談。祝好。

素潤同此

父字

一九八四．四．十八

（附圍棋消息剪報二紙）

致競兒札（二）

競兒：

這次我八十歲避壽，是一件很正確的決定。我知道你們兄弟們的孝心，想在這難得的有價值有意義的日子，大家團聚慶賀一番，我當然可以感覺欣慰；但是勞動親友們慶賀實在不應該。兩位哥哥嫂嫂都很忙，縱然可以設法請假或安排休息，總必有許多不方便，所以兩位兄嫂不回來，不致使他們感覺不便。你們倆人身份尚未辦妥，旅費亦無著落，更加了一層困難，你們未回臺自是正確。

我感覺你們的孝心，我從你們的信中可以看出你們的誠意，前次你信中說考中律師資格是獻給我的拜壽禮物，我承認此意思，我接受這禮品。你的此項成績表示你的能力，表示你承接我的教誨。有的朋友也許以為你從此即可發財，我至今未曾做過此想，你尚需閱歷經驗，距離成家立業還有一段路程。你此時最好能在大事務所繼續學習鍛煉。社會上多認識人，多發生關係，然後再選擇途徑辦理。這當然包括地域的選擇，人事環境的選擇。

中國有一句諺語說「初生之犢不畏虎」，隨便和人合作，若未搞清楚對方，將來難免發生糾葛！若自己開事務所，則更近乎冒險。非惟貸款付息，將來縱然擇地遷移必亦增加不少問題。前兩月你那許多幻想與計劃，今日必亦承認草率，這都是經驗，藉此可以知道在社會上生活與賺錢誠非容易。我想你們從小就聽到我說過人要成器，家要興隆，必須做到「勤」「儉」「誠」「勇」。我對你們這樣訓勉，我對學生也這樣勉勵。

你申請領執照，已否有結果？我前收你的信後，立刻親自向臺大及東海請求幫助。臺大註冊組說你缺乏資料，我當天到法學院法律系及註冊組洽辦並代填表格（關於美國法院所需之表格，他們說你為何不先填一稿式，以為參考避免錯誤，我以為他說的話是對的。以後，做事就應細心，免有錯誤）。不知現在已由紐約法院辦理否？陳大可亦考取律師資格，她拿到哈佛 L.L.M. 又在 Boston 大學得 J.D. 她的父親也正為她在註冊組辦理手續。那張表格最後須由註冊主任及校長簽名蓋章。執照拿到後，希速函告，以便釋念。

我們到日月潭休息避壽，一切均甚滿意。我最高興的是每日太忙太累，個人責任很重，藉此機會輕鬆一次。家中想換新房而經費不充裕。我年齡已高，雖身體健旺，但如有疾病如何得了！我不怪人，祇怪自己一年前遷至新宅後原已衷心愉快。大家都說好，何以忽然又想變更！我本以「知足常樂，隨遇而安」八個字自勉，何以就變更！原來我已是債務人，每月負擔一些尚可。今則須每月多次繳款（每次四萬），另還須於明年十月後繼續還本付利。我素來知道自己不會計算。祇有責怪自己！此次藉避壽機會，略微休息也算應該。

十四日（星期六）晨八時動身，十時到臺中，乘東海小客車到涵碧樓時，已中午，吃飯小憩，即參觀文武廟及玄奘寺與慈恩塔。走到塔座已是很遠的路。又從一層走上九層，風景真美。亦可考驗我的精神興奮，身體健康。十五日上午遊孔雀園等處，下午則乘汽船遊湖，晚間佳饌，並享以壽桃、壽麵和蛋糕，在涵碧樓時，我曾跪在廊院中默禱感謝神恩，感謝祖蔭。回憶幼時家庭狀況，祖母早逝，祖父因我年幼不肯續絃，先是長姑帶領。及兩位伯父結婚，長姑出嫁，我得兩位伯母照應。衣皆親剪親縫，家風純厚，感荷無已。我回憶家中讀書的努力，中學時已成為同學領袖，大學時竭力研習，力求進步，南開大學時任學生會長並曾代表學校參加華北六大學辯論比賽，兩度勝利。東吳進修法律，又被選舉擔任會長，及至密西根大學幸獲獎學金。幸得美國最高的法律學位，國內大學爭相聘請，卒以我志在為全國人才，願赴內地服務而先選擇懷寧即安慶，次年入司法行政部並兼中央大學教授，以後任上海特區地方法院推事，四川高等法院檢察官。各國不平等條約廢除後，政府為改革司法，在首都重慶設實驗法院，我被選為院長，嗣於勝利後即任上海地院院長。遷臺後即被聘為臺灣大學教授，次年行政院遷臺我即被邀為司法部政務次長，當時部長林彬先生，學者廉吏，親自來家敦聘，其禮賢下士精神，殊為欽佩！以後出國辦毛案，為國家爭回榮譽。任聯合國大會全權代表，任部長，任最高法院院長，一件一件的回憶檢討，極有意義。足足有三個小時，我亦藉此機會為你們兄弟妯娌姪子姪女等祈禱保佑，保持家風勤儉誠勇，兄弟應友好，夫妻應和愛，上帝一定會為你們祝福的！

你來信說每天極忙，不知你忙的何事？做事的時間支配很要緊。平時要練習要計劃。對於事情的性質須徹底瞭解。與人談話要注意態度。莊重、和藹必能取得對方的信任，我很喜歡你的活潑態度，應答能力。也許是父子關係，難免偏愛，我總覺得你比一般青年有志氣，有能力。社會是複雜的，處處要留意，不可驕傲。《聖經》裏教我們謙卑，中國古諺說「謙受益，滿招損」都是同一道理。我們應學習忍耐，待人應有禮貌。我在日月潭避壽的三天假期內，時時自己檢討，我感謝祖父的教訓，兩位伯父的愛護指導，更想念姑母對我的照應。兩位伯母隨時鼓勵，誇獎，使我感覺個人的責任，增加了自信，好像很早就知道將來就會有偉大的表現。可惜祖父去世太早，這是當年衛生知識不夠，人太胖，而醫藥遠不如今日，以致我未能略盡孝心，終身遺憾！幼年失恃，及長失怙，好命苦也！那天清晨面對高山清水，再看天空明月，不知流了多少眼淚！我追憶檢討，自慰之後隨即計劃未來。我決志繼續讀書、研究，從事教育事業，期能多所貢獻（近年有很多感人故事，暇時再和你們談）。將來我在國民外交方面還要不斷努力。

我買了幾枝好的毛筆，還想練字。未來二十年的生命，希望是快樂的、幸福的。

燕茜同此。

父字

一九八四年七月廿三日

和周以德博士歡宴後返家寫

致重兒札（一）*

重兒、麗蓮：

一月廿八日上午十一時四十五分，西北班機離中正機場後，一路順風；先到東京，稍停即換越洋飛機，逕飛紐約。途中我飲食如常，曾數次短睡並未感覺疲倦。甫抵紐約，天氣嚴寒且下小雪。哥哥在場迎接，我心中的高興是可以想得出來的。

家英長得很高，抱起來特別顯得重。他活潑可愛，話都會說，亦懂得禮貌。家和相貌很好，總是笑著看我。她很像家英，頭部大，必是聰明。我住了兩夜未聽到哭聲。燕茜照應得很好，管兩個孩子自然要費精神。

---

*按：重兒，即查重傳，1958 年生，查良鑑之四子。臺灣中國文化大學法學博士，在大學任教，曾任學務長，系主任，院長。

我們訪問團於卅日十一時，乘包公路大車赴華盛頓。大家節儉，買了麵包、牛肉及水果等在車上吃，當作午餐，大家談笑，頗感興趣。卅一日及二月一日，訪幾個教會及北美事務協調會。中午，錢復代表在雙橡園設宴招待。錢人極謙和有禮，中外人士對他均極佩服。錢太太殷勤招待。團員中有幾位首次來美，初次見面，群相稱讚。二月二日，全美基督教福音傳播大會開幕，參加者三千五百餘人，相當熱鬧。原定三日請雷根講演。因太空梭爆炸全國悲傷，演講臨時取消。改為電視大銀幕放映。語重心長，對於美國主張道德重振，頗能感人，六日會畢。我將赴大哥家住兩天，二哥亦來。八日，同度除夕。二月十二日，華埠福利促進會開會，十四日，文化協會理事會開會，十五日，臺大校友會開會，我皆被邀參加。廿二日，可啟身返臺。廿三日可達。再談。

父字

七十五．二．五

致光鈺兄札（一）*

光鈺吾兄臺鑒：

一別四十年，每憶芝采，彌殷葵向。既不便執筆，又不悉行止。今日下午忽接吳益敏君來函 (88.5.24 寄東海轉) 轉遞佳音 (87.9.24) 一連拜誦五遍，不忍釋手。惟希今後能保持聯繫，常通音訊。弟於四九年專任臺大教授，翌年改任公職。一度曾赴美辦理國際重大要案，又陸續出席國際會議，增長不少見識。近十餘年來擔任私立東海大學董事長，扶助學府發展，(學生一萬二千人) 頗饒興趣，另在文化大學擔任法律學研究所長、法學院長，每週兼課五

* 此信札見黃光鈺著《季潛文選續編》。按：黃光鈺，字季潛，安徽歙縣人。1930 年，應試被錄用為司法官。曾任上海地方法院刑庭庭長兼書記長。晚年寓居上海。

小時，臺大方面則亦授課二小時，直至去年八月方始擺脫。現在比較輕閒，但常有國際學術研討會，多次邀請參加，因亦不感寂寞。閔疇先生今世完人，駕返道山，哀悼至深！數年前兩度於夢中拜見，惜無遺言。承示厚齋、象祖、天保諸兄相繼棄世，聞之悲痛萬分！怡卿兄及施悰、鐃振公諸兄常有晤面機會否？殊以為念。務請代為致意候安是荷。匆此奉覆。　敬頌

時安

弟良鑑拜啟

一九八八．六．三

致光鈺兄札（二）*

光鈺我兄臺鑒：

近接兩函，讀之再三，既感且念。欣見玉照，未卜何日方可握談。祇可遙祝神佑，保持健康。承告吳世兄竟將弟之前函留置數月，方始轉遞，殊出意外。今我兄直接郵寄且均按時收到，自較方便。此間可托紅十字會代轉，諒可順利聯繫也。

一年來，此間赴大陸探親者為數極多，各大城市如上海等情形傳述頗多，生活狀況大致皆可瞭解。此間一切尚安，祇是氣候因亞熱帶關係夏季太熱。一般商店餐廳及家庭均裝冷氣機，藉以調節溫度。數十年來，科技發展迅速，經濟日益繁榮，但工廠林立，自然發生污染，因而漁業受

---

* 此信札見黃光鈺著《季潛文選續編》。

其影響；謀求救濟、改善，亦不簡單。此間十月連續慶典，弟多次參加，且負責接待十餘位外賓，相當忙碌。幸賤軀托庇健適，足以告慰。匆此布憶、敬頌

時綏

弟良鑑拜啟

一九八八.十一.三

致張祖葆札 *

祖葆:

到美國後曾寄你一封信，諒早收到。我們參加布希總統就職典禮後，次日就去波士頓，在那裏拜訪美國著名的《基督教箴言報》與負責人員，交談甚久，並參觀報館和編輯部，他們對於我們的訪問甚為感激，對於中華民國經濟發達十分欽佩，祝我們繼續奮進。我們又參觀了哈佛大學及自然大博物館。那玻璃花草博物院是世界唯一的博物館，原為德國人父子幾十年的心血造成的，真可敬佩！也

* 按：張祖葆（1921–2013），生於安徽天長，祖籍江蘇盱眙。出生名門，其父曾任民國外交部長。抗戰時，隨家人入川，完成會計學業。勝利後，擔任美國紅十字會上海總部司庫。1949 年去香港，後抵臺灣，為中國民航公司司庫。1955 年 1 月，與查良鑑結為連理，婚後辭去公職，相夫教子。經常隨先生出訪各國，以優異的外語能力，從事國民外交活動。兼善繪畫，師從黃磊生、歐豪年，以花鳥、動物見長。

看見 MIT，沒時間進去。想念 Grace 87 年畢業代表演講，心中真快樂。

晚間協調會，林處長設宴。有僑領及教會人士百餘人，我曾致詞，鼓勵大家和諧，團結為爭取中華民族的前途而努力。薛先生伉儷及女與婿均相逢，機會難得，談笑甚歡。他們特別問候你和重兒夫妻，知道家莉活潑可愛，賀我們的家庭幸福。

我們在芝加哥亦曾拜訪 NRB 會長 Jerry Rose 博士及其電視臺，規模宏大。次日我們曾參觀科學博物館。因霧未登 Sears 大廈，僅在門下照些相片留念。

我們已回華盛頓，曾見孟華夫妻及 Serena。明天副總統奎爾演講，後天布希總統演講，必有一番熱鬧。再談，
祝好

方季

七十八．一．二十九

致重兒札（二）

重兒：

你能選為學校代表，參加海外旅行慰問各地僑生，我感覺十分高興。

現在又找到幾件用品伴你旅遊使用。

今晚我和馬樹禮伯伯講起中華青年同盟，請他指教，他非常高興。待你行前，我介紹你去訪談。他是我民 26 年起的好友。

你近日準備功課很好，但是不可過勞。

將來口試時務必鎮定，不可緊張，大方、勇敢、有見教，口齒要清楚。

我數次做三研所考試教授，我一向注意學生的態度、抱負。

祝你成功，祈神保佑！

父字

七十八 . 六 . 廿五深夜

致吳俊升札 *

士選道兄賜鑒：

久違雅教，渴念良深。辰維起居佳適，為頌無量。

此間政治改革，諸多開放。分歧分子乘機擾亂，社會略感不安；未免令人憂慮！其實歐美國家亦多動亂，89 年，美國《新聞與世界導報》雜誌載有長文，詳述美國犯罪之嚴重及社會不安狀況，亦是極大問題。報紙殊少刊載，亦不故意渲染。最近哥倫比亞及巴拿馬販毒猖獗，情況可見一斑！經濟方面仍能繼續發展，外國報紙雜誌多稱讚。信義路五段世界貿易中心，近年來頗能引起歐美商人注意，

---

* 按：吳俊升（1901–2000），字士選，江蘇如皋人。1920 年，考入南京高等師範學校，畢業後赴法國巴黎大學留學。回國後歷任北京大學教育系教授兼系主任、中央大學教育系教授。1949 年，由廣州轉赴香港，任教於新亞書院、後升任院長。退休後定居美國，從事著書工作。

廣為宣傳。今年全部大樓皆已竣工，更為招攬熱鬧之市場。臺北市議會在同一區域新建大廈，美侖美奐，不久即可開始使用。屆時更可多一號召力量。近年汽車大量增加，交通常常阻塞，私人轎車停車更成問題。吾兄下次來臺，弟當親陪一遊也。

梅貽琦先生百歲冥誕，清華校友會、南開校友會及教育部、中央研究院等單位舉辦紀念會，在月涵堂（數年前新建樓房，有宿舍可供學人居住）舉行。梅夫人現在北平，二女公子特來臺偕同籌備。梅先生終身貢獻教育，實堪敬佩。此間教育界近年倡議國民教育延長年限，輿論界亦多回應，何日實現則尚難預料。

弟今年一月廿七日將赴美參加美基督教福音傳播協會年會。二月九日將在紐約主持"中華文化協會"，二月十五日後，當首途返臺。希能在洛杉磯友人家小住二日，如能實現，當趨府拜謁聆教。匆上，敬頌

儷安

弟查良鑑拜上

七十九．一．十二．

致程森士札 *

森士吾兄鄉長台鑒:

久違雅教，時切馳念，比維興居佳勝，新歲增福，為頌為祝。

茲啟者：商務印書館出版之《東方雜誌》（七八年十二月份），刊有關於查良錚之專文一篇，頗有價值。良錚為弟之堂弟，聰穎過人，素為學者所讚許。文化大革命時期不幸遭迫害，聞者莫不痛惜！不知《海寧同鄉會訊》可否將此文轉載，以廣流傳（證明轉自《東方雜誌》）。

---

* 按：程森士（1911—2004），原名紳箎，浙江海寧人。早年就讀於海寧乙種商業學校。抗戰時勇赴國難，任浙江省抗日自衛總團青年營副營長，旋又奉命潛入敵後，任海寧縣黨部書記長，兼代海寧縣長。抗戰勝利後，歷任海寧縣參議會副議長、國民黨縣執委主任、《海寧導報》社社長。1950 年去臺灣，加入臺灣遠東集團，後發起籌組海寧旅臺同鄉會，任總幹事，出版《海寧同鄉會訊》，積極反對臺獨，呼籲統一，深受各方贊賞。

敬祈臺酌。

美與臺斷交後，中國基督教會協會每年皆應邀組團赴華盛頓開會（美國基督教福音傳播協會年會）。弟歷蒙推任團長，偕同團員二十人前往參加。四天大會後，再到三五大城市訪問宗教領袖。彼此交換意見，並藉此機會宣揚國內之政經進步實況，頗具績效。會後弟個人尚須留紐約參加「中華文化協會」新春聯歡大會。該會歷史悠久，原由于斌樞機主教擔任主任委員，旋由雷震遠神父繼任。八年前改選弟濫竽負責，辭未獲准。每次大會參加者約五百人左右，其中少數為美國白人，大部分則為華僑領袖與家屬。與會者激勵愛國救國，頗感親切。今年一月杪，鑑又將隨團前往，二月廿日方可返臺。多年來我同鄉會新年團聚因此未克參加，殊以為悵！尚祈惠予轉請各位鄉友鑒諒是幸（本年小兒重傳將伴同前往，因亦不克參加本年同鄉團敘，尤感歉咎。重兒現任文化大學講師，去歲考取文大博士班，研究國際問題等）。

年來世界各國逐漸醒悟，將來大陸各地應如何建設，此時實宜著手研究計划；而青年壯士之責任則更重大，吾儕皆可攜手邁進也。

匆此布憶，敬頌時綏。

弟查良鏞啓

七十九 . 一 . 十四

李如南先生請致候（文另寄）

致瑞傳札 *

瑞傳姪如握：

多時不接你的來信，真是十分惦記。前次施伯伯自北京回來，詳細說你們見面談話的經過，我無比的欣慰。他誇獎你的態度，有禮貌，有學問。他特別強調你身體健康。我放心。我高興。記得我已經給你寫過信略述此情，但不知那信可曾收到？

我年紀誠然大了，有時因忙，有時因懶，還有時因找不到通信地址，竟把信遲發一段時間。實在可笑！

我實在想念你們。永懷你父親「專集」裏有我一篇文章，你看了是否覺得與別人兄弟情感有些不一樣？我和你

---

* 按：瑞傳係查良釗之子，1925 年生，為中國人民大學教授，著名人口學者。2001 年病逝於北京。

們姐弟因戰事未能常住一起，真是可惜！更有誰能料到兩岸相隔竟數十年，以致骨肉之親不能相聚！

你的照片，看後如又會面。那張大照片特別清楚；我另封寄還。像這有紀念性的照片要好好保留，時間隔了愈久，愈是寶貴。

孟華弟這次到北京，參加國際堯舜杯圍棋比賽，是難得的機會。他以業餘六級的身份獲得第六名，真不容易。你會下圍棋嗎？會下象棋嗎？下得好不好？我對圍棋一點不通。象棋亦祇是懂得走而已。

今年華裔田長霖博士當選為加州大學校長，殊非容易，乃中國人之光。他在六月下旬來臺兩星期，我曾以中美文化經濟協會理事長身份請他伉儷在圓山大飯店，早餐會（26人）歡迎。彼此交談，極有意義。我最近曾在兩個場合演講，並非學術演講，所以也不費力（各一小時）。再請求神保護你們。

叔叔

一九九〇、七，廿六

致濟民宗長札 *

濟民宗長大鑒:

日前在港親聆教益，復承寵召盛饌，至深銘感。惜停留甚短，未能盡言。有關面懇對中國人權協會惠予支助事，謹再扼為奉陳。

按本會於一九七九年春，由前任理事長杭立武先生等約百餘位社會賢達所創立。宗旨為宣揚人權觀念與關心中國人之人權。具體作法則有舉辦各項座談、演講、辯論與人權講習；實施臺灣與大陸地區人權研究調查；訪問各地監獄，關心受刑人之權益；同時常派員旁聽重大刑事審判；

---

* 按：查濟民(1914—2007)，浙江海寧人。香港著名愛國實業家。浙江省立高級工業學校畢業。1949 年秋，於香港創辦中國染廠，1997 年，獲香港特區政府頒發的「大紫荊勳章」。

提供法律服務；並救助泰國、高棉邊境華裔之難民。近來復因外籍勞工來臺日多，因亦經常需要提供法律協助。此外更與國際間之重要人權團體如「國際特赦組織（Amnesty International)」「亞洲人權觀察」，以及亞太地區九十餘民間人權組織取得聯繫，或交換信息，或安排互訪。

十三年來之各項工作，今再舉數例以窺全貌。在釋放叛亂犯方面，臺灣於一九五〇年代判刑之叛亂犯迄一九八〇年代初期尚有三十餘人長期監禁，經本會不斷呼籲，立武先生且曾親訪國防部長，卒使彼等分三批獲假釋出獄。港商張驥犖之被控叛亂案，亦經本會法律協助而近獲高等法院無罪判決。以言法律服務，人民受益案件無數。百餘位律師受本會聘為「人權律師」，義務為被告權利辯護。至於對華裔難胞服務，則始於中南半島三邦赤化後，千萬難民逃入泰境，景況極為淒慘。本會首先聯合十餘民間團體組成「中泰支援難民服務團」，選派志願青年至難民營服務。因應難胞請求及事實需要，迄今已歷時十二年，受益難胞無數。服務團亦經聯合國難民高專公署登錄為華人惟一之國際救難組織。

本會十餘年前之創立，不無開時代風氣之功。近年臺灣各種人權組織（教師、農民、軍人、被害人、原居民等）

紛紛設立。人權一詞不再為朝野視為禁忌，實為臺灣社會趨向民主開放之事證。鑑半年前承第七屆理事會謬愛，舉為理事長，深感推廣人權，實為順應時代潮流之舉，但本會為民間社團，前述各項工作除難民服務經費申請由政府補助外，其餘會務及舉行國際性有關人權之研討會議等所需全年約新臺幣壹仟叁佰萬元，皆賴對外勸募，因之備感艱困。臺灣之著名企業歷年捐助超過壹佰萬元者有國泰產物保險公司、遠東紡織集團、中興紡織、松下電器、臺灣塑膠公司、華國大飯店，以及世華銀行等。杭前理事長生前勸募尚擴及菲律賓及泰國僑領。

近三年來隨兩岸關係之互動，本會曾三次至大陸訪問與座談，期由民間交流，使彼岸逐漸接納與尊重人權。但此項活動因增加支出，益使已極困窘之經費捉襟見肘。日前趁在港之便面並益勵精進。叨在愛末，諒不以冒昧見責也。

耑此　順頌

時綏

晚 查良鑑敬啟

一九九一年十一月廿日

致四哥札 *

四哥賜鑒：

很久沒寫信問候，至深想念。去年十一月九日臨時決定應世界梅氏宗親會三年一度的懇親會的邀請，到香港參加開會，時間短促，入港的許可證費了很多時間才拿到。十日開幕典禮，我以貴賓身份致詞，其餘開會討論等事項我都不用參加（僅參加閉幕式及晚會），借機在港看見很多曹府的親戚和查氏兩家本家。查家一位是濟民宗長，一位是良鏞（著名的作者，武俠小說的權威），祇有一天遊覽香港的風景。二十年前我曾去過香港，繁盛冠於東亞，不過我並不欣賞，此次我特別注意地下鐵道及海底隧道的建設，雖是英國人的主導，實則是中國人的智慧，

---

* 按：四哥，即查良鑄（1904—1996），字鼎甫，查良鑑之堂兄。唐山交通大學畢業，曾任隴海鐵路副總工程師。建國後，調安徽省建設廳，1976 年後，回上海，在徐匯區政協工作。

中國人的努力。中國人是世界最優秀的民族，百餘年來因為科學不如西人，屢戰屢敗，以致割地落伍！民國成立八十年，本可獨立中興，可惜不斷內亂，又遭倭冦侵略，我向來是樂觀派，相信不久必會統一，屆時我們必可稱雄於世界。

左起前排查濟民、查良鑑、查良鏞、張祖葆 後排查懋生、懋生夫人、劉璧如、林樂怡（1991 年攝於香港）

祖葆和我同去香港，她未到臺之前曾在香港住過幾年，也曾在港服務，所以會說廣東話，轉瞬 1997 年快到了，一般人過慣了民主自由的生活，有些擔心，實則民主已是世界的大勢所趨，想來日後也不致十分限制人們的自由！

我每天仍是忙，忙而不累，所以精神很好，人們都說（我）不像 87 歲的人。我時常有機會演說或證道，短者十分鐘，長者半小時，聽者都能重視，說者也感興趣。最近一次向大同老人福利基金會主辦的「松柏學苑」畢業典禮中以貴賓身份講話，這學苑的負責人及教員都在六十以上，甚至也有八十以上的健康長者，學生也都在六十以上，功課有國文、英文、歷史、唱歌、舞蹈、下棋、檯球、聚餐等，談談個人的經驗，增加團體生活的樂趣。我那天講的大意是：①不是老——昔人說人生七十古來少，近人張群先生提倡「人生七十才開始」，所以七八十歲，不是老……；②不說老——報載臺灣去年過 100 歲者一百五十四人，其中最高齡者是一位老太太，110 歲，三重市人，仍很健康。所以雖已八十、九十，不必常說常提；③不怕老——現代人懂得衛生，控制飲食，常運動，不要愁，不要跌跤……，所以不必怕老；④不會老——近代醫學進步，醫療方法改良，有病就醫，加上自己隨時注意，所以不會老……。聽眾都很高興，中間鼓掌兩次，講者也尚覺得有趣。

雖說忙而不累，究竟記憶力退步很多。每天上午看報三份，下午晚報三份；另看中外雜誌幾份。看完不能記往。有時遇見久不見面的朋友或學生，晤後想不起姓名，必等很長時間才能把姓及名聯起來。最可笑的，眼鏡放在什麼地方，找來找去找不到，費了不少時間才找到。半年來耳有些重聽，雖配了助聽器，也不管用，祇是聊勝於無而已。

那天松柏學苑畢業生唱了幾個歌，其中三個很有意思，現在抄在後面以為此函的結束。

一、長城——萬里長城真稀奇，城牆長有數千里，秦始皇時代建長城，消耗人力和財力，當時建成抗匈奴，現為中國一古跡。

二、長江——長江長、長江長，經過九省長又長，長江三峽最險要，湖泊多在江兩旁，灌溉的區域實在廣，數千里路都通航。長江長、長江長，它的名字又叫揚子江。

三. 黃河——黃河水，黃又黃，流過九省長又長，起源青海省，東流入海洋，黃河後套的土地肥沃，出產真豐富，黃河流域的人們個個樸實又健壯。

再者，去年十二月三十一日，此間舉行第二屆國民大會代表選舉，經過劇烈，關係重大，結果執政黨大勝。競傳兒 35 歲，在紐約執行律師，當選僑界國代。順聞。

時值新歲，敬祝多福，萬事如意。

弟鑑上

1992.1.19.

致季潛兄札 *

季潛吾兄：

接奉手書，欣悉前函業已寄達，所題書額亦已收到。但未提是否可用？如不適用，請速告知再寫；雖再寫未必能再好。但請勿客氣，不能用即不用可也。萬勿沾汙大著為要。大陸都橫印，題字橫寫忘記怎樣寫的，格式不符，可以剪正，一切請酌。去年我應世界梅氏宗親會三年一度的懇親大會之邀請，赴香港開會。十日開幕典禮，我以貴賓身份致詞。其餘節目我都不用參加（最後半天閉幕禮及晚會參加。看見各洲梅氏代表，亦看見梅蘭芳的子女名劇家）。在港幾天會晤很多親友，亦是難得的機會。二十年前我曾去過香港，香港繁盛冠東亞，不過我並不欣賞。此

* 此信札見黃光鈺著《季潛文選續編》。按：季潛，即黃光鈺。

次我特別注意地下鐵及海底遂道的建設。不能不羨慕香港的進步。這些建設雖是英國人主導，實則都是中國人的智慧，以及中國人的能力，中國人是世界最優秀的民族之一，百餘年來因為科學不如西人，屢戰屢敗；以致落伍、割地、賠款。民國建立八十年，本可中興爭取國際平等地位，而又連遭內亂外患！我向來是樂觀者，相信不久必會統一，屆時全國醒悟仍會稱雄於世界！

我每天仍是忙，忙而不累，所以精神很好。人們都說不像 87 歲的人。(前天醫院量血壓，高 170，低 60，醫師認為滿意) 我時常有機會演說或證道 (短者十分鐘，長者半小時) 聽者都能重視，說者也感興趣。最近一次向大同老人福利基金會主辦的「松柏學苑」畢業典禮以貴賓身份講話。此學苑的負責人及教員都在六十歲以上，甚至也有八十以上的健康長者，服務其間，學生亦都在六十以上。功課有國文、英文、歷史、唱歌、唱戲、舞蹈、下棋、檯球、聚餐等。談談個人的經驗，增加團體生活的樂趣。我那天講的大意有四點；①不認老，昔人說人生七十古來稀，近人張群先生提倡人生七十才開始，所以七八十歲不是老。……②不說老，報載去年臺灣超百歲者一五四人，其中最高齡是一位老太太 110 歲。三重市人，仍很康健。所以雖已

80、90，不必常說常提。……③不怕老。現代人懂得衛生，亦知控制飲食，常活動，不煩愁，不要跌跤。……所以不必怕老。④不會老，近代醫學進步，醫療方法改良，有病就醫，加上自已隨時注意，所以不會老。……聽者都很高興。中間鼓掌兩次，加上初與尾共四次，講者也覺得有趣。

那天松柏學苑男女高齡畢業生合唱了幾個歌。其中三個很有意思。現抄在後面以為此函的結束。

一 . 長城——萬里長城真稀奇，城牆長有數千里，秦始皇時代建長城，消耗人力和財力，當時建城抗匈奴，現為中國一古跡。

二 . 長江——長江長，長江長，經過九省長又長。長江三峽最險要，湖泊多在兩江旁，灌溉的區域實在廣，數千里路都通航。長江長，長江長，它的名字又叫揚子江。

三、黃河——黃河水，黃又黃，流過九省長又長。起源青海省，東流入海洋，黃河河套的土地肥沃，出產真豐富。黃河流域的人們個個樸實又健壯。

時值新歲萬象皆新，敬祝增福，萬事如意！

弟良鑑拜啟

1992.1.19

附 文

懷念爸爸

——爸爸在生活中留給我的永久映象*

查競傳

爸爸已經離開了 27 年，幾乎沒有一天不想他，心情好的時候想他，心情不好的時候也想他，而不論是什麼心情，最終結點都是歉疚，辜負了他的期望，沒有踐行他言傳身教，更沒有學習到他的修養、度量，還做了幾件讓他難堪或心痛的事，無限地對不起他！

我對於爸爸的感覺是仰之彌高、嚴肅但又親和，不能冒犯、不能頂撞的一位君子和偉人；他很忙，他衹能夠撥出點時間才能陪我和弟弟。他給我們買的玩具都是他小時候玩的，例如手鼓，風雷，給我們買的零食也是他小時候吃的糖炒栗子，天津麻花。他很自律，很規範，每天六點起床，鍛鍊一個小時，然後漱洗、吃早飯、看完報再上班，中午回家吃飯，午休半小時又去上班；下

---

*作者係查良鑑先生的哲嗣，本文撰於 2021 年 10 月 11 日。

午七點半到八點之間回家吃晚餐，吃完後就去書房批公文或寫回信，直到十點、十一點之後，這已成了一種習慣。爸爸從不強求我們跟他一樣，他衹是示範、鼓勵，以身作則，希望我們能夠自發地養成好習慣。他跟我們談話幾乎都是在早餐和晚餐的餐桌上或在電視機前「趕」我們去睡覺之前。他很少大聲指責我們，看到我們不對，總是引經據典，用四書五經裡的話來教導我們。他一絲不苟，即使是大熱天家裡沒有外人，他還是著裝整齊，永遠正襟危坐。

進了高中後，我不知不覺地對爸爸產生了抗逆，不知道這是因為進入青春期的自然現象，還是其他的原因。第一次的大叛逆居然糊裡糊塗成功了，到最後我得寸進尺，偏離了爸爸的教誨，由此步入了影響我後半輩子的崎嶇路程。雖然這條路還沒有完全脫離爸爸早期對我的期望，但是我的思維方式與生活方式都已不是他所希望看到的模樣了。這也是一直到現在我總覺得對不起他，而無比歉疚的一個主要原因。

爸爸的光和影

爸爸是那麼的謙和低調，他的光是溫柔而炫麗的，不管他在什麼場合，都是眾人聚焦的核心，在家裡也是，有熱度又和煦，像是春天的太陽照在身上。用現在的說法就是他永遠散發著一種正能量，讓人不知不覺感到溫暖，鼓勵著眾人努力與進步。在他離開我們之後，我們雖然看不見那種光，那曾經發出的光已成為我們回憶和追尋的影子，但他依然無時不刻在指引著我們。

五年前的一次同學集會，一位同學問我，從權貴子弟變成沒落王孫的滋味是什麼？我丈二金剛不知所問何來，因為我從來都沒有這種感覺，所以隨意回答了五個字，「虎父犬子吧」！

自從懂事以來，爸爸就是一位高階公務員，但我從來沒見他耍過任何官威，我自己也從來沒有認為是一個權貴子弟，衹知道爸爸是一個公務員，是個管司法的官員，官還很大，但是絕非人們眼中所謂的「權貴」。我家過日子跟其他公務員家庭沒有什麼不同，我們一直住在政府配給的房子，吃的也是政府配給的糧食；在爸爸對我及弟弟的映象中，展現的是一個單純中國傳統讀書人的形象。及長，才瞭解他更是一位「老派」的讀書人，謹守著儒家學說及中國傳統倫理道德。如果用一句話來形容，在我心目中，就如《詩經》裏說的「言念君子，溫潤如玉」；爸爸就是溫潤如玉的君子！「如玉」是內在的修養與外在待人接物的行事風格和準則。可以這麼說，爸爸除了在司法界，還在外交界及教育界都作出了許多對國家和社會的貢獻，已遠遠超過簡單的以人品為標準的君子，他是我心目中最了不起的偉人！

爸爸出生於天津的一個大家庭，祖父輩有四兄弟，分住在天津府署路恒德里四個院子中。爸爸從小與十幾位堂兄弟姊妹相處，六歲失恃，十七歲失怙，由二位哥哥及一位姐姐帶大。從城隍廟小學畢業後考上南開中學，然後以優異的成績考上了南開大學政治系。南開畢業後，又念及領事裁判權之廢除有賴司法之改造，故又進入了東吳法學院專攻法律。

南開張伯苓校長對爸爸的成長及信念的建立都產生了深刻的影響，張校長要全體學生養成鍛鍊、健身的習慣，以推翻日本人稱中國人「東亞病夫」的醜名。爸爸從初中起就早起跑步，練習八段錦，參加田徑比賽他總是名列前茅，在大學時還得過賽跑、跳高金牌。這件事在家裡還釀成過一個近五十年才解開的懸案。爸爸在教育我及弟弟時通常都是以身教為主，偶爾也以他拿競賽得金牌的故事來鼓勵我們多多運動。他最得意的事蹟是賽跑、跳高的金牌及參加全國大學生辯論比賽，當時他率隊打敗了常勝軍北京大學隊，得到了全國冠軍。有一次他又在激勵我們的時候，正好報紙的笑話欄裡有一則笑話，大意是說每一個爸爸都告訴子女，自己小時候多棒、多了不起，都是拿第一，可是誰的爸爸是拿第二啊？我拿這個笑話反激爸爸，他衹是笑笑沒有辯解。四十多年後弟弟去南開大學訪問，在校史館內翻閱保存的資料，發現爸爸說的都是真的，而且他的「功績」還有更多，儘管在他畢業後，還有人封他為「南開三寶」之一，他對於這個頭銜的喜愛勝過任何官銜。爸爸說，每一年除夕，長輩會辦書法比賽，所有的堂兄弟姐妹們都會參加，他每年都得第一名，因此經常獲得額外的壓歲錢或獎品，這一點已無從可考，但是我相信是真的。爸爸的字出於顏體，字字圓潤，這也相近於他的個性。

南開對於爸爸的影響更大的，是他待人的溫文儒雅，謙虛有禮。這是裝不出來的教養與人品；張伯苓校長在早會上曾說抽煙不好，他就一輩子沒有碰過香煙；「勤、儉、誠、勇」四個字是他一輩子的守則，且忠實實踐。爸爸最自傲的是身為海寧查氏的後代。查是個稀姓，原本是周公的後代，卻也是中國家譜源流最長久的姓氏之一（爸爸是華夏查氏第 84 代）。查姓起源於山東泰山之南，之後一路往南遷移，遍及江蘇、安徽、江西、湖北等地，還有一支到了廣東，改姓「香」。海寧的查氏是安徽婺源（現屬江西）在元朝末年遷移來的，以「耕讀為務」為家訓，形成了「勤懇耕作、敦睦鄉里、以儒為業、詩禮傳家」的家風。康熙年間，曾有「一門十進士、兄弟三翰林」。海寧查氏到了第七代時更把家風具體定位為「秉志允大、繼嗣克昌、奕世有人、濟美忠良、傳家孝友、華國文章、宗英紹起、祖德載光」，這也成為我們世世代代取名字的輩派依據了。爸爸常常強調，我們有健康的體魄，能讀書成人，有這樣的福氣都是祖宗的積德保佑了我們，所以我們也必須積德來保佑我們的後代。爸爸是在天津長大的，我猜他對於海寧的瞭解是源於祖父的教誨。這種慎終追遠的傳統思維，潛移默化的埋在我和弟弟的腦中。這也無形中形成一種壓力，一輩子不能做任何錯事，一定要做好事以光宗耀祖。除此之外，爸爸常常用以「說教」的詞彙是：感恩、寬恕、孝順、愛國、積德、讀書、信教、厚道等等。

爸爸特別強調心胸要寬大，要懂得原諒別人，做人首先要孝順父母要愛國；孝順與愛國是相輔相成的，孝順是中國人必須具備的美德，不孝順的人是不可能愛國的，愛國之人必定孝順父母。海寧家訓是「耕讀為務」。耕和讀是我們的人生方向，耕可以養家糊口，讀可以增長知識，做一個「士」，進則考試進爵，為國家社會服務，退則教書服務鄉里。

在信教方面爸爸非常特殊，爸爸、媽媽都是虔誠的基督徒，但他們對於宗教信仰沒有排他性，爸爸常常在做完禮拜後的週日下午，帶我及弟弟去逛指南宮、孔子廟、關公廟，衹是從來不拜。爸爸告訴我們，指南宮供奉著儒釋道三種神位，作為中國人，都有這三種文化的基因，這正是中華文化的延續，對此我們必須去瞭解、去學習與奉行。孔子的儒家文化講的是進取文化；老子的道家文化講的是規律文化；釋迦牟尼的佛家文化講的是奉獻文化，而基督教的教義不准崇拜上帝之外的偶像，但基督教的終極教義也不與儒道釋衝突。在這方面，爸爸反映了他接受西方的教育及宗教，但沒有排斥和放棄他堅守的中華文化傳統。每一年除夕夜，他都親自寫祖宗神位並且主持祭祖，祭祖之後才能吃年夜飯。祭祖必須穿著整齊，神情肅穆，除了感謝祖先們積德之外，還要祝福他們永享天福，並且祈求他們繼續保佑我們及子子孫孫。我常常想，祭祖應該不算拜偶像，因為依照聖經，我們所有人類都是上帝造的，都是亞當及夏娃的後代，而我們衹是祭拜人類中一部份姓查的祖先。

爸爸與我的大小事

爸爸的成就不是寫在歷史書裡面就是寫在別人的文章裡，而我對爸爸的瞭解都是在生活小節裡，記憶最深刻的都是一些父子間發生的互動；在那些小事中爸爸給我留下的映象卻是最深也是影響最大的。有些弟弟知道，有些衹有我知道。

映象之一：爸爸非常受人尊敬

爸爸喜歡吃羊肉，但是媽媽不喜歡，所以從小學一年級起他就常常在週末中午帶我及弟弟去中華商場的清真館吃羊雜湯、羊腦湯、牛肉蒸餃、牛肉餡餅。記得第一次去清真館買單時被告知已經有人付掉了，但是不知道是誰，店家說付錢的人沒有留下姓名衹說他很尊敬爸爸，所以要請爸爸吃飯。下一次起，爸爸點完菜就立刻付錢。後來幾乎每次去清真館都有人來打招呼，有時候還有兩三批人，爸爸都親切的回禮，有的人還要搶著付錢請客，但是都沒有機會了。

有一次陪爸爸乘計程車出門，爸爸付錢時司機轉過身來準備收錢時看到爸爸，他拒絕收錢，說，很榮幸載到您這位清官，今天我免費為您服務！爸爸當然還是堅持付了車資，還多給了十塊錢。

對於六七歲的我，在家門之外有這種經驗，無形中觸動了我對爸爸的景仰！

映象之二：爸爸的氣節

爸爸跟我們講過最多的歷史人物是岳飛、文天祥及范仲淹，他們都是歷史上最愛國的。岳飛的「滿江紅」，文天祥的「人生自古誰無死、留取丹心照汗青」，范仲淹的「先天下之憂而憂、後天下之樂而樂」都是爸爸反覆諄諄教誨我們的話語。我總覺得爸爸的「憂」特別多，「樂」非常少，如果有「樂」大概就是偶爾去看一場京戲，看完後回家又要跟我們講一大堆忠孝節義的京戲劇情。

記得中學的某一天，爸爸下班回家，拆開了一封大哥從美國的來信，後面附了很多英文資料和表格。爸爸看了大哥的來信原本很高興，但很快臉色開始變沉，到最後把那些表格都撕成了碎片。我取來一看，原來是大哥認為臺灣不安全，他在給爸爸辦理移民美國的手續，還附上了申請表格。爸爸意志堅決地說，我愛自己的國家，我絕不移民！

映象之三：爸爸對於「做官」的想法

小學時有一次晚飯後散步，爸爸帶著我及弟弟走到了火車站，又穿過新公園回家。新公園的門口擺了很多算命攤子，算一次命十塊錢。爸爸說那些人都很辛苦，給他們捧一個場，就隨意選了一個算命師，坐在他前面的小板凳上，說要算命，算命師問他想算哪一個方面。爸爸說我想算有沒有機會做一個縣長。算命師看了爸爸的掌紋說，你做文官可以做到司長，還不錯，不過要記得千萬不要做軍人，因為你的殺氣不夠。爸爸付了錢離開後，我問爸爸為什麼你想做縣長呀？爸爸說，我希望做地方官，因為地方官可以直接服務老百姓，尤其是貧苦的老百姓，我希望幫助他們改善生活。我又問爸爸什麼是殺氣呀？爸爸說，軍人基本上就要有殺氣，因為打仗必須有殺氣才能夠打贏敵人；一般人有殺氣就是喜歡「爭」甚至要不擇手段爭個你死我活。日後回憶起來，如果在爸爸的特質裡面要挑一項最強的，肯定就是「厚道」。爸爸待人，無論對誰都是「以仁」並且「厚道」，算命師沒有算出爸爸的官位會達到多高，但是一眼就看出爸爸強烈的厚道特質。這輩子我從來沒有看過聽過爸爸為了任何自己的利益跟別人「爭」過！但爸爸在擔任司法官的時候，不論是在上海、重慶或臺北，對於那些貪污犯卻從來沒有手軟過。

在爸爸擔任司法行政部部長的時候，每隔一陣子在晚餐桌上爸爸臉色會陰沉一次，我們就知道爸爸批准執行槍斃了。法律規定，被判死刑的案子，要送司法行政部最終審核，看看有沒有判決不公平，或者引用法條錯誤等等情況，作為保障人命的最後一條防線。部裡有專門審核的部門，審核之後再呈報給部長核准。爸爸一直是主張讓犯人改過自新，爸爸讀那些審核報告非常仔細，卷宗裡面的審判材料都是幾十公分厚，他從頭到尾一字不漏，邊讀邊寫筆記，常常讀到深夜，然後第二天再續讀。他也曾經退回審核報告，讓案子重新審判。爸爸在飯桌上告訴我們一定要守法，一失足成千古恨，犯法會毀了自己，還毀了家人和其他人。爸爸個性沒有「殺氣」，但是在他的位置上有生殺的權利，每一次批准槍斃，在他的心裡都是一種煎熬。在有一個案子上，爸爸接到總統下的條子，要爸爸讓法官判被告死刑。爸爸沒有告訴承審法官，被告被判了無期徒刑。爸爸從來沒有對我們說過這件事，是爸爸的朋友在多年之後告訴我的。爸爸最常告訴我們司法獨立的重要性，他自己就是以身作則，寧可甘冒大不韙，也堅持司法獨立的信念！

爸爸的厚道還包括口德。除了對貪官污吏外，我從來沒有聽過爸爸抨擊過其他人。

映象之四：爸爸為我辭職三次

第一次我要求爸爸辭職，是在高二下學期。我用了一個似是而非的理由要求爸爸辭去建中家長會會長，爸爸很驚訝，但是沒有多問！過了幾天，他給我看了一封辭職信，用工作忙碌的理由，辭去了建中家長會會長一職，學校當然也接受了。

第二次是大四那一年。有一天在晚飯桌上，爸爸很高興的說，他被邀請擔任第一屆傑賽普國際實習法庭比賽的主審裁判，我立刻說，不行，不行！我已經報名參加了臺大隊，而且已經準備兩個多月了，您千萬不能做裁判！爸爸知道我喜歡獨立做決定的個性，爸爸聽後便說這應當迴避，明天我就去辭。第二天晚餐時爸爸說主辦單位不讓他辭，還給了他兩個理由，一個是他在司法界及國際法界的聲望及地位，臨時已請不到相當身份的人來做主裁判，一個是以他的公正不阿的個性，評分一定不會有偏頗。第二天我到學校，告訴三位隊友我必須退出，否則萬一我們贏了，一定會被批評不公平。他們都不贊成我退出，因為參賽名單裡面已經有我，就算我退出，名字還在名單上。最後決定我不上臺，坐在觀眾席，比賽結束，東吳得了第一，我們第二。對這件事，我遺憾萬分，我應該一開始就向爸爸報告參賽的決定，甚至應該請爸爸給我們指導，以他在南開辯論隊打敗北大隊的經驗，應該助益很多。若此，他也就不會去擔任裁判了，這樣，不論我們最終是否得第一，都不會落人口實。

第三次是有一年爸爸到華盛頓出差，回程須經紐約返臺，順便來看我們，發現我居然抽煙了，且有強烈的煙癮。他連續三年每週寫信勸我戒煙，結果都沒有成功，為此他認為有愧，便辭去了董氏基金會的理事職務，一個他非常珍惜的職務。

映象之五：爸爸的金錢和財富觀

爸爸一生勤儉，從不鋪張浪費。

爸爸曾經兩次擔任聯合國特命全權大使，每次行程都至少兩個月，他都是坐經濟艙，襯衫、內衣褲、襪子，都是自己洗，從不送洗。問他為什麼要那麼刻苦自己，爸爸說是要為國家省錢。

有一次，他的一位學生升官了，要謝謝爸爸，請我們全家吃飯。飯後結帳，學生要餐館開發票，爸爸聽到了，不但阻止，還指責了那位學生一頓，堅持不能報公帳，否則脫離師生關係，當時的氣氛弄得很尷尬。

爸爸的薪水袋，都是單位月底送來給媽媽，有一次我正好在場，聽到那位先生告訴媽媽，爸爸每個月還有一筆不小的特支費，可以用來支付家裡的水電費，傭人費，年節送禮，應酬請客費，或貼補家用，但是爸爸永遠都是原封不動。晚上聽到媽媽跟爸爸談到這件事，爸爸說水電費都是用在我們家人上，不能用國家的錢，至於請客吃飯聯繫感情，吃吃點心，山西館就行了，花不了多少錢。事實上爸爸從來不奉承拍馬也不送禮請客。爸爸做生日，就是全家在家吃媽媽做的壽麵。

記得爸爸宣佈擔任司法行政部部長後的第二、第三天下午，我放學回家看到客廳放了一個高爾夫球包，兩個沒有封口的信封，我就打開看了，裡面都是二張金卡，一張是某高爾夫球俱樂部的會員卡，一張是某大飯店俱樂部的貴賓卡。晚飯時問爸爸怎麼回事，他說小孩子不要多問。第二天放學回家看到客廳裡坐了一位客人，背對門外，看不見是誰，似乎在向爸爸極力說服什麼，但是看得到爸爸表情嚴肅，還帶了一點怒意。不久後那位客人離開，也帶走了高爾夫球包，兩個信封也不在桌上了。之後爸爸從來沒有提過這件事。多年以後，我看到報紙上登有一位司法界官員受賄高爾夫球包，球場會員卡及同一個飯店俱樂部的貴賓卡而被刑事起訴判刑，心想行賄的是不是同一個人呀！

爸爸七十大壽時，大哥、二哥兩家都從美國回來慶祝。爸爸在生日感言時說，很多人認為我很窮，沒錯，我沒有錢，但是我認為我是最富有的人，因為我有健康的身體，賢慧的太太，四個好兒子及自己喜歡的工作。

映象之六：我逃家兩次

第一次是高二，逃家了一個晚上。在晚飯時不知什麼原因跟爸爸發生了口角；十點多我趁大家不注意溜了出去，走到二伯伯住的月涵堂，二伯伯開了門，如同既往一般的祥和，摟我進門，給我倒了一杯溫開水，我就開始數落爸爸的種種的不合理管教，二伯伯很有耐心地聽，等我講完，他說了一兩句話（忘了內容），我突然之間變的心平氣和，氣忿全消了，過了會兒，二伯伯說你不如今天就睡在這裡，明天一大早再回家換洗上學，我很快就睡著了，第二天，二伯伯陪我吃早餐，然後一起走回家。見到爸爸，他一點生氣的表情卻沒有，摟摟我，對我說：「回來就好！」這次的離家出走，似乎水過無痕，再也沒有人提過。

第二次逃家是玩真的。應該是高三上學期，早餐時不知道為了什麼跟爸爸頂嘴，爸爸批評了我一頓。我在去建中上學的路上，下定決心要離開這個家，也不再讀書考大學，要自力更生。到了學校跟同學們「湊」了大約兩百塊錢就離開了。五天後媽媽和她的一位好朋友，在臺中的郊外農地中間的一個小餅乾工廠，找到了在那裡做烘焙小工的我。突然間一肚子冤屈被淚水淹沒，乖乖的跟媽媽回到了臺北。到家後，爸爸摟摟我，衹說了一句：「回來就好！」從此他也是再也沒有談過這件事。與上次不同的是，我看到他眼眶是濕潤的。

我突然覺醒我是多麼的不孝！之後，我再也沒有讓爸爸有機會說「回來就好」四個字。

十幾年後，當我開了律師樓，媽媽倒是嘲笑了我一番：創業比做餅乾好些吧！

映象之七：爸爸為我上門向人道歉

高二時，有一次與同學去西門町看電影，無故跟其他學校的學生打了一架，那個學生被我打得鼻子流了很多血；我逃得慢，附近的巡邏員警把我抓到派出所。派出所的員警要了我家裡的電話打給媽媽，不久媽媽和爸爸先後趕到，等員警做好筆錄後把我領了回家。到家後，爸爸打電話給受傷的學生的父親，致上誠摯的歉意，並且約了晚上去他們家登門道歉。在去的路上，爸爸買了一大盒水果，到了後，爸爸媽媽率著我非常有誠意地向他們鞠躬道歉，他們也客氣地接受了。媽媽從派出所接到我那一刻起，就把我罵得一塌糊塗，但是從頭到尾，爸爸沒有指責我一句話。他用道歉的行動讓我瞭解，我的錯誤是多麼的嚴重，也玷污了家風，還讓父母蒙羞！從那一天起，血氣方剛的我發誓，再遇到可能動手的時候，衹自衛還擊，絕對不主動打人；之後的近50年，我打過很多次架，包括在國民大會跟民進黨發生的肢體語言，但全部是自衛，雖然偶爾會防衛過當，絕對沒有主動出手過。

映象之八：爸爸的兩個成功訣竅

有多次記者問爸爸，他的成功訣竅是什麼。爸爸總是回答兩個標準答案，一個是「吃古時候的草」，一個是「之一精神」。古時候的草就是一個「苦」字，簡單易懂，要肯吃苦、能吃苦。「之一精神」比較難懂，就是去做對的事，哪怕是衹能貢獻百分之一，甚至萬分之一，也要去做，要發揮團隊精神與眾人一起把事情做好。

爸爸真的很能吃苦，也願意吃苦。17歲成了孤兒之後未改其志：歷經了很多苦難，也都安然活了下來。即使後來做了大官，生活大小事都仍然自己打理；公事繁忙，宵衣旰食也從來不喊累。

「團結」二字是從上而下必須有領導、有朋眾的、有呼應的；「之一精神」是個人的、從下往上的、主動奉獻的、不求功名，也不求成功在我的。一直到2006年我進入了公益界才知道「之一精神」是多麼的難！公益之事不可能一個人做全部的，要做得到位，需要各種專才，付出更多努力。

映象之九：爸爸對我的期望

我在高一下學期，跟爸爸討論選擇高二分組的事，知道爸爸很希望我讀丙組去學醫。爸爸說醫生是個救人命的職業，可以積德，而且不愁沒有收入。我當然立刻拒絕了，最後選了社會組。到了聯考填志願前，我才告訴爸爸我想讀法律，因為我想做外交官，想用精熟的國際法，抗拒那些專門使用船堅炮利的大國。爸爸做過外交官，知道外交官的挑戰有多大，他告訴我，外交官是個必須完全聽命於政府、沒有個人意志的；政府要派你去哪個國家，就得去哪個國家，不能夠自己選；可能是美洲，有可能是非洲，不論在哪裡，都要代表國家尊嚴及國格，不能夠隨心所欲。爸爸繼續說，就算不做外交官，學法律出路很廣，可以做法官、檢察官、公務員、教書等等。我問爸爸做律師呢？爸爸說，做律師也很好，可以伸張正義，但是一輩子的頭銜都是律師，不像做公務員從科員做起，做得好升科長，副處長、處長、然後副司長、司長、副部長、部長；法官、檢察官，教書也都是，能有一種督促自己不斷提升的動力。

我說我如果做不成外交官，就去教書，因為做老師每年有兩個月暑假及一個月寒假，有很多自己的時間，爸爸也很贊成。沒想到在未來的歲月裡，因為一連串的際遇和事件，糊裡糊塗做了一輩子律師，而那麼多年來爸爸沒有跟我說過一句類似「如何做律師」的話。

1985 年初，爸爸在華盛頓出差返臺經過紐約，那時候我已經開業兩個多月了。我做開業的決定很突然，也沒有跟爸爸請示或商量，祇是通知了爸爸媽媽我的決定而已。爸爸問我為什麼不再多工作兩年，累積多一些經驗再開業比較好？我吹牛告訴爸爸我已經學的差不多了，可以創業，您不是一直鼓勵我們要有鴻鵠之志嗎？真實的情況是有兩家臺灣的事務所，透過朋友一直追著我，希望我去上班，並且給我超過其他同齡人的待遇。我想他們想雇我唯一的理由，是他們要借助爸爸在司法界的名氣和地位。而我想避開他的光影，所以就待在了紐約，如果幹的不成功，完全不會傷害到爸爸的名譽，如果做得好，可以回臺灣開分所也不遲。在機場送客大廳，爸爸突然拿出皮夾，取出 500 美金說，這一次出差還剩這 500 元，100 元給你太太買衣服，

100 元給兒子買玩具，300 元支持你的事務所。我接在手中，心裡想 500 美金不知是爸爸省了多久才存下來的，忍住淚水，直到上了車才流下來。

1991 年底，我參選僑選國民大會代表的資格，也是先斬後奏，電話告訴了爸爸我參選的理由，是身為法律人能夠參與選舉，是一個榮譽和責任，而且我認為我的見識和經驗已經足夠奉獻給國家。我才三十五歲，如果選不上，也沒有損失。爸爸說有這種心態就很好，不必強求。紐約報名的人有五、六位，都是做了多年僑務及黨務工作的老黨員，我是最沒有資歷的報名人，國民黨把我的名字放在了最後一名，基本上是聊備一格的。投票那一天，初中同學以「落選餐會」的名義辦了一個素食大會。才剛剛上了冷盤，電視直播投票結果，國民黨大贏，我這個孫山之外的車尾居然也當選了！我立刻離開餐館回家，爸爸已經寫好了祖宗牌位，要我磕頭感謝祖先積德庇蔭。

當選之後才知道當選國大代表後需要每年在臺灣居住 4 個月以上，這使我無法執行紐約的業務，於是決定在臺北開一個分所，這也是先斬後奏。當時我告訴爸爸，我的法律業務會聘請其他律師辦理。我規定事務所不接受常年顧問費，也不接受貪污案的辯護。多年來爸爸一共給我介紹了一個當事人，大約是 1980 年代後期，是一位美國科學家有意在臺灣找家代工廠生產阿拉伯語言的電腦。我安排了宏碁等幾個代工廠，但是沒有一個成功，我也沒有收取任何費用。但是我敢說，不少紐約的華人企業（包括臺灣的、香港的及僑界的）請我做律師，是因為爸爸的光環。看到我姓查，很多人都會問我與爸爸的關係，告知了我們的父子關係，他們都不再問其他事，就直接雇我了。爸爸早已經不是官員，更不是幕後權貴，他們是把爸爸的正面形象和名氣，轉移到我的身上了。

結語

1993 年我事先向爸爸報告，我想到北京開分所，也提交了申請書，爸爸很贊成，鼓勵我為兩岸的同胞服務。兩年後，北京的司法部終於批准了我設立北京代表處，衹是那時候爸爸已經去世一年多了，不能跟我一起享受這個好消息，這又是我內心中對爸爸的一個永遠無法彌補的遺憾！

在紐約、臺北、北京我都從事了國際法的事務，但都是國際商務事務，不是外交官的國際法事務，而當律師這件事不是爸爸對我的期待。但足可告慰爸爸的是，在執業律師的過程裡，我吃了很多古時候的草（苦），沒有偷懶；

在「之一精神」方面我做了很多義務法律援助，協助北京市司法局成立了中國第一個法律扶助中心，做滿了五年全職公益付出，雖然我的付出可能在各具體領域祇有萬分之一的貢獻，幫助了上百個草根公益機構成長，教導了上百個年輕志願者，直接、間接幫助了至少 30 萬農民脫貧。我也無償參與了兩岸共同解救索瑪利人質，花了 18 個月救出了 28 位漁民。

我常常想，如果我高中的時候沒有那麼叛逆，或許我的教養、人品、言行舉止不會那麼江湖，多像一些爸爸的書香門第的模樣，我或許可以做更多一些對國家社會的貢獻，就不會像現在感到對爸爸那麼多歉疚。

爸爸常說中國字最難翻譯成英文的是「緣」及「福」兩個字。有緣做了爸爸的兒子是我的福氣。假如來生能夠選擇投胎，我希望有緣投胎再做爸爸的兒子，讓我重新來過一遍，珍惜他帶來的福氣，做一個孝順的兒子，滿滿的反哺給他！

懷念最親愛的父親查良鑑先生 *

查重傳

父親離我們遠去已十一年多了，對他的懷念未曾稍減，每每欲提筆憶述他老人家，總是感傷依舊，難以成文；感謝中國人權協會李永然理事長囑我在本期《會訊》寫一篇紀念他的文章，謹以記憶中的片段及收錄之前報刊採訪他的報導，略述他的生平及行誼。

父親是生長於天津的浙江海寧人，自幼即與詩書為伍，就讀南開中學和南開大學政治系，當時校長是名教育家張伯苓先生；教學嚴謹，每週排有「修身」課程，由張校長親自講授，鼓勵學生熱愛國家、為民服務的精神。父親非常珍惜在南開的時光，常說他生平「無我有人」，「服務為本」，「盡忠國家」的思想觀念，便由此肇基。

＊作者係查良鑑先生哲嗣，本書之編者。此文撰於 2006 年 1 月。

大學畢業後，父親鑒於當時國勢艱辛，列強的不平等條約束縛著中國未來的命運；要解除不平等條約，必先收回法權，收回法權，必須從法律著手；出於此念，乃隻身前往上海，投考東吳大學，攻讀法律學系。

無論在南開或東吳，父親都是品學兼優的學生領袖，深受師生肯定。畢業後，負笈美國密西根大學法學研究院深造，以優異的成績榮獲法理學博士學位 (S.J.D)；旋即返國至大學任教，未幾投入司法之兼職，從此展開長達六十年的教育及公務生涯。

父親一生以教育為最高理想，秉持愛心、耐心、公平的精神教導學生，無論身教言教、理論實務都能深入淺出、激勵人心；對學生愛護提攜，桃李滿天下，深受愛戴與尊敬。

進入司法工作，依然以教化為先，父親向來反對動輒以「亂世用重典」來改善治安，始終相信：「法律的力量終究抵不過教育的力量。」一方面盡心於司法行政工作，一方面全力堆動法治教育與人權保障。

父親是虔誠的基督徒，家中懸掛著哥林多前書第十三章：「愛是恒久忍耐，又有恩慈……不計算人的惡，不喜歡不義，……凡事包容，凡事相信……」的條軸，無論對人對事，都懷著悲天憫人的愛心；在他心目中，每一個人、每一件事，都是美好的。父親認為，祇要大家能做到林肯總統所說的「Malice to None, Charity for all」好好待人做事，便能消弭社會上的戾氣，創造祥和而幸福的社會。

父親個性樂觀、積極、具有強烈的正義感和愛國心。自持甚嚴，一生絕不賭博、不抽烟、不喝酒，除了讀書、運動，沒有其他娛樂；每天六時起床，到中正紀念堂散步，打八段錦或太極拳，數十年如一日。喜愛讀書是父親的好習慣，平時節儉的他，買書決不心疼，以致家中書堆成山；我們兄弟自幼耳濡目染也都養成讀書、買書的習慣，這是我們最寶貴的遺傳。

「勤、儉、誠、勇」是查家的家訓，父親終身奉行以身作則，他自創「之一精神」教育晚輩及學生盡一己之心力，為國家社會服務；並以「五年十年」勉勵我們做人處世將眼光放遠大，不可短視近利，對我們的確發揮很大的指導作用。

父親非常重視家庭，雖然公事繁忙，仍盡心盡力照顧家人，疼愛母親，視媳婦為己出，常陪孫兒孫女在地板上玩耍，始終樂此不疲。教育家二伯父查良釗先生與他手足情深，平日以下象棋為樂，假日則喜歡到戶外走走，開懷暢笑，盡滌塵囂；每年元宵節他們一定帶我們兄弟去龍山寺賞花燈、猜燈謎，真誠相待的兄弟情誼，深深影響著我們兄弟四人。

父親的朋友遍及世界各國，平日書信往來即非常勤快，每年到了耶誕節及新年，他都會親自寫賀卡，密密麻麻的文字總是佈滿整張卡片，每次都要寄出一兩百張，家中亦放滿世界各地寄來的賀片。幼時我與哥哥很好奇為何父親有這麼多國外的朋友，但很高興可以收集到各國的郵票，及長才知道父親曾代表政府出席許多國際會議，並曾兩度奉派出席聯合國大會特命全權代表。隨侍父親日久，慢慢理解他對待朋友的真誠，以及他與朋友間維繫細水長流友誼，以及為國民外交盡一分力的用心。

父親自司法行政部部長卸任後，獲聘為總統府國策顧問，隨即擔任東海大學董事長，長達二十年，對學校發展奠定厚實基礎；擔任中美文化經濟協會理事長，亦近二十年，對中美兩國關係之促進不遺餘力；並應美國僑界之推選，擔任全美中華文化協會理事長，並連續十一年率宗教團體赴美出席美國基督教福音傳播年會，為推動國民外交奉獻心力；中美斷交時，組團赴美拜訪各參眾議員及朝野領袖，籲請在國會中支持中華民國，對「臺灣關係法」之制定亦盡催生之功。

民國八十年五月，中國人權協會理事會推選父親為理事長，當時他已八十六歲高齡，身體非常健朗，家人擔心他會太投入而過累，希望他慎重考慮；但他常年來一直對人權之保障懷著很高的理想與抱負，乃欣然接受；並竭盡心力主持會務，面對社會之變化及人力財務之不足，仍不氣不餒全力以赴;他老而彌堅,為人權理想持續耕耘的精神,獲得大家的推崇。

父親的一生俯仰無愧，在教育崗位上作育英才無數、在司法工作上教化社會不遺餘力、在外交工作上竭力奉獻、對基督信仰虔誠不疑，對家庭也全心付出。他到晚年仍為人權保障而努力不懈的精神，是激勵我們的最佳榜樣。目睹國內近年來的社會現象，政府雖大力推動人權教育；但在觀念上和執行上卻產生許多偏差，虐待外勞、歧視外(陸)籍配偶、政治干預言論自由、八卦新聞破壞隱私權、身份證按指紋等新聞層出不窮，可見臺灣仍有許多努力的空間。典型夙昔，秉持遺志，期許自己與中國人權協會的全體同仁們在李理事長的領導下，持續為人權保障及教育努力，將本會之宗旨及精神發光發熱，建立更平等、更美好的人權社會。

查良鑑先生年譜（簡編）*

徽州婺源（今屬江西）查氏族譜統宗第63世孫諱均寶，又諱瑜，為避兵亂，於元至正十七年（1357）舉家遷檇李（今嘉興）之南門，復遷海寧園花裏（今袁花鎮），遂定居於龍山東之查家橋，是為查氏海寧支始遷祖。

至本譜主查良鑑，已是海寧支第二十二世矣。其天祖諱有新（1771–1830）字銘三，號春園，世芳公長子。太學生，議敘州同，以孫光泰官，貤贈中議丈夫。著有《春園吟稿》、《地理真傳》、《次憲齋筆記》、《敬業堂精華錄》。

高祖諱人漢（1795–1850），字仲湛，號青華，有新公次子。邑庠廩生，道光乙酉（1825年）拔貢，朝考一等，分發河南，歷署柘城、郾城縣事，歷官汝陽、安陽、內黃、

* 根據謝鶯興先生所編，再作增補並重新整理之。本文中謝先生之原文以印刷體表示，增補的條目以楷體字以示。

林縣、涉縣，疾終任所，敕授文林郎，以孫美蔭官，晉贈通奉大夫。著有《西湖遊記》《畫論存精錄》《笪江上（畫筌）注》《中州初遊記》《青華詩稿》《知畏齋詩文集》。

曾祖諱光泰（1829–1894），原名如濟，字如江，人漢公嗣子。太學生，應咸豐壬子（1852年）順天鄉試，挑取謄錄，議敘從九品，選授順天府司獄，歷署寧河、寶坻、房山等縣，代理南路捕盜同知，陞三河縣知縣，題陞涿州知州，順天府治中長蘆運同加三品銜、直隸候補知府，誥授中議大夫，以子美蔭官，誥贈通奉大夫。著有《聖門諸賢輯傳》《毛詩類纂》《古文權輿》《五霸略》《海鷗舫詩文存》。光緒十六年（1890）前后，即於陞任長蘆運同之時，舉家遷移，遂定居於天津。

祖父諱美斌（1854–1886），字敬伯，光泰公長子。太學生，議敘主事，分兵部車駕司行走，改捐通判加鹽提舉銜，分發河南補用，誥授奉直大夫，貤贈通奉大夫。

父諱厚基（1872–1922），字積甫，號筠孫，美斌公長子。太學生，考取國史館供事，議敘府經歷，歷保知縣加同知銜，補授廣平府經歷，代理威縣知縣，歷署順德府、大名府經歷。

母顏氏（1869–1911），湖州富商顏氏之女，顏冠三之妹。

姐諱良鏡（1891–1929），「女士隨宦，經歷頗多，生性貞靜，不苟言笑，博覽史籍，尤擅女紅（張伯苓語）。」適浙江蕭山湯聘之。

長兄諱良鈺(1893-？)，字堅伯，厚基(筠孫)公長子。

二兄諱良釗（1896-1982），字勉仲，厚基（筠孫）公次子。

1905 年 1 歲

7 月 15 日（農曆六月十七日），生於天津府署街恒德里大院。

1911 年 7 歲

進天津民立第一小學。

是年，母顏太夫人卒於家，終年四十三歲。

1916 年 12 歲

7 月，初小畢業；9 月，升入天津西門內城隍廟高級小學。

是年，隨胞兄良釗參加南開中學的聯歡晚會，觀看該校師生公演的話劇《一元錢》，同時拜謁張伯苓校長。

1918 年 14 歲

就讀城隍廟高級小學。

4 月 5 日，堂弟查良錚（穆旦）生。

秋，兄良釗負笈美國格林奈爾學院，第二年轉入芝加哥大學。

7 月，城隍廟高級小學畢業。

9 月，考入南開中學。兄良釗在美獲悉，來信祝賀。

1919 年 15 歲

就讀南開中學二年級，參加校運動會田徑賽乙組，跳高得第一名，獲金牌一枚。賽跑第二名，獲銀牌一枚，四百碼接力賽第二名，獲銀牌一枚。兄良釗在美聞訊，即寄贈最新式的「瓦特曼」鋼筆，以資鼓勵。

是年，姐良鏡適浙江蕭山湯聘之。

1920 年 16 歲

就讀南開中學三年級。

是年暑期，參加在北平西山舉行的夏令營，時每日靜聽教會人士證道，講解福音。

加入校自治勵學會，膺選為會長；其時領導同學參加論文競賽、演講比賽，以及組織遠足郊遊。

1922 年 18 歲

就讀南開中學。

上半年，父厚基公因病棄世，終年五十一歲。

7 月，南開中學畢業。

9 月，考上南開大學，攻習政治及經濟學，受教於名師徐謨、蔣廷黻、張彭春、李濟、凌冰、何廉等教授。

1923 年 19 歲

就讀南開大學。

代表南開大學參加華北六所專門以上學校聯合舉行的校際國語辯論會，戰勝清華大學隊。

1924 年 20 歲

就讀南開大學。

代表南開大學參加華北六所專門以上學校聯合舉行之校際國語辯論會，戰勝北京大學隊。

1925 年 21 歲

就讀南開大學。

11 月 17 日，發表《學生最切要的組織》，見《南大週刊》第 21 期。

11 月 23 日，發表《對於帝國主義我們應取的方針》《幸與不幸》，見《南大週刊》第 24 期。

1926 年 22 歲

就讀南開大學。

4 月 26 日，發表《危哉國土》，見《南大週刊》第 30 期。

5 月 3 日，發表《英國工廠法制史略》，見《南大週刊》第 31 期。

5 月 29 日，發表《紀念五卅》，見《南大週刊五卅紀念號》第 35 期。

7 月，南開大學畢業。

9 月，因念及領事裁判權之廢除實有賴司法之改造，對法學發生濃厚興趣，遂再入上海東吳大學法學院攻讀法律。因該校教員多為現職法官與律師，學校上課時間為下午四點半至七點半，因此白天多空餘時間，故又擔任了浦東中學及江蘇省立上海中學的教師。

1927年23歲

於東吳法大學學院攻讀法律。

5月4日，撰寫《中國學生運動小史》。6月，由上海世界書局出版。

上半年，趁凌濟東與兄長良釗來滬，發起成立旅滬南開校友會。

夏，被上海市教育局派爲浦東(教育事務)三委員之一，負責對相關學校事務予以規劃。

暑期，南開校長張伯苓爲遠東運動會事來滬，即與部份旅滬南開同學招待之。

11月23日，發表《致諸位同學札》，見《南大週刊》第49期。時，南大週刊編輯稱先生「其人年齒不甚長，唯思想行為，則亟老練，故在校有『小大人』之稱。」

1928年24歲

於東吳法大學學院攻讀法律。

1929年25歲

於東吳大學法學院攻讀法律。

2月，姐良鏡病逝，終年39歲。

春，學校發起成立「收回教育權委員會」(昔日長校者為美國人)，先生為該委委員之一，其后經全體同仁之努力，終而達到目的(不再以外人長校)。

擔任法律系1929年級級長，同時還擔任學生會執行委員會主席。

7 月，東吳大學法學院畢業；未幾，負笈美國密西根大學，攻讀博士。

10 月 31 日，在美發表《美國通訊 · 第一件》，見《生活（上海 1925A）》五卷 4 期。

是年，與曹雲先女士訂婚。

1930 年 26 歲

於美國密西根大學攻讀博士。

3 月 30 日，發表《社會的內部》，見《生活（上海 1925A）》五卷 22 期。

4 月，撰寫《俄國現代史》，上海商務印書館出版。

6 月，在密西根州安娜堡與曹雲先 (用先) 女士結婚。

1931 年 27 歲

於美國密西根大學攻讀博士。

3 月 25 日，長子朋傳 (孟華) 出生。

夏天，獲密西根大學最高法理學博士學位。

7 月，與夫人束裝返國。

與夫人同應國立安徽大學之聘，分任法學院與文學院教授，任教一年。

1932 年 28 歲

轉任南京的中央大學教席，認識了曾擔任中央大學法律系主任的謝冠生先生。

獲司法部長兼外交部長的羅文幹先生聘任，轉入司法行政部任職，为司法行政部编纂。仍兼中央大學教席。

發表《介紹一本新出版的法學書》，見《圖書評論》一卷 2 期。

1933 年 29 歲

2 月 21 日，次子林傳 (樹華) 出生。

2 月，應上海特區地方法院院長郭雲觀先生聘，出任上海第二特區地方法院編纂，候補推事。

8 月，轉任上海第一特區地方法院推事兼書記官長。時結識吳鐵城先生。

發表《外國法院判決之效力問題》，見《法學雜誌（上海 1931）》七卷 1 期。

1934 年 30 歲

在上海特區地方法院服務。

翻譯《國際私法大綱》，中華法學雜誌出版。

1935 年 31 歲

在上海特區地方法院服務。

10 月，任江蘇高等法院第二分院代理推事。

1936 年 32 歲

在上海特區地方法院服務。

任上海第一特區地方法院推事兼書記官長。

編寫《強制執行實務》，中華書局出版。

編寫《民事訴訟強制執行法》，商務印書館出版。

1937 年 33 歲

抗戰軍興，上海淪陷，惟特區地方法院受國際條約關係之保護得以繼續存在，先生在租界內堅守崗位。

9 月，翻譯《犯罪學及刑罰學》(美國研究犯罪學權威齊林 John Lewis Gillin 著)，商務印書館出版。該譯作被列入「漢譯世界名著」。

1938 年 34 歲

在上海特區地方法院服務。

1939 年 35 歲

在上海特區地方法院服務。

11 月 23 日，同事、江蘇高法二分院庭長郁華被汪偽特務槍擊身亡。

1940 年 36 歲

在上海特區地方法院服務。

7 月 29 日，同事、上海特區地方法院刑庭庭長錢鴻業於返家途中被四名汪偽特務槍擊身亡。

爾后，主持錢鴻業先生之葬禮。

1941 年 37 歲

珍珠港事變爆發，上海租界陷入日軍之手，先生遭日軍懸賞通緝。為避日軍搜尋，遂逃出上海，徒步到達金華。時見上海司法界人員都已散失，建議司法行政部在金華設置接濟站，專門收容檢察官、法官、書記官等司法人員。如此間關入蜀之舉動，深獲司法行政部部長謝冠生之嘉許。

其時，適司法行政部謝冠生部長巡視各省司法業務抵達金華，遂隨部長專車返重慶。

抵達重慶不久，即派任四川高等法院第一分院檢察官，旋陞任司法行政部參事， 並奉調至復興關中央訓練團高級班受訓。

1942 年 38 歲

於司法行政部參事任上。

4 月 13 日，於重慶參加沙磁學術講座，在會上報告滬司法界奮鬥經過。

1943 年 39 歲

春，被徵調到復興關中央訓練團高級班第二期，接受為期 6 個月的受訓。

編寫《證據法則要義》，重慶書局出版。

秋，先生提議訂立司法節，以紀念司法審判權之完整回復，並籍以宣導法律教育，號召國人養成守法精神。此提議獲司法行政部核準，遂確定 1 月 11 日為司法節，令行全國。

12 月 23 日，因英美等國宣佈廢除對華不平等條約，政府為示推行法治之決心，指定重慶地方法院為實驗法院。剛結業於中央訓練團第二期高級班的先生於司法行政部參事之任上，將充任重慶實驗地方法院推事兼院長。

是時，經常與林彬（佛性）先生交換重慶實驗地方法院興革問題。

是年，由教育部組織成立法律教育委員會，頒行法律教育綱領。時由教育部長朱家驊任該委主任，先生為該委委員之一。

1944 年 40 歲

7 月 1 日，正式擔任重慶實驗地方法院院長。此時，還在東吳大學法學院（時還未遷往上海）兼課。

8 月 31 日，發表《公證的效用及其手續》，見《中央日報》。

發表《國際間引渡罪犯之研究》，見《中華法學雜誌》三卷 1 期。

發表《法院之組織與管轄》，見《組織》二卷 18 期。

是年，美國國務院派遣法律專家海爾密克來華考察司法工作，其參觀重慶實驗地方法院時，對重慶實驗地方法院實行的革新措施，給予了很高的評價。

1945 年 41 歲

抗戰勝利後，政府以上海地處要衝，為國際觀瞻，先生於 9 月被遴派為上海地方法院院長。到任不久，經努力，即成為全國模範法院。

是年，聯合國為懲辦戰犯，特設審理戰犯委員會遠東分會，由王寵惠為主委，先生為委員之一。

1946年42歲

於上海地方法院院長任上。

2月，蔣介石以國民政府主席的名義，召見先生，詢上海司法近況。

其時，繼續在東吳大學法學院（時已遷上海）兼課，教授國際私法，每週授課二小時。

10月18日，發表《實驗民眾》，見《今報（上海）》。

12月16日，發表《煙毒應速嚴厲斷禁》，見《益世報》。

1947年43歲

任上海地方法院推事兼院長。

1月，增補為上海市勞資評斷委員會委員。

2月，上海發生搶購（央行拋售）黃金的「黃金風潮」，引起金融振盪，先生受命協助監察院偵查，負責法庭調查與審理。最終主犯領刑，央行總裁貝祖貽因此撤職，行政院長宋子文也引咎辭職。

5月，因重視禁（煙）政，成績優良，由內政部函準，獲司法行政部明令嘉獎。

8月，上海發生一起黃金兇殺案，兇手一為美軍現役士兵，一為英國公民。當時根據中美有關協定，對美方現役士兵，中方司法機關祇能「觀審」，但先生利用中國檢察官的身份參與問訊，在法庭上，先生義正辭嚴的詢問，使兇手罪行充分暴露，終使兇手獲法。隨即，又對英國兇手進行公開審判，依法判處其無期徒刑。以此平定了民憤，伸張了正義。

9 月，東吳法學院國共兩黨學生，因展覽愛國圖片發生爭論，互毆被捕移送檢察官偵查起訴。庭長請示如何辦理，先生回答：「苦勸學生回校，避免流血發生」，事終因法院的「臨危不懼，延長時間，避免流血」而平息。

應江蘇省立上海中學邀請，前往演講。

是年下半年，堂弟查良鏞插班入東吳大學法學院，修習國際私法。

1948 年 44 歲

任上海地方法院推事兼院長。

1 月 29 日，同濟大學發生學潮，淞滬警務司令部逮捕了一批學生，押送至上海地方法院，交由檢察官偵查起訴。最后，在先生的授意下，法庭經二次審理，當庭宣告所逮學生無罪。

2 月 16 日，應暨南大學邀請，前往演講「怎樣推進法治」。講稿見《暨南校刊》復刊 16 期。

3 月 6 日，設宴歡迎駐英領事法律顧問冼秉熹律師（梁愛詩之老師）。

9 月 18 日，發表《談勤儉》，見《中央日報》。

發表《華僑在美國法律上之地位》，見《新法學》一卷 5 期。

11 月 14 日，赴南京出席法學會議。

1949 年 45 歲

2 月 15 日，對司法員警進行訓話。

4 月，離開上海，攜全家飛往臺灣。

應傅斯年校長邀請，擔任國立臺灣大學法學院法律系專任教授。

12 月 13 日，兄良釗奉命赴印度，代表中國參加聯合國教科文組織召開的成人教育會議。會議結束後，滯留印度數年。

是年，於臺灣大學結識戴運軌（伸甫）先生。

1950 年 46 歲

3 月，應「司法行政部」林彬部長邀請，出任「司法行政部」政務次長。

9 月，擔任三十九年度（1950 年）司法人員訓練班副主任。

是年，籌備成立東吳大學同學會臺灣分會，後改稱為臺北市東吳大學同學會。

1951 年 47 歲

在「司法行政部」政務次長任上。

4 月，發表《美國法律上人民的權利與自由》的譯作，見《新思潮》第 1 期。

4 月 5 日，元配曹雲先女士病逝於臺北。

9月28日，奉令赴美國辦理毛邦初侵吞公款潛逃案。

11月14日，與美國政要、友人周以德、諾蘭議員等，研究處理前空軍副總司令毛邦初侵吞公款潛逃案件的辦法。是時，將訴狀送進華盛頓哥倫比亞特區法院，稍後又分向美國、瑞士及墨西哥等國法院提請訴訟。

12月10日經華盛頓哥倫比亞特區法院判決，原告方勝訴。

是年，出任東吳補習學校董事，後在1958年學校改名為東吳大學。

1952年48歲

在「司法行政部」政務次長任上。

9月底，奉命再赴美國處理毛邦初侵吞公款潛逃案件。

1953年49歲

在「司法行政部」政務次長任上。

1月，致信印度二哥處問候之。

奉命繼續在美處理毛邦初侵吞公款潛逃案。

8月，發表《美國引渡程式述要》，見《司法專刊》第29期。

1954年50歲

在「司法行政部」政務次長任上。

1月26日，自美國經東京飛返臺北，告訴記者說：「毛邦初已因在美國法院及墨西哥法院敗訴，現羈押於墨西哥政府監獄」。

4月28日，兄良釗從印度加爾各答乘船經香港抵達臺灣。兄弟相逢。

6月23日，經美國哥倫比亞特區法院判決，先生代表臺灣當局訴毛邦初侵款潛逃案勝訴，向被告索還六百八十三萬美元。

6月29日，致信次子樹華。

10月30日，有報導稱：毛邦初貪贓款已追回大部份。

是年，在美期間，結識紐澤西州最高法院院長萬德畢先生。

12月26日，搭乘飛機離華盛頓轉道日本返臺灣，向當局報告其在美處理與毛邦初一案有關的情況。

1955年51歲

在「司法行政部」政務次長任上。

1月8日，於臺北市基督教浸信會仁愛堂，與張祖葆女士舉行結婚典禮。

1月13日，在「立法院」民刑商法委員會，報告關於毛邦初訴訟案仍在美國各州同時進行訴訟中。

1月31日，參加由國民黨中央委員會於實踐堂舉行的總理紀念週，報告「美國司法之基本精神」。

4月1日，將赴美國之前，獲蔣介石召見，對先生三度赴美處理毛邦初貪污案，有所指示。陳誠亦於同日接見了先生。

4月5日，搭乘西北航空公司客機經東京轉飛美國，7日抵達，繼續處理毛邦初貪污案尚未了結部份的事務，計劃以三個月的時間，將全案告一段落。

11月5日，赴美追查毛案結束。取道荷蘭海牙拜望老師徐謨，順便參觀國際法院。

11月17日，返抵臺灣。

11月28日，在「司法行政部」及所屬機關月會上，以「從辦理毛案說到美國司法組織及其精神」為題，報告到美國辦理毛案時所觀察到的美國司法組織及其精神。

12月3日，在「立法院」民刑商法、外交兩委員會的聯席會議上，報告最近七個月在美國、瑞士等地辦理索回毛案款項的經過。

1956年52歲

在「司法行政部」政務次長任上。

1月，發表《從辦理毛案說到美國司法組織及其精神》，見《法學叢刊》第一卷1期。

1月15日，應東吳大學法學院法律學會之邀，在救國團鄒容堂進行「法治精神的基本觀念」專題演講。

5月19日，因赴美追查毛案著有勳勞，獲頒三等景星勳章。

6月28日，老師徐謨病逝於荷蘭海牙，先生作為受業弟子以聯拜挽，其曰：法學擅國際權威，緬懷明察平亭，秋水一泓徵濬哲；清德作人倫矩矱，回憶甄陶教誨，海天萬里鬱哀思。

同日，撰《叔謨吾師逝世悼詞》。

9月8日，三子競傳出生。

9月17日，參加「外交」、「內政」、「司法行政部」及「僑務委員會」在「外交部」舉行的會議。

11月22日，在「司法行政部」與來訪的比利時上議院議員蕭特見面，對其介紹中國司法的情況。

12月8日，出席在臺中市中山禮堂舉行的四十五年度（1956年）全省高級檢察官與警官聯席會。

1957年53歲

在「司法行政部」政務次長任上。

2月27日，擔任由臺大法學院成立的研究法學，探討中外法律思想，推廣法律教育及協助改進法律制度的臺灣法學研究中心的幹事之一。

3月6日，在自由之家參加司法界人士歡宴全美律師公會會長史道萊博士，時與史道萊博士就在臺設立法學中心問題廣泛交換意見。

6月8日，列席「立法院」內政、民刑商法委員會聯席會議。

6 月 10 日，在「司法行政部」所屬機關周會上，作「從法律的觀點看，怎樣做一個公務員」的報告。

10 月，發表《美國憲政的特色與法官對於憲政的貢獻》，見《憲政論壇》第四卷 3/4 期。發表《創設國際刑事法院之重要性與展望》，見《刑事法雜誌》第一卷 6 期。發表《重視觀護工作之推行》，見《憲政論壇》第四卷 3/4 期。

12 月，在政治大學新聞系《學生新聞》創辦週年紀念會上，以「新聞自由與誹謗罪」為題，發表演說。

1958 年 54 歲

在「司法行政部」政務次長任上。

1 月 8 日，參加留美同學會在自由之家舉行的第一屆理監事聯席會議，當選為留美同學會監事。

1 月 11 日，在「教育部」會議室參加由中華科學協進會、中國教育學會、中華兒童教育社、中國測驗學會及中國社會教育社等五學術團體召開的改善社會風氣座談會。

1 月 12 日，應邀在華美協進社主辦「中國生活和習慣」的演講會上，就中國司法制度，發表演說。

3 月 13 日，列席「立法院」法制、民刑商法兩委員會的聯席會議。

6 月，發表《從美國的辦事效率看事務管理之革新》，見《事務管理》第 12 期。

7 月 21 日，發表《國際公法權威 (崔書琴)》，見《中國一周》第430期的《崔書琴先生逝世一周年紀念專集》。

7月31日，奉令，繼任「司法行政部政務次長」。

9月，擔任革命實踐研究院第三階段教育籌備委員會委員。

9月30日，在司法大廈禮堂參加新任臺灣高等法院院長李學燈交接典禮的監交。

10月21日，四子重傳出生。

12月10日，參加在臺北市中山南路教育部禮堂舉行的聯合國中國同志會第二〇三次座談會——紀念第十屆人權節，以「中國法律與人權保障——從世界人權宣言觀察」為題發表講話，該講話其後刊登於《大陸雜誌》十八卷2期。

1959年55歲

在「司法行政部」政務次長任上。

1月31日，發表《中國法律與人權保障——從世界人權宣言觀察》，見《大陸雜誌》十八卷2期。

2月21日，在鐵路招待所參加國立安徽大學校友會舉行的春節聯誼會。

3月26日，列席「立法院財政和司法委員會」。

6月，編寫《與我國有關之條約與國際公約》。

9月5日，受聘為「教育部」學術審議委員會第七屆委員。

10月13日，在臺北賓館參加中國國際法學會舉行的茶會，歡迎來訪的美國國際法專家雷夫曼道博士，就有關國際法問題廣泛交換意見。

12 月 21 日，在美援會會議室參加「行政院」工業發展投資研究小組召開的首次會議，就該小組今後的工作步驟發表意見。

是年，撰寫《自述》，自言從接任「司法行政部」政務次長後，「以迄於茲，此外余或專任、或兼任安徽大學、中央大學、中央政治大學、東吳大學、臺灣大學等校教授，講師及系主任，前後將二十年」。

1960 年 56 歲

在「司法行政部」政務次長任上。

8 月 3 日，奉派出席在英國倫敦召開的聯合國第二屆防止犯罪及處遇罪犯大會。

10 月 30 日，在自由之家，參加全國律師公會聯合會與臺北律師公會茶會。

12 月 22 日，「行政院」院會，核准「外交部」提薦「司法行政部次長」查良鑑參加聯合國人權討論會議案。

1961 年 57 歲

在「司法行政部」政務次長任上。

1 月 21 日，列席「立法院」財政、司法兩委員會的聯席會議。

2 月 6 日至 21 日，出席在紐西蘭惠靈頓舉辦聯合國人權保障討論會的人權討論會。

2 月 25 日，人權討論會結束，返臺。

7 月 27 日至 29 日，參加在臺北市青潭舉行的司法行政檢討會。

10 月，發表《第二屆聯合國防止犯罪及罪犯處遇會議》，見《法學叢刊》24 期。

11 月 4 日，由臺灣高檢處首席夏惟上陪同，巡視臺北地檢處。

11 月 9 日，奉派出席聯合國「防止犯罪及罪犯處遇諮詢小組會議」。

11 月 28 日，赴瑞士。

12 月 5 日至 15 日在日內瓦參加聯合國舉行的會議。

12 月，發表《司法業務之改進》，見《司法專刊》129 期。

1962 年 58 歲

在「司法行政部」政務次長任上。

1 月，發表《司法機關的組織及其制度》，見《司法專刊》130 期。

1 月 1 日，離歐洲返臺。

1 月 3 日，在「司法行政部」報告參加聯合國「防止犯罪及罪犯處遇諮詢小組會議」的經過。

1 月 18 日，兼任「中央銀行」所設置「中央銀行法研究小組」的研究委員。

1 月 20 日，在「司法行政部」為配合「立法院」三讀通過的少年案件處理法，決定將在少年案件較多的臺北、新竹、臺中、臺南、高雄等處地方法院內，分別設立少年法庭，並在臺北地區設立一收容少年的觀護所。

1月，參加「司法行政部」1月份動員會月會，作《聯合國對於防止犯罪問題的新動向》的報告。

9月2日，兼任「司法行政部」為培養法院書記官及監獄官服務精神，灌輸實務智識的司法官訓練所附設法院書記官、監獄官訓練班的班主任。

12月18日，致信樊際昌，請其資助臺北、金門兩所監獄之醫療、農墾等器材以及金門法院監所之建設。

12月27日，在「司法行政部」，與由東京來臺訪問的國際刑事學會會長兼聯合國亞洲暨遠東地區預防犯罪暨罪犯處遇學院的司徒坡教授晤談，交換有關司法業務之意見，並陪同其參觀臺北新監獄暨桃園少年輔育院。

1963年59歲

在「司法行政部」政務次長任上。

1月，發表《一位令人難忘的導師》，見《傳記文學》第二卷1期。

4月15日，在臺南地方法院大禮堂，與高地院檢監所同仁，舉行座談會。

7月12日，率「司法行政部」業務主管到臺中地區視察嘉義、臺中的司法業務。

8月15日，經「行政院」通過，擔任出席聯合國大會第十八屆會議代表的五位代表人選之一。

9 月 12 日，以特命全權大使身份，出席聯合國大會第十八屆大會。

10 月 17 日，以中國代表的身份，在聯合國大會第三委員會 (即社會、人道和文化委員會) 上發言，歡迎對土地改革和農業技術有興趣的國家，訪問臺灣。

12 月 12 日，聯合國大會結束，返臺。

12 月 21 日，奉令，繼續擔任「司法行政部政務次長」。

12 月 26 日，列席「立法院外交委員會」，報告出席第十八屆聯合國大會經過及美國近況。

1964 年 60 歲

在「司法行政部」政務次長任上。

1 月 11 日，參加在臺北市中山堂中正廳舉行的第十九屆司法節慶祝大會， 接受資深績優司法人員的頒獎。

5 月 29 日，在主持「司法行政部」邀集工商界人士舉行的研究違反票據法問題座談會上，呼籲全國工商各界協同探求違反票據法案件的原因，研究有效對策，以保障社會及工商業者的安全。

10 月 13 日，許世英病逝於臺北，先生以聯拜輓，其曰：皖山毓秀，淮水鍾靈，匡濟緬耆賢，運幹元稱大老；潞國祈年，衛武抑誡，勳華垂奕禩，名昭冊紀前徽。

11 月 10 日，奉令，擔任聯合國大會第十九屆大會特命全權代表。

1965 年 61 歲

在「司法行政部」政務次長任上。

3 月 15 日，以特命全權大使身份，出席第十九屆聯合國大會。

4 月 16 日，列席「立法院司法委員會」舉行全體委員會議，討論「行政院函請審議修正冤獄賠償法第三條第一項及第五項條文草案」。

6 月 23 日，主持在臺北市實踐堂舉行的「少年犯罪問題座談會」。

10 月，發表《在華美軍地位協定與我國司法管轄權》，見《法學叢刊》第十卷 4 期。

11 月 6 日，列席「立法院」外交、國防、司法三委員會聯席祕密會議，審查「在華美軍地位協定」案，就該協定簽訂經過及內容、要旨提出報告。

11 月，發表《民生史觀與現代法學》，見中國文化學院法律研究所的《國父法律思想論文集》。

11 月 12 日，與謝冠生先生合編《國父法律思想論集》，中國文化學院法律研究所出版。

11 月 21 日，在華聲電臺「暮鼓晨鐘」節目，主講「殺人犯罪案件的現狀及預防措施」。

12 月 10 日，參加在臺北市中山堂堡壘廳舉行的慶祝第十七屆世界人權節活動。

1966 年 62 歲

在「司法行政部」政務次長任上。

1 月 5 日，列席「立法院」司法、外交、國防三委員會聯席會議。

1 月10日，參加國父實業計劃學會大會，被推選為理事。

2 月 26 日， 主持「司法行政部」犯罪問題研究中心，為遏止煙毒犯罪，發函駐外國「大使館」。

3 月 14 日，宴請臺大校長錢思亮夫婦，兄良釗出席作陪。

5 月10日，受聘為中美雙方為實施「美軍在華地位協定」而設置的聯合委員會，擔任中方顧問。

5 月 12 日，中美文化經濟協會時事座談會上，作「美國對華政策的探討」的講話。

6 月 26 日，奉令，調陞「最高法院院長」，7 月 9 日交接上任視事。

發起成立「中華法學協會」，舉辦「中國法制研討會議」與國際法學會議。

在中國文化大學創立法學院（於 1964 年籌備），擔任法學院院長。

10 月 28 日，參加在陽明山國防研究院講堂舉行的中華學術院成立典禮，受聘為社會科學的議士。

是年，發表《經濟發展與法制》，見《國家建設論文集》。

1967年63歲

在「最高法院」院長任上。

1月30日，發表《建立三民主義的法制社會》，見《中國一周》第875期。

2月27日，在中華法學協會以「法學研究的新境界」為題講演，後刊登在《中國一周》第885期。

3月1日，發表《保障人權並非輕縱犯罪——談新刑事訴訟法》，見《法令月刊》第十八卷3期。

3月16日，參加東吳大學創校66週年慶祝活動，以「法古今完人，立千秋功業」致詞，4月24日刊登於《中國一周》第887期。

3月20日，發表《人權自由與社會安全》，見《中國一周》第882期。

3月21日，致信表兄王樹芳，敘談家常。

4月10日，發起成立中華法學協會，先生與會，發表《法學研究的新境界》。見《中國一周》第885期。

6月，發表《中華法學研究的現況及其展望》，見《法令月刊》第十八卷6期。

6月11日，參加中華法學協會與中國文化學院法律研究所在中山堂堡壘廳聯合舉辦的中國法制史研討會，發表《中國法學研究的新紀元》，該文後刊登在《中國一周》第899期。

6月23日，就省立臺北醫院在6月12日遺失了一顆鐳錠之事件，提出應該趕快完成「原子能」的立法。

7月6日，前往瑞士日內瓦，出席9日召開的世界法官會議及以法律促進世界和平會議。

7月17日，在美國召開的中國法制研討會上，對中外專家學者發表《中國法學研究的新紀元》的演講，見《中國一周》第899期。

8月6日，在參加法官會議和法制研討會議後，往日本，又從日本搭機飛返臺北。抵臺北，在機場發表談話，說這次參加會議有很大的收獲，並當選為「世界法官協會執行委員會」十二位執行委員之一。

9月1日，發表《悼念書琴老友》，見《崔書琴紀念集》，傳記文學出版。

10月20日，發表《不能靠法律執行，國民生活革新全賴個人自律，應由社會知識份子、政府官員倡導推行》，見《臺灣新生報》第9版之《新生週刊》第34期。

10月31日，發表《從現代法律思潮看中國傳統法學》，收入《國家建設論文集》。

11月20日，應泰國政府之邀請，赴曼谷參加第三屆亞洲司法會議。

11月22日，受泰王普密蓬·阿杜德的接見。

11月29日，奉令，接任「司法行政部」部長兼「行政院」

政務委員，興革司法行政與建立優良司法人事制度等。

12月6日正式接任「司法行政部長」職。當日在就職典禮上致詞。

12月20日，於立法院司法委員會會議上，作「樹立優良風氣、革新司法業務」的報告。

1968年64歲

在「司法行政部」部長任上。

1月1日，發表《宏揚法治努力革新》，見《中國時報》。

1月9日，在民事訴訟法及其施行法暨民事訴訟費用法修正案經「立法院」三讀通過後，發表「民事訴訟法修正的意義」的談話，並答覆記者詢問。

1月11日，參加在臺北市延平南路革命實踐研究院實踐堂舉行的慶祝第二十三屆司法節大會，並作「談司法革新」的報告。

1月22日，在調查局作「發揮『公』、『誠』的服務精神」的講話。

2月10日，發表《守法與守信——談商業上徵信業務的要素》，見《臺灣徵信》第3期。

2月13日，對法醫班檢驗員組作「為檢驗工作奠立良好的開始」的講話。

2月25日，在司法大廈法官訓練所禮堂參加由中華法學協會及中國文化學院法律研究所聯合主辦的「刑事訴訟程序研討會」，隨後發表《審理在華美軍人員訴訟程序之研究》，刊登於《法令月刊》第十九卷 4 期。

3 月 1 日，列席「立法院」院會。

4 月 20 日，對機關保防工作會議人員作「發揮機關保防的功能」的講話。

4 月 28 日，參加中華法學會在北市金華街清華大學月涵堂舉行第一屆年會，被選為該會第二屆會長。

4 月，發表《少年犯罪問題之研究與處理》。

7 月，發表《追思林佛性先生》，見《憲政論壇》第十四卷 2 期。

7 月 1 日，在中國國民黨中央委員會召開的總理紀念週上，報告「現階段司法革新的措施」。

7 月 26 日，列席「監察院」司法委員會，作「對竊盜犯、少年犯、贓物犯的處理情形及預防對策」的報告。

8 月 30 日，主持在司法大廈舉行的 57 年度司法行政檢討會議開幕典禮。

9 月 7 日，針對「如何消滅司法黃牛」的問題，提出「治標」的構想是通令全國各司法機關，今後對於「司法黃牛」一律予以從嚴懲治，以嚴刑峻法來杜絕司法黃牛。「治本」的計劃則是發動全國大專院校法律系三、四年級的學生，請他們在各法院為訴訟當事人義務服務；組成法律扶助團體。

9 月 20 日，抵高雄巡視。

10 月，發表《法律在法治國家的功能》《昌明法治》，見《法令月刊》第十九卷 10 期。

10 月 14 日，率領臺灣高院孫德耕院長及周旋冠首席，前往彰化縣員林鎮主持彰化地方法院成立典禮。

11 月 11 日，呼籲社會人士重視司法保護事業，對於出獄人應予以同情、協助，使他們能奮發向上，成為國家有用之人。

11 月 20 日，發表《論現階段司法革新之藍圖》，見《中國人》第一卷 4 期。

12 月 10 日，參加在臺北市中山堂光復廳舉行的慶祝人權日大會，以「司法功能與人權保障」為題講演，後刊登在《司法專刊》第 213 期。

12 月 29 日，主持在臺北市博愛路司法官訓練所舉行的國父實業計劃研究學會年度會員大會，並當選為第四屆理事。

是年，研訂《司法革新計劃》，擬報全國司法行政檢討會通過。

是年，與謝冠生先生合編《中國法制史論集》，臺北中華法學協會出版。主編《刑事訴訟程序研討論文集》、《海事法講習論集》，臺北中華法學協會出版。

1969 年 65 歲

在「司法行政部」部長任上。

1月11日，爲第二十四届司法節，發表《求新求行以紀念司法節》，見《司法專刊》第214期。

1月25日，於司法官訓練所禮堂參加「民事訴訟程序研討會」，以「研討民事訴訟程序的重要性」為題講演，後刊登在《司法專刊》第215期。

1月29日，發表《簡介古代法家的法律思想 》，見《復興崗》。

1月31日，在觀護人座談會以「重視觀護工作之推行」為題講話，後刊登在《司法專刊》第216期。

2月27日，參加由中華法學協會與中國文化學院法律研究所聯合主辦的民事訴訟程序研討會，發表《研討民事訴訟程序的重要性》，見《司法專刊》215期。

2月，發表《群策群力革新司法》，見《司法專刊》227期。

3月，發表《重視觀護工作之推行》，見《司法專刊》第216期。

3月25日，在「總統府」國父紀念月會上，進行「司法行政工作報告」，後刊登在《司法專刊》第217期。

3月28日，就「立法院」完成法院組織法等條文修正案的立法程式，發表談話。

4 月，發表《青年節談青年與司法》及《司法行行政工作報告》，見《司法專刊》第 217 期。

4 月，發表《民事訴訟程序研討論文集》，見《法學叢刊》十四卷 2 期。

4 月，發表《司法革新工作概況》，見《司法專刊》40 期。

4 月 25 日，主持「司法行政部」的改進司法業務座談會。

5 月 5 日，在中華基督教青年會，以「青年與建國」為題進行講演，後刊登在《司法專刊》第 219 期。

6 月，發表《新聞與法治》，見《法令月刊》二十卷 6 期。發表《員警人員對於處理少年犯罪問題應有的認識》及《青年與建國》，見《司法專刊》第 219 期。

6 月 2 日，在中央聯合總理紀念週以「當前司法行政之概況及其任務」為題作報告，於 7 月刊登在《司法專刊》第 220 期。

6 月 13 日，在「司法行政部」擴大工作會報中，指示所屬防止人犯脫逃，並加強查緝漏稅。

7 月，發表《當前司法行政之概況及其任務》，見《司法專刊》第 220 期。

7 月 8 日，奉令擔任動員戡亂時期自由地區中央公職人員增選補選選舉總事務所選舉委員會委員。

9 月，發表《司法官的時代任務》，見《司法月刊》第二十卷 9 期。

9 月 1 日，在司法行政檢討會閉幕講評時，提出今後工作重點。

9 月 8 日至 10 日，陪同「立法院司法委員會」委員到臺東考察司法業務。

9 月 15 日，主持司法官訓練所第九期學員朝會，以「獻身司法是一種榮譽」為題講演，該講演後刊登在《司法專刊》第 223 期。

10 月，發表《中國法律的基本精神與近二十年之發展》，見《法學叢刊》第十四卷 4 期 (總 56 期)。發表《研究法學的方向，見《法苑》第 1 期。

10 月，參觀在新竹舉行的第二十四屆臺灣全省運動會及在臺北市舉行的臺北運動會。

10 月 15 日，編寫《司法革新論集》，臺北司法通訊社出版。

10 月 20 日，發表《司法人員要堅毅勇為》，後見《司法專刊》第 224 期。

11 月，發表《發揚司法保護的精神——慶祝第 24 屆司法保護節紀念》，見《司法專刊》第 224 期。

11 月 8 日，列席「立法院司法委員會」會議。

11 月 11 日，參加中國土地改革協會修訂土地法座談會，主張建立獨立之「建物登記制度」。

11 月 16 日，陪同來臺訪問的美國高級官員，參觀故宮博物院。

11 月 17 日，主持司法官訓練所第九期學員朝會，以「群策群力革新司法」為題講演，後刊登在《司法專刊》第 227 期。

12 月，主編《中國歷代法典考輯》，中國文化學院法律研究所出版。

12 月，發表《求知識，明是非》，見《司法專刊》第 225 期。

12 月 5 日，在臺灣「高等法院」大禮堂，參加第五次法律座談會。發表《溝通法律見解，革新辦案業務》，刊登在《司法專刊》第 226 期。

1970 年 66 歲

在「司法行政部」部長任上。

1 月，在臺灣高等法院召開的第五次法律座談會上，發表《溝通法律見解、革新辦案業務》，見《司法專刊》第 226 期。

2 月 28 日，發表《司法革新的成效》，見《今日臺灣》第 50 期。

4 月，發表《兩年來司法革新工作》，見《中國人雜誌》第二卷 8 期；發表《司法革新工作概況》，見《光復大陸》第 40 期。

5月，在《法令月刊》第二十一卷5期上發表《昌明法治》。

5月，寫信給謝冠生先生，提議重印謝先生在1948年彙編出版的《戰時司法紀要》。謝先生接受了提議。

5月10日，接受臺灣省員警廣播電臺錄音訪問。

7月1日，奉令，免去「司法行政部」部長職，應聘為「總統府國策顧問」。

7月10日，正式就職「國策顧問」。

是年，與謝冠生先生合編《法律教育論集》，臺北中華法學協會出版。

是年，參與美方軍法處長彼魯比與楊大器先生討論「來臺渡假美軍是否應照規定繳納出境費」案的會談。

1971年67歲

6月，發表《談司法的便民與利民》，見《華岡法粹》第3期。

6月5日，為紀念手足之情，與胞兄良釗先到臺北民權路行天宮向關公像致敬，然後乘計程車至北投，去北投與關渡之間的忠義村山上之行天宮遊覽。

6月20日，撰《《經濟法規研討論集》序》，收入《經濟法規研討論集》。

7月13日，參加在司法大廈禮堂舉行的中華法學協會年會，當選為第四屆常務委員。

9月，發表《論經濟法規亟應現代化》，見《法令月刊》

第二十二卷9期。

10月25日，在東海大學行政大樓舉行第六十九次董事會，決議通過膺任東海大學董事會董事長，自此後歷時二十年。

11月1日，在臺北寓所接受《東海大學校刊》記者訪問。

11月2日，參加東海大學大禮堂舉行的創校十六週年慶祝大會，以「福如東海，同心努力」為題，發表講演。

12月，發表《美國一位司法改革命家(Arthur T.Vanderbit)的中心思想》，見《法令月刊》第二十二卷12期。

是年，主編《法律教育論集》，中華法學協會出版。

1972年68歲

2月1日，發表《盡粹司法的謝冠生先生》，見《法令月刊》第二十三卷3期。

4月24日，與吳越潮共同主持中華法學協會與中國租稅研究會的座談會。

5月，發表《司法人才的教育與訓練》，見《明天的希望》。

6月26日，出席在東海大學銘賢堂舉行唐守謙代理校長將印信移交給謝明山校長的監交典禮。

11月2日，參加東海大學在大禮堂舉行的第十七屆校慶活動與致詞，以「養德、養力」勉勵大家。

11月，在《法令月刊》第二十六卷11期上發表《蔣公對實施民主法治之勳業》。

1973 年 69 歲

4 月 18 日至 28 日，堂弟查良鏞以《明報》記者身份訪問臺灣，期間，與兄良釗會見查良鏞，相處數天。

6 月，憑在法律界之崇高地位，經奔走折衝，為東海大學收回被霸佔約六十甲的十數筆土地。

10 月，發表《中國法家的法治思想》，見《法令月刊》第二十四卷 10 期。

10 月 25 日至 11 月 4 日，接受紐約基督教高等教育聯合董事會邀請，參加在香港舉行為期九天的「基督教大學校長會議」，討論基督教大學教育及籌募基金研討會。

10 月 29 日，當選為中美文化經濟協會第十屆理事。

10 月 31 日，發表《法家的法治思想與國家建設》，見《國家建設論文集》。

1974 年 70 歲

7 月 15 日，主持中美文化經濟協會與中國廣播公司聯合舉辦的中國音樂欣賞晚會，談「中國海外青年的責任」。

8 月，發表《中國海外青年的責任》，見《中美月刊》第十九卷 7/8 期。

10 月，發表《中華文化與中華法學》，見《法令月刊》第二十五卷 10 期。

10 月 21 日，出席在臺北市中央再保大樓舉行的東海大學董事會年會，蟬聯東海大學董事長。會上接受《東海大學校刊》記者訪問，暢談對東海過去與未來的瞻望。

11 月 2 日，參加在東海大學銘賢堂舉行的第十九週年校慶活動。

12 月，積極協助東海大學相對基金的籌募活動。

1975 年 71 歲

3 月 18 日，率家人為兄良釗祝八十壽，時有毛彥文等友人參加壽宴。

3 月，為《票據法之理論與實務》作序。

3 月 24 日，在臺北中國飯店主持東海大學董事會議。

4 月 5 日，與南開眾校友為張伯苓校長百歲冥誕，在臺北中山堂聚會。

4 月 16 日，於臺北市國父紀念館應邀在中華民國各基督教會舉行的追思禮拜會上致詞。

5 月，為《中美司法制度比較》作序。

6 月 17 日，出席東海大學在大禮堂舉行的第 17 屆畢業典禮，並代表董事會向畢業學生致詞。

8 月 11 日，發表《社會法學與社會利益》，見《臺灣新生報》。

10 月 10 日，撰寫《蔣總統與我》，見《中國郵報（英文）》。

11 月 1 日，發表《東海大學廿年有成》，見《東海新聞（雙週刊）》。

11 月 2 日，出席在東海大學大禮堂舉行創校第 20 週年校慶大會活動。

1976 年 72 歲

1 月 23 日，受聘為「教育部」學術審議委員會第十二屆法科常任委員。

5 月 17 日，蒞臨東海大學行政會議，發表「勉勵東海同仁努力開創東海光明前途」的講話。

6 月 22 日，出席東海大學在大禮堂舉行的第十八屆畢業典禮，代表董事會，以「博學、慎思、篤志、勵行」八字贈言勉勵向畢業生致詞。

10 月 20 日，當選中美文化經濟協會第十一屆常務理事。

11 月 2 日，撰寫東海大學商學院「華中堂」之勒石碑文。

11 月 15 日，組建並參加中美文化經濟協會慶賀美國建國二百週年友好訪問團。

12 月，率領中美文化經濟協會代表團訪問美國，期間應邀參加在堪薩斯城的僑胞早餐會，並撰《記堪城早餐會》文。

1977 年 73 歲

2 月 26 日，堂弟查良錚（穆旦）病逝於天津。

3 月 31 日，在中美文化經濟協會理事會議上，當選為理事長。

5 月 1 日，與兄良釗同行前往新竹，參加臺灣清華大學的校慶活動。

5 月 15 日，應邀前往南非共和國參加該國最高法院成立一百週年慶典。

6 月，發表《由人權本質談中國憲法上之保障》，見《華岡法粹》第 9 期。

6 月 15 日，參加在美國華府的中美「中國大陸問題」研討會。

6 月 20 日，出席東海大學在大禮堂舉行的第十九屆畢業典禮，代表董事會向畢業生致詞。

9 月，發表《南非共和國與其司法制度》，見《法令月刊》第二十八卷 9 期。

9 月 11 日，赴美國參觀訪問美國南部各州的教會與教會大學，一共停留四個星期。

11 月 2 日，出席在東海大學運動場舉行的創校二十二週年慶祝大會，以「慶祝校慶要加強信心愛國愛校」為題講演。

12 月 31 日，發表《從中國憲政發展看人權之維護》，見《近代中國》第 4 期《行憲三十週年紀念專輯》。

是年，於臺灣再版《犯罪學與刑罰學》。

1978 年 74 歲

3 月 14 日，友人、「立法委員」謝仁釗病逝於臺北，先生以聯拜輓，其曰：平生黨國為懷，外交盡瘁，一片忠誠昭人群；此日道山遽返，賢哲辭塵，千秋勳業重彝常。

4 月，發表《論民權與人權之實踐》，見《三民主義學報(文化大學)》第 2 期。

同月，為中國文化大學《華岡法科學報》創刊號撰寫《發刊辭》。

4 月 16 日，參加在臺北市中華文化大樓舉辦的「法學講座第八次研討會」，主講「刑事訴訟與人權保障」，後收入《法學專題講座(二)》。

6 月 21 日，出席東海大學第二十屆畢業典禮，代表董事會向畢業生致詞。

6 月 27 日，主持在東海大學銘賢堂舉行的新舊任校長(謝明山校長移交梅可望校長)交接典禮。

10 月 12 日，撰寫《緬懷老友》，見《謝委員仁釗紀念集》。

10 月 31 日，發表《國際集體安全與中美共同防禦條約》，見《國家建設研究論文集》。

11 月 2 日，主持東海大學創校二十三週年校慶活動。

11 月 20 日，在東海大學行政大樓會議室舉行歡迎波利維亞國聖泰克魯市長戴爾奇博士夫婦茶會中，代表東海致歡迎詞及致贈紀念品。

11 月，發表《國際集體安全與中美共同防禦條約》，見《法令月刊》第二十九卷 11 期。

12 月至 27 月，致蔣彥士札，其時蔣出任「外交部長」職。

1979 年 75 歲

1月至2月，在美國華盛頓，與佛洛立達州民主黨副主席 Hagei Evans 數次會面。並以民間身份聯繫美國國會議員，以開展國民外交。

2月，發表《中美關係與共同防禦》，見《東方雜誌》第十二卷8期。

3月29日，與美國基督教亞洲高等教育聯合董事會榮譽會長摩爾夫人共同主持東海大學新校門落成剪綵儀式。

4月，發表《中美新關係之建立與展望》，見《東方雜誌》第十二卷10期。

5月8日，參加東海大學董事會在臺北中國大飯店舉行董事會議，會上被推選為董事長。

6月17日，出席東海大學在文理大道露天舉行的第二十一屆畢業典禮，代表董事會向畢業生致詞。當天還在東海大學召開董事會議。

9月，發表《中美新關係法案的分析》，見《建設》第二十八卷4期。

9月29日，主持東海大學在華中堂舉行的擴大行政會議。

10月16日，參加在臺北市自由之家舉行的座談會，作「如何加強中華民國的國際映象」的講話。

11月，發表《美國法院判決表現的法治精神》，見《法令月刊》第三十卷11期。

11月2日，參加東海大學創校二十四週年校慶，主持東海大學教學大樓落成奉獻典禮的剪綵。

11 月 24 日，主持由《黃河》雜誌社主辦，在臺北世紀大飯店舉行的「中美關係的檢討與展望」座談會。

12 月，發表《美國法院關於總統無權單獨廢約的判決》，見《東方雜誌》第十三卷 6 期；發表《有關美總統宣佈廢止中美共同防禦條約問題》，見《建設》第二十八卷 7 期。

12 月 23 日，主持東海大學附設小學擴建教室落成奉獻典禮剪綵，頒贈感謝獎牌予熱心捐贈的學生家長。

1980 年 76 歲

3 月 13 日，參加美國在臺協會會長克勞斯伉儷訪問東海大學活動，致歡迎詞。

3 月 15 日，參加《黃河》雜誌社舉辦的「人權與主權」座談會。

4 月 11 日，在東海大學華中堂參加美國國會議員助理訪華團的座談會。

4 月 15 日，在東海大學視聽大樓國際會議廳參加「中韓經濟合作會議」。

6 月 22 日，參加東海大學在文理大道舉行的第二十二屆畢業典禮。

7 月，發表《講民主，也要講法治》，見《中央月刊》第十二卷 9 期。

8月22日，當選中美文化經濟協會第十二屆理事長。

12月，發表《公職人員選舉罷免法的新貌》，見《文藝復興》第118期；發表《選舉罷免法的特質與時代意義》，見《夏聲月刊》第193期。

1981年77歲

1月，組團赴美參加基督教福音傳播大會，同時參加了美國總統里根的就職典禮。

1月，在宗教哲學研究社第十九次會議上作《宗教與法治的關係》的演講，見《建設》第二十九卷8期。

4月，發表《法律與社區發展——論社區發展法誕生的重要性與展望》，見《社會建設》第43期。

8月21日，於中美文經協會，在由樂友藝術基金會所邀請的美國民族音樂學者曼陀·胡德博士的歡迎會上，作歡迎詞。

10月，撰寫《緬懷伯師——南開與我》，見《學府紀聞——國立南開大學》。

10月8日，陪同美國教育部全美地區聯絡處處長畢林斯博士訪問東海大學。

10月31日，發表《念復興關》，見《復興關懷念集》。

11月，發表《法律教育與法律生活化》，見《華岡法科學報》第4期。

11月2日，參加東海大學體育館舉行的建校二十六週年慶祝活動並致詞。

12月，發表《追懷謝冠生先生》，見《法令月刊》第三十二卷12期。

是年，為「王亮疇(寵惠)先生百年誕辰紀念」作「口述歷史」的採訪，後收入《百年憶述：先進先賢百年誕辰口述歷史合輯》。

1982年78歲

2月4日啟程，2月7日至10號組團十五人參加美國佛吉尼亞州林奈堡福音廣播大會。

4月9日，應臺灣中國文化大學邀請。美國國會議員一行十二人由團長MT·ALLEN NOORP率領，抵學校訪問。先生等四位教授代表學校出面接待並舉行了座談會。

6月20日，參加東海大學第二十四屆畢業典禮並致詞。同日，參加東海大學校友會館及農牧場牛奶加工廠落成奉獻典禮。

6月，在《法令月刊》第三十三卷6期上發表《法律教育與法律生活化》。

7月2日，去友人阮毅成府上拜訪，3日，又致信問候之。

8月，為陳顧遠之文集作序，見《陳顧遠文集》。

11月，發表《謝冠生二三事》，見《時代文摘》民國71年11月號。

11月2日，主持東海大學創校二十七週年慶祝大會，並主持停車廣場、女生宿舍、學人宿舍、教職員退休宿舍、東海湖及東美亭等五項建設的落成奉獻典禮。

同日，與梅可望校長合撰《東美亭記》及《東海湖記》，由蕭繼宗教授書寫。

12 月 20 日，兄良釗病逝於臺北臺大醫院，享年 87 歲。

1983 年 79 歲

1 月 8 日，以榮譽團長的身份赴美參加基督教福音傳播大會第四十屆年會。

1 月 12 日，致信「外交部長」朱撫松。

4 月 9 日，出席在臺北圓山大飯店二樓會議廳，由東海大學與亞洲基督教大學聯合會合辦的「國際學術會議」開幕典禮。

5 月 1 日，擔任世界和平大學籌備委員會總會常務委員。

6 月 19 日，在東海大學畢業典禮上致詞，勉勵畢業生繼續研究，不斷求知，以便為國家效力。

6 月 25 日，在東海大學臺北連絡處主持「東海大學董事會」。

9 月 21 日，發表《青少年犯罪與如何輔導》，見《中國婦女》第 1275 期。

9 月 23 日，在東海大學臺北連絡處主持「東海大學董事會」。

11 月 2 日，出席東海大學創校二十八週年校慶活動。

11 月 19 日，發表《我認識的鐵老》，收入《吳鐵城先生逝世三十週年紀念集》。

12 月，發表《念二哥 (查良釗)》，見《傳記文學》第四十三卷 6 期。

1984 年 80 歲

1 月 8 日，參加聯合報主辦的「中美關係研討會」，邀請抵臺訪問的美國參院外交委員會亞太小組主席麥考斯基致辭。

1 月 9 日，發表《緬懷伸甫先生》，見《戴運軌先生紀念集》。

1 月 21 日，在東海大學臺北連絡處主持「東海大學董事會」。

4 月 18 日，為不給子女增加負擔，致信長子朋傳，阻其回臺為自己祝壽。

5 月 12 日，在東海大學臺北連絡處主持「東海大學董事會」。

5 月 28 日，參加中華戰略學會舉行第六次會員大會，當選為監事。

7 月 9 日，發表《傑出的梅氏教育家》。

7 月 14 日，適八十大壽（7 月 15 日），出遊至日月潭，避壽三天。

7 月 23 日，為不給子女增加負擔，致信三子競傳，阻其回臺為自己祝壽。

9月3日，在東海大學臺北連絡處主持「東海大學董事會」。

10月，為《國家建設研究論文集》撰寫序言。

11月，發表《「八十南開」精神永在：永懷張伯苓先生的偉大愛國情操》，見《大成》第132期。

12月22日，在東海大學臺北連絡處主持「東海大學董事會」。

1985年81歲

1月，與宗教界領袖共赴美國華府，參加里根總統連任的就職大典。

3月16日，在東海大學臺北連絡處主持「東海大學董事會」。

4月9日，主持東海大學新圖書館啟用典禮並剪綵。

6月8日，在東海大學臺北連絡處主持「東海大學董事會」。

6月16日，參加東海大學日夜間部畢業典禮。

7月20日，主持東海大學中正紀念堂上樑典禮。

8月10日，發表《我還保留了一份當天發行的「勝利號外」》，見《青年日報》第11版。

8月24日，在東海大學臺北連絡處主持「東海大學董事會」。

9月20日，「臺北市浙江省海寧縣同鄉會」在臺北中山堂堡壘廳召開成立大會，被聘為名譽理事長。

10月31日，參加東海大學中正紀念堂落成典禮。

1986年82歲

1月6日，參加東海大學的行政會議，聽取梅可望校長簡報後，以「仁愛的胸襟」、「公開的做法」、「誠懇的態度」、「創新的精神」、「力行的決心」五大目標勗勉全校教職員工同仁。

1月18日，在東海大學臺北連絡處主持「東海大學董事會」。

1月28日，組團訪美，在臺北中正機場乘機，經停日本東京，換乘後徑飛紐約。

2月2日，參加全美基督教福音傳播大會。

2月12日，在華盛頓參加福利促進會會議。

2月14日，在華盛頓參加中美文化協會理事會會議。

2月15日，在華盛頓參加旅美臺大校友會活動。

3月20日，致信東海大學梅可望校長，請全校師生注意用電安全。

4月15日，接受《臺灣日報》記者司馬岩的採訪，談及抗戰時期錢鴻業殉職事。

5月17日，在東海大學臺北連絡處主持「東海大學董事會」。

6月15日，參加東海大學在中正紀念堂舉行的畢業典禮。

8月30日，在東海大學臺北連絡處主持「東海大學董事會」。

11月2日，參加東海大學在中正紀念堂舉行創校三十一週年慶祝活動，以「積極、進取、樂觀、團結」期勉東海人。同日上午主持東海大學夜間部大樓落成奉獻典禮暨剪綵儀式。

11月18日，在東海大學參加企管研究中心為新成立的「國際與比較法研究中心」舉行的成立典禮。

11月22日，在東海大學臺北連絡處主持「東海大學董事會」。

12月20日，發表《念二哥》，見《永懷查良釗先生》，傳記文學出版社。

1987年83歲

3月18日，在東海大學臺北連絡處主持「東海大學董事會」。

3月22日，參加中華戰略學會第九次會員大會，當選為監事。

6月14日，參加東海大學在中正紀念堂舉行的畢業典禮。

6月27日，赴高雄，出席宗教界會議，是夜，有感而作《預留片語》。

7月7日，將張群所贈箴言轉贈於堂弟查良鏞，其言曰：是非求之於心，毀譽聽之於人，得失憑之於天。此乃我國政治、思想之傳統也。逆水行舟與逆來順受之意，兩不相違。此為余一生之經歷也。

7 月 22 日，在東海大學臺北連絡處主持「東海大學董事會」。

1988 年 84 歲

1 月 27 日，偕同基督教訪美團參加在華盛頓舉行的「美國基督教福音傳播協會」年會。

4 月 15 日，參加東海大學舉行的全校運動大會。

5 月 2 日，參加東海大學在圖書館良鑑廳舉行的行政會議，聽取圖書館自動化計劃及游泳池興建計劃簡報。

6 月 3 日，與分別四十年之久的同事黃光鈺通信，致以問候。

6 月 12 日，參加東海大學在中正紀念堂舉行的畢業典禮。

7 月 2 日，在東海大學臺北連絡處會議室主持東海大學第廿四屆董事會。

10 月 31 日，主持東海大學關於董事會成員局部改組的董事會議。

11 月 2 日，參加東海大學在中正紀念堂舉行創校三十三週年慶祝活動大會。

11 月 3 日，與身處大陸的老同事黃光鈺再次通信，致以問候。

12月31日，東海大學董事會在東海的臺北聯絡處會議室舉行全體董事會議，蟬聯第二十五屆董事長。

1989年85歲

1月17日，應美國總統就職典禮籌備委員會之邀，率領中華民國基督教訪美團，搭機前往紐約，參加1月20日舉行的美國總統布什的就職典禮。

1月28日，參加在華盛頓舉行的美國基督教福音傳播協會第四十六屆年會。

1月29日，抵波士頓，拜訪《基督教箴言報》負責人，並參觀報館和編輯部。同日，參觀了哈佛大學及自然大博物館。

2月2日，在紐約參加「全美中華文化協會」新春聯誼年會。

4月3日，參加東海大學的行政會議。

4月14日，參加東海大學在大操場舉行全校運動大會。

4月28日，參加東海大學法學院主辦的「中華民國之發展與亞洲之轉變——政治民主化及經濟自由化」國際學術研討會，及在臺北圓山大飯店舉行的開幕典禮。

5月，發表《美京之旅與感想》，見《海寧同鄉會訊》第5期。

6月18日，參加東海大學在中正紀念堂舉行畢業典禮。

9月28日，主持東海大學邦華游泳池、學人宿舍、教職員休閑中心、牛乳加工廠第二廠等四項工程的落成典禮剪綵。

10 月 29 日，參加東海大學在中正紀念堂舉行創校 34 週年的慶祝大會。

12 月 7 日，主持東海大學基督教活動中心、附設小學幼稚園新校舍、化學工程館的落成奉獻典禮。

1990 年 86 歲

1 月，發表《發動重整社會道德， 重振精神文明全民運動》，見《龍旗》。

1 月 12 日，致老友吴俊升札。

1 月 14 日，致鄉黨程森士札。

1 月 27 日，赴美參加基督教福音傳播協會年會。

2 月 9 日，在紐約主持“中華文化協會”年會。

5 月 22 日，發表《建議是不是出自為國、為民、為社會》，見《中國婦女》。

6 月 17 日，參加東海大學在中正紀念堂舉行的畢業典禮。

上半年，華裔、美國加州大學校長田長霖夫婦來臺訪問，先生以中美文化經濟協會理事長的身份在圓山飯店宴請之。

7 月 26 日，致姪兒瑞傳札。

9 月 8 日，在東海大學第廿五屆董事會的臨時動議中提議：今後選舉本校校友會之會長為本會董事，其任職以會長之任期為限。

10月，在《法令月刊》第四十一卷10期上發表《中國法家的法治思想》。

11月2日，參加東海大學在大操場舉行創校三十五週年暨全校運動大會開幕典禮。

1991年87歲

3月3日，受邀參加中原客家崇正會舉辦的春節聯歡會，並作演講。

5月6日，在「中國人權協會」理監事及常務理監事改選中，繼杭立武博士之後，當選為「中國人權協會」理事長。

6月15日，參加東海大學在中正紀念堂舉行的畢業典禮。

9月26日，率東海大學全校教職員生代表，參加孫邦華大使公祭，撰《祭孫邦華大使文》。

10月26日，在臺北市第一殯儀館參加東海大學資深董事吳嵩慶將軍的追思禮拜及公祭，講述吳董事的行狀。

11月2日，參加東海大學在中正紀念堂舉行的創校三十六週年慶祝大會。

11月9日，攜夫人赴香港參加世界梅氏宗親會，在港期間晤宗親查濟民、查良鏞夫婦。

11月20日，致信宗長查濟民，為中國人權協會向查濟民勸募。

1992年88歲

1月19日，致信四哥良鑄，敘家常事。

同日，致老同事黃光銋札。

2月23日，在東海大學的董事會議上，以年高八十七歲，不勝南北奔波之苦，請辭董事長一職。

3月，參加杭立武先生逝世週年紀念研討會並致詞，見《亞洲與世界月刊》第十六卷1期。

至國際神學研究院頒發哲學博士學位予周文同先生。

是年，罹患輕微中風，影響身體健康。

11月19日，因健康原因，請辭「中國人權協會」理事長一職。

1993年89歲

1月19日，接受《法律與你》的蔡惠民之采訪，後蔡以《笑看是非成敗，心繫社稷興衰》為題，撰文記載此次訪談。

1994年90歲

3月13日下午7時36分，病逝於臺大醫院，享耆壽九十歲。先生遺囑不舉辦公祭、不發表訃文，懇辭花藍、輓額、奠儀。

3月29日上午10時，假臺北市新生南路三段九十號懷恩堂舉行追思禮拜，隨即發引火化。

安葬於臺灣新北市五股示範公墓。

編後語

在現當代我查氏族人中，若以傳統的評判標準來推舉哪位最具君子之風範者，只需稍稍留意查氏一眾，便自然會想到良釗與良鑑。

良釗、良鑑昆仲脫穎於眾人，實為不爭之事實！相信即便是查家尊長濟民宗老、才子良鏞先生再世，亦當會頷首之。

良釗、良鑑先生生於戰火紛飛之時，居於風雨飄搖之地，無論天時，抑或地利，均未占著先機、得著便利；然即便如是，仍憑藉著天賦的才情與後天的修為，春風化雨，坦坦蕩蕩；一身正氣，鶴立於世！終以卓越的人格形象立身行世，為世人所仰重，為族人所推崇！

關於良釗先生，已有形跡可見於《查良釗先生文集》，「查菩薩」形象早已深入人心，故不予贅述了，在此僅述良鑑先生耳。

先生之於兄，尤如一副模子鑄就，亦不遑多讓。視其一生，不說其於「黃牛黨搶購黃金案」中，將大佬拉下馬；不說其於「英美人黃金劫殺案」中，將洋人投於獄；更不說其於「毛邦初攜款潛逃案」中，將國戚繩之於法等輝煌戰績。也不說先生以「渺小的我」（先生在臨終病重期間還手書箴言：「把自己想成是這世界上最渺小的生物，那麼生活中既少苦悶，又乏憂傷。因為與世無爭，與人無怨，自然煙消雲散。」）自稱，以體現其謙恭虛己的人生態度與思想境界，單說其平常生活中的言行舉止，即在日常之細微處，亦無不見其精神矣。如：循循善誘，溫潤如玉之待人；真誠平等之行事，致車夫拒收車費；強調少年犯罪之觀護矯治須重於刑罰；強調不能歧視出獄人，應給予出路；不搞特權，從不享用份內的公務特支費；不徇私情，於「總統」的面子而不顧，……點點滴滴，俯拾即是。先生幾十年一以貫之，無一日無一處不顯其君子之風矣。

如今，斯人已逝，然先生之風範猶存。今所編《查良鑑先生文選》，謹得錄先生文章若干。編者所冀者，試引導讀者從先生之「立言」而窺其事功與德行，進而探究其「不朽」之真諦。相信讀者因此由堂入奧，必定會有所得矣。

穆旦齋主　查玉強

壬寅小雪於南湖畔穆旦齋